KB269220

멍에

멍에

유순하 장편소설

문이당

책머리에

아비를 미워하고 어미의 죽음을 바라는 사내 하나가 있었다. 아비에 대한 감정이야 그렇다 치고라도 어미는 지극한 마음으로 공경하고 있는데도 그랬다. 버거운 자괴감을 줄기차게 느끼고 있으면서도 그런 악마성은 좀처럼 극복되지 않았다. 번민했다. 당연한 번민이었다. 당연한 그 번민으로 말미암아 우스꽝스럽게 일그러져 있는 그 얼굴, 괜찮은 그림거리가 될 듯했다. 그래서 그 얼굴 바투 앞에 화가(畫架)를 세우고 곤두선 눈꼴로 그 사내의 그 얼굴을 응시하며 그림 하나를 그린다고 그려 보았지만, 당초 그려 보려던 그런 그림이 되지 못했다. 희화조로 그리려 했는데 엄숙조가 된 것부터 그렇다. 늘 이 모양이다. 그런데도 포기하지 못한다. 달리 재미있는 놀이거리가 없기 때문이다.

간략하게 적어 보기 쉽지 않은 까닭으로 4, 5년쯤 휴지기를 가져 보려 했는데, 내 의지를 시험하는 다른 몇 가지 상황들이 겹쳐지면서 나의 세상 밖 거주 기간은 사실상 그럭저럭 10년을 넘어서게 되었다. 수유였던 것 같기도 하고 영겁이었던 듯싶기도 하다. 혹독한 시간이었다(그랬던 것 같다). 가까스로 최악은 벗어난 듯하다(그렇게 믿고 싶다). 그런데 오랜만의 세상 안 풍경, 몹시 낯설다. 버석버석한 느낌. 눈부심도 느껴진다. 날이 다 저물기 전, 길을 새로 익혀 가며 조금 더 걸어 보려 하는데, 괜한 허욕이 아닐는지, 조심스럽다. 집착은 번뇌의 근원이라는 걸 모르지 않으면서도 선뜻 접지 못한다. 역시, 달리 재미있는 놀이거리가 없기 때문이다.

2007년 3월

유 순 하

iorana@hanmail.net

*   *   *

아침 설거지를 대충 끝내고 나서 전화를 걸어 몇 마디 문안 인사 다음에, '좀 이따가 갈게요' 하고 말했을 때, 시어머니는 대뜸 '뭐 하러?' 했다. 그렇게 어깃장처럼 느닷없이 치받는 듯한 투도 예사롭게 들리지 않았지만, 그때쯤에서야 비로소 알아차리게 된 거였는데, 그 목소리도 여느 때와는 달리 좀 부어 있는 것 같았다.

「오늘 아버지 생신이잖아요?」

「늬 시아버지가 어디 생신 하시데?」

혹시나 했더니 역시나 같았다. 생신이 임박해서도 아무 말씀이 없기에 올해는 예외가 되는가 보다 했는데 시아버지가 또 여행이라도 떠난 듯했다. 내가 이 집에 시집온 지 여섯 해가 되었으나 시아버지 생신 차림을 한 적이 한 번도 없다. 그사이에 환갑이 있었는데도 가장 단출한 모임마저 없었다. 요즘 환갑에 잔치를 차리는 사람은 드물어졌다지만 점 하나 찍지 않고 지나간다는 것이 예사로워 보일 수는 없었다.

「어디 가셨어요?」

「어디 가면 어디 간다고 말씀이나 하시는 양반이냐?」

나의 '어디'와 시어머니의 '어디'는 다른 거였으나 그것을 분별하고 있을 계제는 아닌 것 같았다. 강의 준비를 할 수 있게 되었다는 내심 은근한 반김이 반짝 고개를 들었지만 시어머니의 부어오른 심사를 봐서라도 시댁에 가보기는 가봐야 할 듯했다. 큰 시동생은 마치 어지러운 집안 풍경으로부터 도망치기라도 하듯 학교를 졸업하자 곧 일하게 된 건설 회사에서 두바이 현장 근무를 자원하여 훌쩍 떠나 버렸고, 작은 시동생은 지난봄에 군대에 갔기 때문에 가깝게 자식이라고는 우리 부부밖에 없는 형편이었다.

누구도 누구에게 종속되지 않는 수평적 관계를 잔소리처럼 되풀이하여 강조하는 시부모 덕분에 어느 모로 보나 시집살이 같지 않은 시집살이를 한다고는 하지만 그래도 시집은 시집이었다. 아무리 하찮은 것이라 할지라도 때로는 칼날이 될 수도 있고 회오리바람이 될 수도 있다는 게 내가 인식하고 있는 우리네 요식이고 예절이었다.

대안 하나가 잽싸게 다가왔다. 그쪽에 가서 재인이를 시어머니에게 슬며시 맡겨 놓고 내 볼일을 보면 될 것 같았다. 나이로는 두 살 터울이라고 하지만 연년생이나 마찬가지인 재명이와 재인이를 돌봐야 하는 한, 책상 앞에 진득하게 앉아 있기는 어려웠다. 아이 키우기가 이토록 힘들고 공들 줄이야, 실제로 경험하기 전에는 정말 미처 몰랐다.

'여성 여러분, 낳기만 하십시오. 키우기는 제가 키우겠습니다.' 지금 대통령이 후보 시절에 내건 공약이었지만 그것은 아이 키우기가 어떤 것인가를 제대로 알지 못하는 사람만이 할 수 있는 이야기였다. 그나마 의지할 게 있어 다행이기는 했지만 보육 시설은 보조 수단에 지나지 않았다. 육아와 사회 활동의 병행은 결코 쉽지 않았다. 어느 한쪽을 포기하는 게 순리일 것 같고, 포기한다 할 경우, 포기할 수 있는 것과 포기할 수 없는 것은 정해져 있는 셈이지만 포기할 수 있는 그것을 선뜻 포기하게 되지는 않는다. 포기하려 할 수록 오히려 더 집착하게 된다. 날마다 긴장 상태였다. 피로가 덧쌓여 갈 수밖에 없었다.

「하여튼 갈게요. 준비해 둔 것도 있구요.」

「알았다아.」

한숨이 이어졌다.

전화 회선에 그 여운이 느껴질 만큼 또렷했다.

그러고 보니 연상되는 게 있었다.

두어 주 전이었다.

이쪽에서 더러 거는 문안 전화에 늘 그렇듯 아이들 이야기가 주된 화제로 오가던 끝에 시어머니가 불쑥 말했다.

「이 집, 내놨다.」

「내놓다뇨?」

「내놨다니깐, 복덕방에.」

「파시려구요?」

「팔지 않으려면 복덕방은 왜 찾니?」

갑작스러웠다.

「왜요?」

「그냥 재미로, 남들도 자주 이사 다니니깐…….」

조금 뒤에 한숨 같은 울림이 울렸다. 시부모는 집을 자주 옮기는 형이 아니었다. 지금의 미아동으로 이사 오기 전, 서교동의 한 아파트에서만 23년을 살았다. 궁금했지만 학기 중에는 내 코가 석 자였다.

미련을 부리듯 묻어 두었던 그 궁금증이 되살아났다.

또 무슨 일이 생겨 진행 중이기라도 한 것인가?

괜히 불길한 예감이 일었다.

결혼 초, 그러니까 서교동에 살던 시절 몇 해 동안은 시집에 발걸음 하는 일이 여간 불편하지 않았다. 그 집에 들어서면 눈 둘 곳부터 편안하지 않았다. 언제, 어떤 일이 어떤 형태로 느닷없이 벌어질는지 정말 예측하기 어려운 상황의 연속이었다. 그러나 3년 전에 미아동으로 이사 온 뒤부터는 그럭저럭 평온한 편이었다. 화의 근원인 시할아버지가 시야에서 일단 사라진 뒤에 이어지는 소강상태……, 그런 거였다.

재명이를 어린이집에 데려다 준 다음, 재인이만 데리고 시아버지 생신 선물로 미리 사놓았던 겨울 점퍼를 챙겨 들고 미아동 시댁에 들어섰을 때, 불길한 그 예감은 조금 더 구체적인 게 되었다.

늘 온화하던 시어머니의 얼굴에는 어두운 기운이 드리워져 있었다. 얼굴은 부석부석해 보이기까지 했다. 잠을 제대로 자지 못한 것 같았다. 현관에 들어서는 나와 재인이를 마치 낯선 사람이나 불청객 바라보듯 하는 것도 예사로워 보이지 않았다. 시아버지 생신을 앞뒤로 한 긴장은 해마다 되풀이되는 연례행사 같은 것이었지만 지난해도, 저지난해도 이토록 무거워 보이지는 않았던 것 같았다. 이제 막 걸음마를 시작한 재인이가 지척지척 다가가 한쪽 무릎에 감겼을 때, 시어머니는 비로소 '아이구, 내 새끼야, 그새 많이 컸구나' 하며 아이를 안아 올려 품에 담았는데, 그다음에는 전화 회선을 통해 들은 바로 그 한숨 소리가 이어졌다.

「아버지, 언제 떠나셨어요?」

묻지 않는 게 맞지 않나 하면서도 물어볼 수밖에 없었다.

대답은 조금 뒤, 점심상을 차리면서 나왔다.

「이번에는 그냥 계시나 했더니, 글쎄 어제 문경 할아버지께 다녀와서 느지막하게 저녁 들구 난 다음에 배낭을 찾아 꾸리지 뭐냐. 자정에 떠나는 기차표를 끊어 놨다구. 실랑이질이 있기야 했지만 내 말, 어디 들으시냐.」

「어딜 가시겠다고 말씀도 없으셨구요?」

「또 지리산이겠지 뭐. 설악산이면 낮에 버스를 탔을 테니……. 설악산에는 다시는 가려 들지도 않겠지만…….」

젊은 시절부터 산행을 즐기는 시아버지는 설악산과 지리산을 특히 좋아하여 번갈아 찾아가곤 했는데 요 몇 해 동안 설악산에는 가지 않았다. 대수롭게 생각하지 않고 있었는데 시어머니의 그 말씀을 듣고 보니까 궁금증이 일었다. 무슨 사연이라도 있는 듯했다.

「설악산에는……, 왜요?」

「……그리 됐다아.」

그다음에는 또 한숨이었다.

근심을 털어 내 버릴 수 없는 것 같았다.

기다려도 그다음은 이어지지 않았다.

「잘 다녀오시겠죠 뭐.」

「지리산, 지금 거긴 벌써 겨울이다.」

11월 초순이었다.

「침낭이랑 안 가져가셨어요?」

「그까짓 카시미롱 침낭 갖구 되냐? 어쨌거나 환갑 넘은 노인네다.」

옛날로 치자면 '환갑노인'이었지만 요즘 시세로야 차라리 '환갑 청춘'이 더 어울리는 표현이었다. 오랜 교직 생활 때문이겠지만, 계몽성을 숨길 수 없는 성품답게 자기 섭생이나 건강에도 엄격하여 나이에 견줘 엄청 건강한 편이던 시아버지는 이른바 '인류 역사에 그 비슷한 예가 드문 사건'을 경험하면서 나타난 노쇠 징후가 시간의 흐름과 더불어 가파르게 빨라지고 있는 중이었다. 재명이나 재인이가 자라는 모습이 날마다 달라지는 것처럼 시아버지의 노쇠도 날마다 달라 보일 정도였다. 나도 두어 차례 가본 적이 있지만 지리산 종주, 2박 3일이나 3박 4일은 팔팔한 젊은이에게마저 결코 만만한 길이 아니었다.

「걱정 마세요. 아버지가 어디 무리를 하시나요? 잘 요량하실 거예요.」

나는 '요량' 같은 해묵은 표현을 일부러 골라 쓴다. 윗세대와의 친근한 대화를 위한 내 나름의 기교다.

「잘 요량하는 사람이 왜 하필이면 밤차냐. 바쁜 일도 없는 사람이 무슨 청승으로 밤차를 타냐?」

시어머니 목소리가 불쑥 높아졌다.

「말씀 좀 하지 그러셨어요?」

「말이야 했지. 그러나 당신이 잘못하는 거 안다, 그러면서도 어쩔 수 없다, 당신 스스로 해결할 때를 기다려 달라, 그러시는데 내가 뭐라고 더 말하냐? 너 같으면 뭐라고 하겠냐?」

들이대는 듯한 투였다.

이 이야기는 더 이어 나가 봐야 이미 거칠어진 시어머니 결만 더 건드릴 듯했다.

식탁에 마주 앉으며 화제를 바꾸기로 했는데 그것도 효과적인 게 되지 못했다.

「집, 복덕방에 내놓으신 건 어떻게 되었어요?」

「그것도 소식이 없다. 무슨 정책 때문이라나 뭐라나. 여기는 강남도 아닌데.」

「그런데 정말 왜 갑자기 이사 가실 생각을 하게 되셨어요? 여기 오신 지 이제 3년 되었나요? 그리고 저 앞으로 산이 보여서 좋다고 하셨잖아요?」

조금 뒤에 나온 시어머니의 대꾸는 한숨조였다.

「어쩌다 보니 그리 됐다아. 그럴 수밖에 없을 것 같다아.」

조금 뒤에 몇 마디가 더 덧붙여졌다.

「양도 소득센가 뭔가 때문에 3년 채울 때를 기다리고 있었다. 이 집에서 하루라도 빨리 떠나고 싶다. 요즘은 자나 깨나 그 맘뿐이다.」

이 집이 마치 무슨 흉가라도 되는 듯했다.

궁금증은 더 부풀어 올랐지만 더 나아가게 되지는 않았다.

달포 만의 만남인 셈인데도 서먹서먹한 점심 자리가 되었다. 재인이 덕분에 눈 둘 곳, 입 뗄 일이 있어서 그나마 다행이었다. 내가 외출할 때, 재인이를 맡기는 집을 새로 정했는데, 그 집에서 그럭저럭 잘해 준다는 이야기, 다음 학기 시작 전에 재인이도 어린이집에 보내려고 신청해 두었다는 이야기, 재명이가 재인이 오빠 노릇을 하려 한다는 이야기, 그런저런 이야기들이 조금씩 오고 갔다. 점심 뒤에 내가 설거지를 하는 사이에 시어머니 품에 안겨 있던 재인이는 잠이 들었다.

「아이구, 이 새끼. 그렇게 나대더니 잠들고 나니까 날개 접은 나비 같다. 아이구, 이 새끼.」

시어머니의 그 목소리도 여느 때와는 달리 어쩐지 좀 축축한 느낌이었다. 하여튼 무슨 일이 있기는 있는 듯했다. 또 궁금증을 접어 두기로 했다. 그것은 시부모와의 관계에서 규칙과 같았고 그런 규칙의 존재가, 말하자면 내 시집살이의 실체였다.

「저, 일 좀 할게요.」

나는 사과를 깎아 시어머니 앞에 놓으면서 말했다. 이야기라도 나눠, 시어머니 마음을 풀어 주고 싶기도 했지만 내가 해야 할 일들이 밀려 있는 판이었다. 아무리 보따리장수라 하지만, 그러기에 강의 준비는 오히려 더 잘해야 했다. 가르치는 입장이 되고 보니 학생들의 평가는 언제나 준엄한 느낌이었다. 선배들 경우를 본다 해도 평생 보따리장수 신세를 벗어나지 못하고 제 풀에 지쳐 나가떨어질 가능성이 짙지만, 그렇다고 하여 지레 포기할 수도 없는 노릇이었다. 포기하게 되지도 않았다. 사람의 욕망 구조는 그토록 단순 명료하지 않았다. 나는 이제 겨우 2년차, 신출내기였다.

「그래라. 어서 해라. 인혜, 니가 고생한다. 아이들 키우랴, 선생질하랴, 민철이 수발하랴……」

「아이, 어머니도. 제가 뭐 다른 사람들 하지 않는 일이라도 하는 것처럼 말씀하시네요. 어머니도 해내셨으면서, 훨씬 더 어려운 환경에서.」

시어머니는 결혼 뒤에 서교동 아파트를 장만하고도, 그 아파트를 사기 위해 낸 빚을 다 갚을 때까지 은행원 생활을 계속했다. 조금 들어 본 것으로는, 친정 쪽이고 시집 쪽이고, 도와주는 사람도 없이, 아이 셋 낳아 키우랴, 직장 생활하랴, 까다로운 시집살이하랴, 자주 코피를 쏟을 만큼 그야말로 악전고 투였던 것 같다. 물론 유아 보육 시설 같은 것도 쉽지 않던 시절이었다. 젊은 시절의 그 무리 때문인가. 시어머니는 시아버지와는 달리 늘그막 건강 상태 가 좋지 않다.

「그때 하구 지금 하구 같냐?」

「어떻게 다른데요?」

「그때는 고생을 당연하게 생각하던 시대구, 지금이야 고생될 일 애써 피해 댕기는 시대 아니냐.」

「이만 정도는 고생도 아니에요. 생각하기 나름이죠, 뭐.」

나는 어리광이라도 부리는 듯한 웃음을 일부러 부풀려 지어 보였다. 그런 데도 시어머니 표정은 풀리지 않았다.

하여튼, 하고 생각하며, 나는 시아버지가 서재로 쓰는 방으로 들어가 컴퓨 터 앞에 앉아 컴퓨터를 켠 다음, 가방에서 플로피 디스켓을 꺼내 디스크 드 라이버에 밀어 넣었다. 컴퓨터 화면이 밝아지며 재인이와 재명이가 활짝 웃 고 있는 얼굴이 나타났다. 나는 흔글 프로그램을 불러냈다. '불러오기' 창의 '최근 문서'가 함께 떠올라 왔다. 기껏 해봐야 한 해에 한두 차례 그 컴퓨터 를 쓰게 되지만 그때마다 '최근 문서'에 눈길을 한 번 주어 보게 된다. 여남 은 개의 파일 이름이 있지만, 대부분이 수업 준비인 그것들은 모두가 5년, 그 이전, 시아버지가 아직 고등학교 교사로 재직 중일 때 것들이었다. '구내 식당 식자재 납품 업자와 학교 측의 부정한 거래'를 문제 삼아 항의하는 젊은 교사들의 항명 사건을 뒤에서 조종했다는 터무니없는 혐의를 받아, 천직으로 생각하고 있던 교직을 갑자기 떠나게 된 뒤부터 시아버지에게서 학구적이거나 창의적인 면모들은 지워지기 시작했다. 요즘 시아버지에게 이 나이든 컴퓨터는 인터넷을 통해 얼굴도 모르는 상대와 바둑을 두는 용도뿐이었다. '그게 무슨 재미가 있는지, 허구한 날 낯도 모르는 사람들과 바둑이나 두고 있다'는 게 시어머니 단골 푸념이었다. 그런데 '최근 문서' 맨 위에 새로운 이름 하나가 얹혀져 있었다.

'멍에.'

그런 제목도 낯설었지만 여러 해 만에 낯선 그 제목이 나타났다는 것도 지내보이지 않았다. 궁금했다. 망설이면서도, '사람 심보라는 게 본디 그런 거야'라는 겸연쩍은 변명을 앞세워 나는 마침내 그 파일을 더블 클릭했다. 파일이 화면에 가득해졌다. 남의 비밀을 몰래 엿보는 듯한 조바심이 일었다. 마음이 조마조마해지기까지 했지만 그 파일을 선뜻 닫게 되지는 않았다.

첫 쪽을 다 훑어 내려 읽기 전에 이미 확실하게 알아차리게 된 거였지만, 나도 몇 차례 가본 은혜의 집 이야기부터 시작되는 그 글은 시아버지 자신의 고백체 수기였다. 나는 얼른 물러나야지 하면서도 그다음을 내처 빠르게 읽어 내려갔다. 처음부터 섬뜩한 내용이었다. 요즘 몇 주 동안 시어머니 말씀으로부터 비롯된 궁금증들에 대한 답이 모두 거기 실려 있는 것 같아 보였다.

「차라도 끓여 줄까?」

나는 화들짝 놀랐다.

시어머니는 민망스러워하는 표정이 되었다.

「일에 몰두하고 있었던가 보구나. 미안하다.」

「아니, 그게 아니라요…….」

시어머니는 목을 길게 늘여 좀 먼 눈길이 되어 컴퓨터 화면을 바라보다가 두어 걸음 다가와 한 번 더 보았다.

「죄송해요. 일부러 보려던 건 아니었어요. 그냥…….」

시어머니는 고개를 들어, 창밖으로 보이는 산 풍경을 향해 눈길을 밀어냈다.

「죄송할 건 없다아.」

예의 한숨이 이어졌다.

「이런 글 쓰신 거 알고 계셨어요?」

「어찌 모를 수가 있겠니, 다른 식구도 없이 허구한 날 단둘이 붙어살고 있으면서.」

조금 뒤에 몇 마디가 더 이어졌다.

「그러나 모르는 체해 왔다. 알고 있는 체해서는 안 될 듯해서.」

「…… 왜요?」

시어머니는 컴퓨터 화면을 한 번 더 들여다보았다. 내가 어디까지 읽었는가를 확인해 보는 듯했다. 잠깐 동안이었던 것 같은데 벌써 8쪽째였다.

「알고 있는 체해서 그 상황을 어떻게 감당하니? 사람 세상에서 인두겁을 쓰고 살다 보면 모르는 체 묻어 두는 편이 더 나은 경우는 흔타.」

시어머니는 몸을 돌리면서 말했다.

「궁금하겠지만 더는 읽지 마라. 네게 짐 된다. 애매한 너까지 짐 짊어지게 하고 싶지 않다. 그동안 네게 보여 준 눈 선 꼴들만도 너무 많았다아.」

「알았어요, 어머니.」

그렇게 대꾸했으면서도 나는 쉽사리 꺼지지 않는 궁금증에 하릴없이 굴복하여 그날 그 컴퓨터 앞을 떠나기 전에 '멍에'를 내 플로피 디스켓에 담을 수밖에 없었다. 그리고 재명이를 어린이집으로부터 데려와야 하는 시간에 맞춰 집에 돌아와 저녁을 지어, 모처럼 만에 일찍 퇴근한 남편과 함께 먹고 나자, 설거지와 아이들을 모두 남편에게 떠맡긴 다음, 나는 열 일 제쳐 둔 채 내 공부방, 컴퓨터 앞에 앉아 그 글을 처음부터 다시 읽기 시작하고야 말았다. 남의 일이라면 시시콜콜 궁금해 못 견뎌 하는 경박한 호기심 때문이었을는지도 모른다.

1부 수렁

새재로부터 멀지 않은 곳이었다.

산 높고 골 깊은 산간 풍경은 들어갈수록 더 외진 느낌이었다. 갓 비질이라도 해놓은 것처럼 깨끗한 포장도로에는 오고 가는 차량들이 아주 드물었다.

더러 작은 마을들이 나타났다.

외딴집들도.

밭이나 논에서 일하고 있는 사람들 모습도 보였다.

곧 모내기를 해야 할 계절이었다.

이 지방에도 어제 비가 내렸던가. 화사하게 밝은 햇살이 유난스레 맑은 느낌이었다. 그 햇살을 받고 있는 연둣빛 신록의 산색은 눈부셨다. 차창을 통해 기웃이 치켜 보이는 하늘은 잡티 하나 없이 활짝 개어 있었다. 그 햇살, 그 산색, 그 하늘이 야유 같았다. 나는 깊은 숨쉬기를 했다. 아주 느리게. 야유 같은 그 햇살, 그 산색, 그 하늘에 대한 내 나름의 대응이었다.

운전을 하고 있는 아내도, 그 옆에 앉아 있는 나도 별말이 없었다. 서울을 출발하면서부터 내내 그랬다. 오순도순 정담을 나눌 만큼 유쾌할 수 있는 나들이가 아니었다. 그렇다고 불쾌한 것도 아니었다. 유쾌도, 불쾌도 아닌 중성 느낌. 그 빛깔도 그 형태도 잘 알 수 없는 장막이 보얀 구름처럼 시야에 드리워져 있는 것 같았다. 그 시간뿐만은 아니었다. 모든 것이 부질없고 덧없다는 느낌은 요 몇 해 동안으로 보자면 일상적인 것이나 마찬가지였다. 기뻐할 것도, 슬퍼할 것도, 유쾌할 것도, 불쾌할 것도 없는 만성적 중성 상태.

산모롱이 하나를 더 돌자 은혜의 집이 바투 다가왔다. 에워싸고 있는 산색, 산세와의 조화마저 배려한 3층 붉은 벽돌 건물. 설립자인 심다정 원장의 뜻이 반영된 것이라는 그 건물은 처음 보았을 때 언뜻 중세 유럽의 수도원이 연상되었을 만큼 고풍스러운 느낌이었다. 늘 그렇듯, 은혜의 집은 적막했다. 차를 스무 대쯤은 세워 둘 수 있을 주차장에도 승용차 두 대와 승합차 한 대가 달랑 서 있을 뿐이었다. 그 공간으로 들어가면서 보니까 승용차 하나가 낯익은 듯했다. 번호판으로 눈이 갔다. 흰빛 소나타. 상현의 차였다.

「동주 엄마가 와 있나 보네.」

「그래?」

아내는 심상한 어조였다. 아내 눈에는 이미 띄었던 듯했다.

상현의 승용차로부터 조금 떨어진 곳에 잿빛 칠이 벗겨져 더 고물 같아 보이는 다갈색 르망을 세운 다음, 나와 아내는 준비해 온 음식

보따리들을 승용차 뒷자리에서 꺼내 나눠 들고 건물 안으로 들어갔다. 그동안 낯을 익힌 직원들이 반겨 주었다. 우리는 보따리 하나를 가까이 있는 직원에게 내민 다음 계단을 밟고 2층으로 올라갔다.

2층 207호실, 아버지가 눈을 감은 채 누워 있는 침대 곁에는 상숙과 상현이 함께 앉아 있었다. 지난해 가을, 형네 큰딸 결혼식장에서 서먹하게나마 잠깐 스친 뒤 아홉 달 만이었다. 다른 환자 셋과 함께 쓰기에는 넉넉지 않은 공간이었지만 구석구석 정갈했다. 침대 아래에는 기저귀 뭉치가 쌓여 있었다. 은혜의 집에 자리 잡은 지 서너 달쯤 뒤, 아버지는 한사코 거부하던 기저귀를 마침내 받아들였다. 그것은 자기 인생을 향한 항복 표시와 같았다. 그 이후의 아버지는 이전과 전혀 다르다.

어머니 말년에 익히 경험한 바 있지만, 말년 노인은 눈을 감고 누워 있으면 이미 숨을 멈춘 것 같다. 그 시간의 아버지도 그렇게 보였다. 그 위에 어머니 말년 모습이 겹쳐졌다. 유쾌할 수 없는 회상이었다.

「왔구나.」

우리 부부와 상숙 자매가 낮은 목소리로 주고받는 소리에 눈을 뜬 아버지는 우리를 알아보고 희미하게나마 반기는 표정이 되어 왼손을 내밀었다. 아버지가 기저귀를 받아들인 다음 어느 날이었다. 나는 아버지 손에서 처음으로 따뜻한 체온을 느꼈다. 그 이전에 아버지의 손은 폭행할 때만 내 몸에 와 닿았다. 나는 마주 손을 뻗어 아버지의 그 손을 잡아 쥐었다. 뼈마디만 앙상했지만 역시 따뜻했다.

「집에 별일들 없고?」

이번에는 아내를 향해 물으며 아버지는 마비 상태인 오른손을 힘들여 내밀었다. 아내는 그 손을 잡아 쥐고 쓰다듬으며 대답했다.

「예에, 아버님. 모두 잘 지냅니다.」

아버지는 중풍으로 쓰러져 보행의 자유를 잃어버린 지 3년째였고 가벼운 치매 증세마저 곁들여져 있었다. 그리고 아흔 살이었다. 지난날, 아버지는 질풍노도였다. 그 영향권에 있는 가족들은 언제나 그 폭풍, 그 파도를 두려워해야 했다. 그토록 거세던 그 결기, 그 군림 의지는 이제 자취마저 찾아보기 어려웠다. '완악한 고수(瞽瞍)'나 심술궂은 용의 모습도 옛일이었다. 이제는 그 자신이 가벼운 샛바람마저 버거워해야 하는 가녀린 촛불과 같은 존재여서, 누군가의 도움 없이는 식사나 배변은 물론, 단지 몸을 돌려 눕는 것마저 불가능한 상태였다.

상숙은 자신이 앉아 있던 의자를 아내에게 권했다. 아내는 그 의자에 앉아, 가지고 간 사과를 깎아, 포크로 찍어 내밀었다. 아버지는 포크를 받기는 했지만 그 끝에 있는 사과를 입에 넣기 전에 떨어뜨렸다. 아내는 포크를 도로 받아 사과 한 조각을 다시 찍어 이번에는 아버지 입에 넣어 주었다. 아버지는 입술을 힘들여 내밀어 사과를 조금 베어 씹기 시작했다. 씹어 보기야 하지만 맛은 하나도 없다, 그런 표정이었다. 만사가 귀찮기만 하다는 빛이 그 얼굴에 역력했다.

밖으로 나갔던 상숙이 의자 둘을 가지고 들어와 하나는 나에게 내밀고 다른 하나에는 자신이 앉았다. 상숙의 그 배려가 눈여겨보아졌다. 나는 아버지 발치에 그 의자를 놓고 앉아, 일부러 가지고 온 대짜배기 손톱깎이를 주머니에서 꺼내 아버지 발톱을 손질하기 시작했다.

자식들 어린 시절을 젖혀 두고 본다면, 내가 처음으로 타인의 발톱 손질을 해준 것은 어머니였다. 그때는 특별한 생각이 없었다. 어머니가 손수 할 수 없으니까 나와 아내가 번갈아 손톱, 발톱을 손질하고 대야에 물을 떠다가 손과 발을 씻어 주곤 했다.

내가 타인의 발톱 손질에 대해 각별히 생각해 보게 된 것은 위암 말기 상태로 입원한 외사촌 형 문병을 갔을 때였다. 형의 발이 조금 젖혀진 이불 밖으로 나와 있었는데, 나는 그때 처음으로 형의 맨발을 보았다. 관리로 입신하여 차관까지 지냈고, 관직에서 물러난 뒤에는 어느 재벌 기업의 사장으로 초빙되어 능력을 발휘했을 만큼 사회적으로 성공을 거둔 형은 도도한 위엄을 조금쯤은 눈에 거슬려 보일 만큼 과시하곤 했다. 그런데 내 시야의 그 발에서 위엄이니 하는 빛은 찾아볼 수도 없었다. 야릇한 곡선을 그리고 있는 발가락 길이가 들쭉날쭉해 더욱더 그렇게 보였던 것일는지도 모른다. 앙상하고 초라하고 파리하고, 그런 만큼 겸손해 보이기까지 했다. 그러고 보면 형이 그동안 나에게 보여 준 모든 면모에서 겸손을 느낀 것은 그 발가락 모습이 처음 같았다. 자못 신기해하며 바라보고 있자니까 그 발가락 끝에 붙어 있는 발톱이 문득 눈에 띄었다. 나는 형수에게 손톱깎이를 달라 하여 침대 발치에 앉아 발톱을 손질해 주기 시작했다. 발톱이 깎아야 할 만큼 길지 않았는데도 그렇게 해주고 싶었다. 그러면서 발톱을 손질하는 나의 그 행위가 여느 때 그 형에 대해 내가 느끼고 있던 사랑의 표현이고, 나의 그 표현이 이제 죽어 가고 있

는 그 형에게 위안이나 격려로 전해지기를 바라고 있다는 것을 알아
차렸다.

　아버지에 대해서도 마찬가지였다. 은혜의 집 상근 직원들이나 자원
봉사자들이 주기적으로 손질하기 때문에 그다지 길지 않은데도 나는
아버지를 찾아갈 때마다 그 발톱을 손질한다. 아버지는 발바닥도, 발
톱도 거칠었다. 긴 세월, 험한 세상을 건너오느라고 망가질 수밖에 없
었던 발바닥이고 발톱이었다. 자신의 지난 생애에 대한 아버지의 탄
식에는 '개구리 짐 받듯'이라는 표현이 자주 떠올라 온다. 그것은 아마
도 개구리가 무거운 짐을 지듯, 이라는 표현일 것 같은데, 정년이 될
때까지 문경군청에서 관리 노릇을 했던 아버지에게 세상살이는 어린
자식마저 돈벌이에 나서게 할 수밖에 없었을 만큼 정말 '개구리 짐 받
듯' 힘겨운 것일 수밖에 없었다. 그 발바닥과 발톱은 아버지가 살아
내야 했던 고난의 세월을 상징하는 것 같았다. 특히 엄지발가락 발톱
이 유난스러웠다. 어떻게 그렇게 갈라지고 부르튼 것인가. 작은 손톱
깎이로는 깎을 수도 없을 만큼 두꺼워져 있었다. 대짜배기 손톱깎이
여야만 했다. 나는 그 발톱을 공들여 손질했다.

　나는 아버지를 미워했다. 개성이 무딘 덕분일는지도 모르겠는데,
내게는 미운 사람이 별로 없었다. 내 생애에서 거의 유일한 예외가
아버지였다. 극단적으로 미워했다. 감쪽같이 사라져 없어져 주기를
간절히 바라던 세월도 짧지 않았다.

　질풍노도 같은 그 거센 성품의 거침없는 발호로 말미암아 가족들

은 숫자대로 산산조각이 났다. 복원은 불가능한 상태였다. 가족들은 이제 복원이 불가능한 그 상태를 몹시 버거워하며 자신들의 생애를 살아갈 수밖에 없는 처지였다. 아버지가 일생을 다 바쳐 이룩한 그 악업은 아버지에 대한 내 노여움과 미움의 근거였고 이유였다.

그런데 어느 날부터였던가, 아마도 아버지가 기저귀를 받아들인 다음이었을 듯한데, 그 노여움과 그 미움마저 부질없고 덧없이 여겨졌다. 그토록 치열하던 그 노여움과 그 미움을 일부러 되살려 내 보려 해도 내 가슴 깊은 곳에서 뭉클거리는 것은 측은함뿐이었다. 아버지도 결국은 타고난 성품과 몸에 밴 관습의 불행한 희생자였다. 측은했다. 몹시. 아버지의 발톱을 진심으로 공들여 손질해 주는 그 시간, 내 느낌도 마찬가지였다.

몹시 측은한 그 느낌은 분명 사랑의 한 갈래일 것 같았고, 외사촌 형의 경우에서 그랬듯, 나는 내 사랑을 그렇게 표현하고 싶어 하고, 더불어 내 사랑이 아버지에게 전해지기를 바라고 있는 듯했다. 그것이 아버지에게 위안과 격려가 될 수 있으리라는 기대에서. 만일 그렇다면 나는 내 생애에서 처음으로 아버지를 사랑하고 있는 셈이었다.

생애 내내 아버지와 불화했던 그는 아버지의 시신을 염하면서 울었다. 울면서 아버지와 화해했다. 회오가 밀려왔다. 때늦은 회오였다.

누구의 글이었던가, 이런 문장을 읽은 적이 있다. 그의 경우에 견준다면 나의 화해는 훨씬 더 빨랐다. 다행스러워해야 할까? 그러나,

하고, 나는 한 발 뒤로 물러선다. 내가 지금 진심일까?

나의 이 느낌이 참일까?

참일 수 있을까?

내가 국민학교에 들어가기 전이었다. 아버지는 나에게 《동몽선습(童蒙先習)》을 외워 익히도록 했다. 아버지가 지정한 대목을 박자에 맞게 어깨를 흔들며 유장한 어조로 외워 내야만 밖에 나가 놀 수 있었다. 그 뒤에는 《명심보감(明心寶鑑)》이 이어졌다. 공맹(孔孟)의 가르침에 바탕을 둔 유교 경전인 그 책들은 처음부터 끝까지 당위의 세계였다. 무릇 인간이라면 어떠해야 하느니라……. 그때 이후 나는 그런 소리를 너무 많이, 아닌 게 아니라 귀에 못이 박히도록 들어야 했다.

언제였던가, 이런 기록을 읽은 적이 있다. '1,500년 동안 요순과 공맹에 의해 전해 내려온 도는 이 세상에서 단 하루도 실천된 적이 없다.' 주자가 한 말씀이라 했다. 1,500년이란 공자 이후 주자 시대까지를 뜻한 것 같았는데, 그때 내게 다가온 의문은, 그렇다면 주자 이후 오늘날까지는 어땠을까 하는 거였다. 실천되지도 않을 '도'로써 수천 년 동안 사람들을 강제하는 최대 기제 역할을 해온 유교는 부정적인 쪽에서 보기로 하자면 사람들로 하여금 명분과 허례의 사정 없는 노예가 되도록 한다. 중국과 일본의 개화기 계몽 사상가인 후스(胡適)와 후쿠자와 유키치(福澤諭吉)가 유교 사상으로부터의 해방 없이는 중국이나 일본의 미래는 없다고 부르짖게 된 것은 아마 그래서였을 듯하다. 나는, 내가 '무릇주의'라고 이름 붙인 그 유교 문화적 기제에 속속들이 길들여진 무릇주의자였다. 그런데 모든 교조주의 자들이 그런 것처럼 무릇주의자에게도 참과 거짓의 분별 능력이 없다. 가장 거짓된 사고나 행동을 하면서도 가장 참이라 인식하기 일 쑤다. 내가 감행한 가식이나 위선을 비로소 알아차리는 것은 언제나 훨씬 뒷날, 등에 식은땀이 내배는 어느 순간이 된다.

그러나, 하고, 또 하나의 '그러나'가 덧대어진다. 그러나 설령 가식 이나 위선이라 할지라도, 나는 이 시간 내 느낌을 다행스러워할 수밖에 없다. 가식이나 위선마저 불가능했던, 그리하여 아버지를 드러내 놓고 미워하고, 명색 아버지를 미워하는 나 자신을 미워하던 그 시절 몇 해 동안이 악몽 같았기 때문이다. 그 시절에 대한 기억은 단지 회상만으로도 끔찍했다. 또 하나의 '그러나'가 바투 덧대어진다.

그러나 그 시절 몇 해는 결코 악몽이 아니었다. 엄연한 현실이었다. 그 증거가 눈앞에 앉아 있는 누이동생들이었다. 불편한 느낌을 애써 감추려 드는 그들의 모습이 바로 그 증거였다.

누이동생들은 아홉 달 전, 예식장에서나 마찬가지로 적어도 그 겉모습은 다소곳했다. 나를 향해 최악의 악담을 거침없이 퍼부어 대던 시절이 있었다. 그중에는 더럽게 늙어 간다는 대목도 있었고, 제 어미를 죽만 먹여 죽였다는 대목도 있었고, 늙은 제 아비를 내쫓았다는 대목도 있었고, 제 여편네한테 빠져 정신을 차리지 못한다는 대목도 있었다. 그 하나하나가 비수였다. 정확하게 내 가슴 한복판에 와 박혔다.

아팠다.

아팠지만 아프다는 소리마저 낼 수 없어 더 아팠다.

어린 시절 이래 내내 줄기차게 경험해 온 가정 풍파에 대응하는 나의 전략은 딱 하나, 어금니가 아프도록 입을 꽉 다물고 있는 것뿐이었다. 그것이 내가 허다하고 처절한 경험들을 바탕으로 죽을힘을 다해 궁리해 낸 최선, 유일의 방어책이고 자구책이었다.

언어는 궁극적으로는 의사소통 수단이 아니다. 감정을 부풀려 오히려 의사소통을 방해한다.

나는 그렇게 믿고 있다.

나는 언어에 뎄다.

그 이전과는 달리 손아래 사람들로부터였기에 더 아팠지만 그때도 내 전략은 마찬가지였다. 다른 선택이 가능하지도 않았다. 함께 악다구니를 쓰며 드잡이를 벌일 수는 없는 노릇이었다.

그래 봤자 서너 해 저쪽인데 아득한 옛일 같았다. 오랜만에 만난 그들 표정에서 명색 제 피붙이를 향해 저주마저 마다하지 않던 그런 빛을 찾아보기는 어려웠다. 역시 다소곳해 보이기나 할 뿐. 피붙이로서의 정감마저 느껴졌다. 그래도 바깥으로 드러난 표정, 그 안쪽은 어떤가, 알 수 없었다. 해포 전, 나는 오랜만에 상숙을 집으로 찾아갔다. 내 형제들 넷 아래서 자라는 아이들에게 면목 없어하지 않아도 좋은 그만큼이라도 집안을 되살려 놔야지 하는, 복원 시도였다.

상숙은 첫 장면에서는 다소곳했다. 모든 것을 잊은 듯했다. 차도 내왔다. 나의 노쇠에 대한 안쓰러움도 표명되었다. 정다움이 느껴졌다. 상숙이 어떻게 나올 것인가, 잔뜩 조바심하고 있었기에 안도감은 컸다. 기뻤다.

그러나 그 안도, 그 기쁨은 차를 다 마시기 전에 깨졌다. 상숙의 입에서 지난 일들이 나오기 시작했다. 지난날 되풀이하던 그 소리 그대로였다. 지난 수십 년 동안 우리 부부가 근친들로부터 당해 온 모든 환난의 집대성이나 총화라 할 수 있을 '몰래 이사 사건'도 어김 없이 재론되었다.

상숙은 탁, 말했다.

「왜 안 그랬겠어. 나라도 그런 늙은이 내쫓고 싶었을 텐데.」

그때 내 표정이 어떤 것이었던가?

반박 투가 곧장 뒤이어졌다.

「아, 셋방 하나 옮기려 해도 이사 나갈 사람이랑 날짜 맞추고 해야 하는데 명색 집을 사서 옮기면서 어떻게 그렇게 날짜가 바뀔 수 있어?」

버려지는 노인들, 노인 학대……, 그런 주제들이 사회적 문제가 된 지는 이미 오래였다. 차츰 더 이기적, 배타적이 되어 가는 세태와 더불어 노인 문제는 차츰 더 심각해져 가는 중이었다. 상숙의 눈에 나는 영락없이 그런 존재였다. 제 아비를 학대하여, 마침내는 내쫓기까지 한 패륜의 자식.

낙인.

낙인은 지울 수 없다.

지울 수 없는 그 낙인을 내 몸에 찍은 사람은 바로 내 피붙이들이었다. 바로잡으려 해볼 수도 없었다. 바로잡으려는 시도나마 해보려 들지도 않았다. 언어는 아무런 쓸모도 없으니까. 언어로 전달할 수 있는 것은 아무것도 없으니까. 더 중요한 것, 더 심각한 것일수록, 더 전달되지 않는 것이니까. 나는 그렇게 굳게 믿고 있으니까.

두어 해 만에 만난 그 자리에서도 마찬가지였다. 입 꾹 다문 채, 잠 자코 일어서야 했다. 그럴 수밖에 없었다. 늘 그렇듯, 나로서는 그것 이 최선이었다. 나는 차를 다 마실 만큼만 그 자리를 겨우 견뎌 낸 다음에 마침내 상숙과 작별했다. 차, 고맙다. 나, 그만 갈게. 잘 지내.

꼭뒤에 쥐가 날 만큼 벼르던 끝에 감행된 실로 모처럼 만의 시도 는, 결국 오해는 영원하고 한 번 망가진 인간관계의 치유는 결코 쉽 지 않다는 속설을 확인하는 성과밖에 없었다. 그날 이후 나는 복원 시도를 포기했다. 말끔히. 깡그리. 체념이었다. 암담했다.

아홉 달 만에 다시 만난 우리는 역시 서먹하기는 했지만 적어도 겉모습만으로는 그 방을 드나드는 은혜의 집 사람들 눈을 가릴 수 있을 만큼은 평정하게 이야기들을 나눴다. 자식들에 대한 편리한 화 제가 있어 다행이었다. 아무개는 취직을 했어. 아무개는 어쩌면 결 혼하게 될 것 같아…….

그러나 편리한 이야깃거리는 곧 바닥났고 시간이 갈수록 자리는 조금씩 더 불편해졌다. 애써도 쉽지 않았다. 애쓰는 것은 기껏 해봐 야 묵은 상처를 건드리는 것에 지나지 않았다. 역효과였다. 그래도 기왕 먼 길을 왔으니 한 시간은 채워야지 하고 생각했지만 나는 겨 우 40분쯤을 견뎌 낸 다음에 아버지에게 말했다.

「아버지, 저희들 그만 올라가 봐야겠습니다.」

「발써?」

「예, 주말에는 길이 막혀서요.」

「그래?」

아버지는 또 왼손을 더듬더듬 내밀었다. 나는 그 손을 잡았다.

「그럼 잘 가. 잘 가고, 또 와. 또 와야 해.」

이런 말씀 역시 아버지의 손에서 체온을 느낀 그날쯤부터 듣게 된 것이었지만 들을 때마다 새삼스러웠다. 명령조가 아닌 어투뿐만 아니라 '잘 가고, 또 와'에 실려 있는 여운도 이전에는 느껴 볼 수 없던 정감이었다. 그러고 보면 아버지도 어쩌면 당신 생애에서 처음으로 나에 대해 사랑을 느끼고 있을 듯했고, 내 경우와는 달리 그것이 거짓일 가능성은 적을 것 같았다. 회상되는 옛 말씀 하나가 있었다. 鳥之將死 其鳴也哀 人之將死 其言也善.

「그래고…….」

그 손을 한 번 더 꼭 잡아 준 다음, 몸을 돌리는 우리 부부를 향해 아버지는 다시 입을 열었다.

아내가 나섰다.

「예에, 아버님. 뭐 필요한 거 있으세요?」

「필요한 거? 없어, 없어. 필요한 건 아무것도 없어. 그게 아니라, 요담에 올 때는 어린것들 좀 데리고 와. 그것들이 보고 싶어.」

「알았습니다. 재명이 엄마가 학교 때문에 바빠서 이번에 같이 못 왔습니다. 다음에는 꼭 같이 오겠습니다. 곧 방학할 거거든요.」

「알았어. 어서 가. 잘 가. 잘 가고, 또 와. 꼭 또 와야 해.」

「예, 예, 아버님.」

아버지가 되풀이하는 '또 와'에 실린 인간적 고독감을 무겁게 느끼며 207호실에서 나와 계단 쪽으로 걸어가다가 스치게 된 어느 방에 환자를 보살피고 있는 심다정 원장의 모습이 보였다.

젊어 한 시절 청운의 뜻을 품어 보지 않은 사람은 있기 어렵고, 사람들은 저마다 남다른 생애를 몽상하고 깜냥껏 애쓴다. 그러나 이 세상 거의 모든 사람들은 그 뜻, 그 몽상과는 달리 허물어진 삶을 살아간다. 그때마다 갈급하기 일쑤인 세속적 욕망들에 쫓기다 보니 그럴 수밖에 없다. 그게 이른바 인생이다, 그렇게 믿고 있는 나에게 심다정 원장은 드문 예외다.

성균관대학에서 독일 문학을 가르치던 그이는 쉰이 넘은 나이에 꽃동네 현도 사회 복지 대학에서 공부하여 사회 복지사 자격증을 딴다음, 사재를 털고 독지가의 도움을 받아 자신의 고향인 문경 교외, 선산 자락에 은혜의 집을 세워, 불우한 사람들을 돕는 생애를 살아가겠다는 소녀 시절의 꿈을 실현했다. 150명쯤 된다는 수용 환자의 절반은 종교 단체와 지방 자치 단체의 추천을 받은 무료 환자다. 독일어를 공부한 것도 소녀 시절에 감동을 느끼며 즐겨 읽었던 헤르만 헤세의 작품들을 헤세 자신의 언어로 읽어 보고 싶은, 역시 소녀 시절에 품었던 꿈 때문이었다니까, 심 원장은 생애 내내 자기 소망의 실현을 위해 노력해 온 셈이었다. 나보다 두어 살 더 많다고 들었는데, 늘 웃음기가 은은한 표정은 아직도 소녀처럼 맑고 밝다.

수녀나 비구니의 얼굴에서 흔히 볼 수 있는 평화, 그 놀라운 화색을 수도자가 아닌 속인의 얼굴에서 보게 된 것도 그이의 경우가 처음이었다. 그런 표정이나 화색은 자부심을 간직할 수 있는 생애를 살아온 사람만이 누릴 수 있는 찬란한 훈장이다. 나는 그렇게 생각한다. 자기 딸에게, 자신의 간절한 기도가 담기었을, '다정(多情)'이라는 이름을 붙여 준 이는 어떤 사람일까? 궁금했다. 그는 틀림없이 아버지 노릇을 아주 잘 해냈을 것 같았다.

인사라도 건네야 한다 생각하면서도 나의 발걸음은 멈춰지지 않았다. 비단 심 원장 앞에서만은 아니다. 나는 이 세상 모든 대상 앞에서 도무지 떳떳하지 못하다. 떳떳한 체라도 하려 할수록 나 자신의 존재는 더 하찮아진다. '체'는 나 자신에게는 아무런 소용도 없다.

나 자신은 속일 수 없다.

적어도 쉽지 않다.

상숙과 상현은 주차장까지 따라 나왔다. 상현은 내려온 김에 상숙이네 집에서 하루 자고 가겠다 했다.

아내가 운전석에 올라가 시동을 걸었다.

햇살 아래서 보니까 상숙과 상현의 얼굴에 나이 든 티가 더 또렷했다. 4남매 가운데 막내로서 나보다 열 살 아래인 상현도 어느덧 쉰 줄이었다. 비단 아버지만은 아니었다. 그 아랫대도 앞서거니 뒤서거니 떠날 준비를 해야 할 때였다. 자연의 질서가 그랬다.

어느 날부터였던가, 나는 문득문득 자신도 모르게 주먹이 불끈 쥐어지면서 등에 식은땀이 쫙 내배는 경험을 한다. 지난 시절, 어느 순간이나 어떤 언행에 대한 기억은 언제나 그토록 섬뜩하다. 잘한 일도 있었을 듯한데 그런 일은 생각나지 않는다. 그래 봤자 대수롭지도 않은 인생을 살아 내기 위해 실로 별의별 우스꽝스러운 몸짓을 다 지어 보였다 싶은 겸연쩍음뿐이다. 업어 주고 밥 먹여 주고 몸 씻어 주던 누이동생들의 나이 든 얼굴을 햇살 밝은 곳에서 오랜만에 바라보고 있자니까 또 그런 현상이 나타났다. 그들과 불편한 사이가 된 것, 그래서 격려 대신 고통을 주게 된 것, 나의 잘못, 나의 실패였다. 그 근원적 까닭이 어떤 것이었든, 그 과정이 어떻게 되었든, 결과적으로 보아 내가 그들을 그렇게 되도록 몰아간 것이었다. 자책감, 실로 컸다. 나 자신, 아버지와 불화한 형을 이해하려 들기보다는 탓하지 않았던가.

내내 그렇게 하늘은 드높이 푸르고 그 하늘에서 빛나는 화사한 햇살은 맑기만 했다. 역시 야유 같았다. 헤어나 보려 들 수도 없는 수렁에 빠져 있는 듯한 아득한 느낌이 갑자기 도졌다.

「답다압하다.」

나는 동생들 얼굴로부터 그 뒤편 산 풍경 쪽으로 눈길을 돌리며 혼잣말처럼 한마디 했다.

「그래요. 정말 답답해요. 안타깝기만 하구. 어떻게 해드릴 수도 없구.」

상숙은 나의 '답다압하다'를 그런 쪽으로 해석한 것 같았다.

「그래, 그럼, 우리 먼저 갈게.」

나는 운전석 옆 자리에 들어가 앉았다.

차가 앞으로 나아가기 시작했다.

상숙과 상현은 그 자리에 그대로 서 있었다.

표정 없는 얼굴들이었다.

저 가슴속에 지금 어떤 생각들이 흐르고 있을까?

그런 상상을 해보자니까 가슴은 더 답답해졌다.

답답해 미칠 지경이었다.

마치 이내 미치고야 말 듯한 그 답답함에 의해 촉발되기라도 한 것처럼 또 속 쓰림 증세가 일기 시작했다. 나는 오른쪽 손바닥을 펴 배를 눌러 문질렀다. 아내의 눈길이 잠깐 나를 향했다가 제자리로 돌아갔다.

「또 쓰려?」

「……약간.」

「병원에 가보라니깐!」

나는 대꾸 대신 몸을 의자 등받이에 조금 깊이 기대며 두 눈을 감았다. 낡은 엔진 소리가 유난스레 귀에 거슬렸다. 속 쓰림 증세가 차츰 더 또렷해지고 있었다. 최근 몇 주 동안 되풀이되고 있는 증세였다.

「미련 부리다 괜히 더치지 말구 병원에 가보라니깐.」

아내의 다그침에 동감하면서도 병원을 찾아가게 되지는 않았다. 차라리 더쳐, 그 제목이야 무엇이든, 불치 상태나 되었으면 하는 엉뚱한 소망은, 내가 느끼는 답답함으로부터 비롯된 무력감 때문인가, 그 시간에는 더 간절해졌다. 속 쓰림 증세가 조금씩 더 밭아지고 있

었다. 송곳 끝으로 위장 어딘가를 콕콕 찌르는 듯한 예리한 통증마
저 뒤따랐다. 병원에 가보기는 가봐야 할 것 같았다.

「내시경한 지 얼마나 되셨죠?」

증세 설명을 듣고 나서 두루 청진해 본 의사가 물었다. 40대 중반
쯤, 부드럽고 자상하면서도 신중한 표정이었다. 교사 노릇을 하던 시
절 신체검사를 더러 하게 되기는 했지만 내시경을 해본 적은 없었던
것 같았다.

「해본 적이 없는 듯한데요?」

「그렇다면, 뭐 걱정할 일은 아니겠지만, 한번 해보시죠. 내일 아침,
식사하지 말고 한 번 더 오세요.」

생전 해본 적 없는 내시경이었다. 뭔가 중요한 증세가 전제되어
있는 듯했다. 더운 여름철이면 선풍기나 자동차 에어컨에 질식사했
다는 소식 따위가 황홀한 몽상의 동기가 되고 있는 판이었다. 생전
해본 적이 없는 내시경은 그런 것들보다 훨씬 더 구체적이고 사실적
이었다. 병원에서 나와 차를 몰고 집으로 돌아오는 길에 예의 몽상
은 이미 시작되고 있었다.

'생전 해본 적 없는 내시경'이 일으킨 효과는 아내의 경우에도 비
슷한 것 같았다. 대뜸 놀란 눈빛부터 지어 보였다. 그 눈빛이 나의
몽상을 촉진했다. 몽상은 마침내 황홀경으로 접어들었다. 이토록 황
홀한 몽상은 실로 오랜만이었다. 허구한 날 바둑이나 두고 있어야
하는, 참 한심하리만큼 늘어진 나날이었는데, 모처럼 만에 내 삶의

공간이 긴장과 기대와 흥분으로 가득 채워진 것 같았다. 존재의 무게가 느껴졌다.

괜한 겸사가 아니다. 내가 비교적 잘 알고 있는 나는 변덕스럽다. 도무지 항심(恒心)이 없다. 여러모로 애써 봤어도 마찬가지다. 내 마음이 어떻게 변덕을 부릴는지, 나는 알 수 없다. 막상 불치로 진단되었을 때, 나는 황홀해하기보다는 갑자기 말기 환자가 된 사람들이 어김없이 그렇게 된다는 것처럼 노여움과 비탄에 잠겨 발버둥질 치게 될는지도 모른다. 그런 예상과 전망을 해보면서도 그럴 만한 꼬투리가 있기만 하면 나의 황홀감은 차츰 더 지극해져 가기만 한다.

이런 종류의 몽상은 나에게 만병통치약이다. 바늘 끝처럼 곤두서 있던 온몸의 신경 세포들은 오색 보드라운 색실이 되어, 고운 비단 천 위에 여름 맑은 하늘에 한가롭게 떠 있는 구름과 그 아래 풀밭에서 요령 소리를 울리며 풀을 뜯고 있는 짐승들을 수놓는다. 근심, 걱정, 번뇌, 그런 것들은 자취도 없다. 언제나 무지근한 머리는 대뜸 가뿐해지고 코끝에서는 훈향이 감돈다. 내가 먹는 밥 한 술, 내가 마시는 물 한 모금의 의미가 각별해지고, 여느 때 거북하기만 하던 세상 사람들도 그 하나하나가 아쉬운 작별의 대상이 된다. 거북한 마음은 들 수도 없다. 요모조모 낙관밖에는, 일부러 애를 써도 비관은 쉽지 않다. 지복의 시간, 환상 같기도 한 평온은 티 잡을 데 없이 완벽하다. 그 시간에도 마찬가지였다.

그런 상태로 하루를 보내고 밤이 되었다. 아내 눈치가 보여 자리에 눕기는 했지만 쉽사리 잠들 수 없었다. 내가 발톱을 깎아 준 적이

있는 외사촌 형이 생각났다. 현직에서 물러난 뒤, 만년을 느긋하게
즐긴다고 즐기고 있던 그 형은 속이 거북하여 소화 불량으로 생각하
고 소화제나 먹으며 몇 달을 지내다가 병원에 가보게 되었는데, 위암
말기였다. 나도 제발 그랬으면 하는 소망, 자못 간절했다. 그것은 내
가 예의 수렁으로부터 합당하게 벗어날 수 있는 유일한 길 같았다.

  사실은 그런 밤이 잦은 편인데도, 아내는 내가 쉽사리 잠을 이루
지 못하는 것을 의사로부터 무슨 걱정되는 소리를 듣기라도 했기 때
문인가 하여 더 불안해했다. 다음 날 아침, 병원에 가기 위해 집을 나
설 준비를 하자 아내는 자기도 함께 가겠다 했다.

「내가 무슨 죽을병이라도 걸린 줄 알아? 걱정할 일, 아니라 했다니
  깐, 의사가.」

아내는 늦가을 비에 젖은 얼굴이 되었으나 나는 그 마음을 풀어
주려 하지 않은 채 다시 병원을 찾아갔다. 간호사는 무슨 주사 한 대
를 놓고 나서 우윳빛과 노르스름한 액체를 각각 15cc쯤 마시게 했
고, 5분쯤 뒤, 나를 '내시경실'이라는 문패가 붙어 있는 방으로 데리
고 들어가, 침대에 누워 태아처럼 몸을 조금 오그리도록 했다.

  곧 의사가 들어와 그 끝에 '눈'이 달려 있는 긴 줄을 콧구멍을 거쳐
배 속에 집어넣은 다음, 오른쪽 눈을 렌즈에 갖다 대고 '눈'을 이리저
리 옮겨 가며 드문드문 스위치를 눌렀다. 줄이 콧구멍과 목구멍을
간질여 곧 토악질이라도 할 것 같았지만 나는 참아 냈다. 나의 황홀
한 몽상은 이제 그 절정을 향해 치닫고 있었다. 불치병으로 죽어 가
는 사람들을 부러워했던 적은 여러 차례였다. 이제 나도 마침내 어

느 누군가가 부러워할 그런 위치에 있게 될 듯했다.

「자알 참으시는군요.」

의사는 칭찬했다.

「한번 보시겠습니까?」

의사는 렌즈를 내 눈에 대주었다.

더러 '생명의 신비' 같은 텔레비전 프로그램에서 본 풍경이 펼쳐졌
다. 선홍빛이 아름다웠다.

「아름다운데요?」

「그렇죠? 허허. 자 그럼, 수고하셨습니다. 정말 자알 참으셨습니
다. 이제 다 됐습니다.」

허허, 웃는 의사의 그 웃음과 농담조 여유가 나의 몽상에 금이 가
게 하기는 했지만, 그것은 의사가 자신의 심각함을 눙치는 직업적 기
교일 거라는 추측이 곧 그 금을 재빨리 수리해 버렸다. 의사가 긴 줄
을 빼내고 나서 방을 나가고 난 다음, 간호사는 나를 일어나게 했다.
나는 조금 뒤에 진료실로 안내되었다. 의사는 몇 장의 내시경 사진
을 번갈아 보여 주며 말했다.

「역시 괜찮으신데요. 좋습니다. 여기 좀 하얀 부분……, 약간의
염증이 있습니다. 담배는 안 태우시죠?」

「예.」

「커피는 하루 몇 잔이나 드세요?」

「한두 잔.」

「그 정도는 괜찮습니다. 약 며칠치 드릴 테니까 드시고, 좋아지지

않으면 한 번 더 오세요.」

의사는 선선한 얼굴이 되어 처방전을 쓰기 위해 컴퓨터 자판을 도 드락거리기 시작했다.

지난밤부터 내내 이어졌던 황홀한 몽상은 단번에 박살 났다.

내 얼굴에 그런 빛이 떠오르기라도 했던가 보다.

의사가 손길을 멈추고 나를 바라보았다.

「왜, 다른 무슨 증세라도 있으세요?」

「아니, 그게 아니라⋯⋯.」

나는 어물어물 자리에서 일어나 밖으로 나왔다.

간호사가 처방전을 내밀었다.

나는 병원 밖으로 나와, 약국에 들러 처방전의 약을 살 생각도 하 지 않은 채, 승용차를 몰고 집을 향해 달리기 시작했다. 거리는 너무 밝고 너무 분주했다. 그 밝음, 그 분주가 낯설어 거리마저 낯선 느낌 이었다. 현기증이 밀려왔다. 운전대를 쥔 손에 힘을 밀어 넣었다. 이 마에 땀이 내뱄다. 진땀이었다. 황홀경이 지극했을수록 그 뒤에 이 어지는 허탈은 더 지독할 수밖에 없었다.

낮 시간이어서 지하 1층 주차장에도 자리가 비어 있었는데 내려가 다 보니 3층이었다. 나는 기둥과 다른 차 사이에 주차시키려다가 기 둥 모퉁이를 살짝 스쳤다. 소심함 때문이겠지만 언제나 조심했기 때 문에 전에는 없던 일인데 요즘 들어서는 더러 일어난다. 차에서 내 려 확인해 보았다. 주유구 조금 아래에 새 상처 하나가 생겼다. 내

집에 온 지 15년이나 된 차였다. 그동안 아내와 세 아이들이 모두 이 차를 가지고 운전을 익혔다. 상처가 많을 수밖에 없었다. 휘발유 엔진이 아니라 디젤 엔진 같은 소리를 내기 시작한 지도 이미 여러 해째였다. 수리 비용이 차츰 더 많이 들어가는 거야 그렇다 치고라도 안전을 생각해서라도 그만 바꿔야지 하는 소리는 아내 입에서 먼저 나왔으나, 아내는 '바꾸자'까지는 나아가지 않았다. 내가 학교를 그만둔 뒤부터겠지만, 본디 짠 손인 아내는 요즘 들어 이전보다 지출에 훨씬 더 민감해졌다.

나는 적막한 그 지하 공간을 휘적휘적 걸어 건너 문을 열고 엘리베이터 승강 공간으로 들어서서 단추를 눌렀다. 13층에 머물러 있던 엘리베이터가 내려오기 시작했다. 지하의 엘리베이터 승강 공간에는 채색도, 장식도 없었다. 높직한 천장에 조명등이 밝혀져 있는데도 좀 어둠침침한 느낌이었고 풍경도 삭막했다. 여러 크기의 파이프와 굵직한 전선들이 그대로 노출되어 있었다. 파이프나 전선을 받치고 있는 철제 구조물들은 그 아래 의자 하나를 놓으면 그대로 손이 닿을 만한 높이였다. 그 높이에 눈이 갔다. 어느 날 이후, 내 주변을 망령처럼 떠도는 오렌지 빛 로프가 득달처럼 다가온다. 로프를 걸 수 있는 무엇만 눈에 띄면 버릇처럼 시작되는 몽상이 막 꿈틀거리려는 순간, 엘리베이터의 '딩' 소리는 너무 컸다.

엘리베이터 문이 열렸다. 엘리베이터 조명은 너무 밝았다. 나는 항복하듯, 고개를 숙인 채 너무 밝은 조명이 빛나고 있는 그 공간 안으로 들어갔다. 엘리베이터는 1층에서 멎었다. 마흔 줄의 여자 하나가 탔다. 더러 스치게 되는 얼굴이었다. 엘리베이터는 다시 올라가기 시작했다. 여자는 '7'을 누르며 나를 흘긋 돌아다보았다. 나는 그제야 엘리베이터 단추를 누르지 않았다는 것을 알아차리고 손을 뻗어 '19'를 꾹 눌렀다.

집에 들어서자 아내의 눈길이 나를 쫓기 시작했다.

「아주 좋대. 약이나 조금 먹어 보라더군. 거 위장 말이야, 내시경으로 보니까 석회 동굴에다 밝은 선홍빛을 솜씨 좋게 칠해 놓은 거 같더라구. 신기하던데. 내 배 속을 마치 내 손바닥처럼 들여다볼 수 있다니 말이야.」

아마도 그때까지도 이어지고 있는 허탈감을 눙치기 위해, 그렇게 너스레조가 되기까지 하며 사실대로 말했는데도 아내는 못 미더워하는 눈치였다.

「나 참. 괜찮다니깐. 괜히 신경 긁지 말구 차나 한 잔 줘.」

「아침부터 먹어야지.」

「어, 그러든지.」

아침을 먹는다고 먹은 다음 찻잔을 들고 베란다로 나갔다. 햇살은 밝고 따스했다. 그다지 멀지 않게 산이 보였다. 선 채로 차를 마시며 처음에는 산을, 그러다가 이끌리듯 아래를 내려다보았다. 19층으로부터 그 아래에 이르는 공간이 아득했다. 온몸 세포를 한순간에 쫙 훑어 내리는 서늘한 경련이 일었다. 강렬한 충동. 생애 내내 언제나 미적미적, 머뭇머뭇이었다. 나에게 주어진 몫을 그러그러하게나마 꾸려 나가기 위해 그럴 수밖에 없었다. 단 한 번도 단호하지도, 과감하지도 못했다. 그 생애가 다 끝나기 전에, 그 생애를 다 끝내기 전에, 정말 단 한 번이나마 과감하게 단호해지고 싶었다. 단 한순간이면 이 모든 버거움을, 고통을 끝낼 수 있다. 무서운, 그러나 달콤한 충동이었다. 거셌다.

성욕, 성 충동, 성 본능, 그런 표현은 자주 쓰이는데, 사욕(死慾), 사 충동, 사 본능, 그런 표현은 쉽사리 눈에 띄지 않는다. 아직 어린 사람들을 포함하여 수많은 사람들이 자살을 몽상하고, 그중 상당수가 마침내 자살에까지 이르는 현실이 증명하고, 나의 체감치도 그렇지만, 후자의 것은 전자의 것 못지않게 치열하고 집요하다. 나이 듦과 더불어 전자의 것이 차츰 소멸되어 가면서 후자의 것은 더 치열, 더 집요해지고 있는 듯하다. 요즘으로 보자면 부질없어 보이지 않고 덧없어 보이지 않는 단 하나가 그것 같다. 날이 갈수록 오히려 더 우뚝해지고 더 찬란해진다. 양편 모두 금기가 많다. 금기는 고문 도구나 수단과 같다. 젊은 시절, 나는 전자에 의해 줄기차게 고문당하는 듯했다. 그런데 이제는 후자다. 후자에 의해 쉼 없이 고문당하고 있는 것 같다.

나의 젊은 시절에 축에 끼어들기 위해서 읽은 척이라도 해야 했던 책들 중에는 《시지프스의 신화》도 있었는데, 그 책의 첫째 줄은 이렇게 시작된다. '진정으로 심각한 철학적 문제는 단 하나이며, 그것은 자살이다.' 도발적인 그 대목에서 오래 눈길이 머물게 되기는 했지만 동감하지는 않았다. 겉멋마저 곁들여진 난삽한 말장난 같기나 했다. 그런데 그때로부터 40여 년이 지난 뒤, 나는 진심으로 동감하고 있다. 내 일상에서 진정으로 심각한 문제는 (그것이 철학적인가 하는 것은 알 수 없으되) 단연 자살이다.

자살에 대해 생각해 보지 않고 흘려보내게 되는 날이 단 하루도 없다. 하루에도 몇 차례씩 자살에 대해 생각한다. 가족들을 위해 아무런 도움도 줄 수 없게 된 나이 든 남자들은, 설령 와석 상태가 아니라 할지라도, 그 존재 자체가 가족들에게 고통이 될 뿐이라는 참 기막힌 소리를 듣고, 적어도 공리(功利)적 타산성이 절대적인 요즘식 잣대를 부정하려 들지 않는다면, 그럴 수밖에 없을 것 같다는 수긍을 한 다음부터, '세상에, 평생 실로 온갖 성심을 다해 헌신해 온 그 가족들에게 고통밖에는 달리 줄 게 없게 되다니' 하는 탄식과 더불어, 이쪽 생각은 스스로 진저리가 쳐질 만큼 더 집요해졌다. 집요한데다가 충동적이기까지 한 그 생각을 격퇴하게 되는 단 하나의 이유는 바로 그 가족들에게 어두운 기억, 그 부당한 고통을 주어서는 안 된다는 것이다. 특히 나를 '하부'라고 부르는 어린것들을 생각하면, '아, 내가 정말 나쁜 생각만 되풀이하고 있구나' 하는 절박한 탄식이 인다. 큰놈이 말을 막 배우기 시작하던 무렵, 그 입에서 처음으로 만들어진 나에 대한 호칭은 굳이 문자로 만들어 보자면 '하부'였다. 입김이 내뿜어지듯, 그렇게 소리 내 나를 불렀을 때, 나는 내 자식들의 그 시절에는 느껴 보지 못했던 생명의 신비를 느꼈다. 전율마저 곁들여진 지극한 환희가 뒤이어졌다. 이제는 못할 말이 없게 되었는데도 큰놈은 아직도 나를 '하부'라 부르고, 이제 겨우 말을 배우기 시작한 작은놈이 입술에 올리는 나에 대한 호칭은 큰놈을 따라 역시 '하부', 그 비슷한 울림이다. 그 녀석들에게 어두운 기억을 주는 것은 한 생명으로 내가 이승에서 저지를 수 있는 최악의 죄악으로 여겨졌다. 정말 그래서는 안 될 일이었다. 그런데도 몇 순간이 지나고 나면 나는 또 자살에 대해, 그 당위에 대해, 그 필연성에 대해 생각하게 된다.

치열하고 집요하게.

실로 치열하고 집요하다.

실로 치열하고 집요한 그 고문으로부터 자유로운 날은 정말 단 하루도 없다. 특히 잠자리에 누워 잠들기까지, 어둠에 묻힌 공간에 누워 있는 그 시간에는 더욱더 그렇다. 온갖 비관이 마구 어지럽게 흩날린다. 잠을 이루지 못하는 시간이 길어지면서, 감상적이게 하는 밤의 효과가 곁들여진다. 머리는 더 무거워지고 난무하는 비관은 더 원색적, 구체적이 되어 간다. 잠을 이루는 데 너무 시달리지 않도록 낮잠을 자지 않고 좀 힘들 만큼 운동을 해도 불면 증세는 오히려 상습적이 된다. 상습적 불면은 그 자체가 극단적 비관 대상이 될 만큼 고통스럽다. 아무리 애써도 잠 못 이루는 시간이 길어지면 질수록 비관은 차츰 더 지극해진다. 비참함이 느껴지기도 한다. 그런 시간이 끝도 없을 것처럼 이어진다.

밤이 무섭다.

차츰 더 무서워지고 있다.

겨우 잠들어 봤자다. 노쇠 증세의 하나일 전립선 고장으로 말미암아 하룻밤에 너더댓 차례나 일어나야 한다. 결국 고문 상태는 한껏 지쳐 더 견뎌 낼 수 없을 때까지 이어진다. 그런 밤 다음 날 아침, 잠자리에서 일어나기가 쉬울 수가 없다. 정해진 시간에 일어나야 할 일도 없지만, 백수 티에 대한 자격지심은 완강하여, 일어나야 할 그 시간이면 어떻게든 일어나려고 애쓴다. 온갖 시달림은 재빨리 재현된다. 그런 상태에서 시작한 내 생애, 또 하나의 하루가 순탄할 수 없다. 온종일 반은 깨어 있고 반은 조는 상태에서 시달림은 이어진다.

그런 나날들이 끝도 없이 되풀이된다.

지겹고, 무섭기까지 하다.

그 지겨움, 그 무서움으로부터 벗어나기 위해서라도 사욕의 고문 앞에 차라리 곧이곧대로 굴복하고 싶다. 이런 소망은 시간의 흐름과 더불어 차츰 더 집요하고 차츰 더 치열해진다.

자연스러운, 당연한 현상일까?

잘 모르겠다.

나는 베란다에 늘 놓여 있는 흔들의자에 내 몸을 앉히며 찻잔을 입술로 가져갔다. 조금 전의 충동은, 그 집요한 고문은 그대로였다. 나는 천천히, 아주 천천히 차를 마셨다. 따스한 햇살은 내내 그렇게 밝은데 시야가 부예졌다. 그러나, 하고 다짐처럼 꼭꼭 박아 생각한다. 나는 어떻게든 버텨 내기 위해, 용쓰듯, 온갖 안간힘을 다하고 있다. 그렇게 되어서는 정말 안 된다고, 어떻게든 나를 버텨 내려는 안간힘은 요즘 내 삶의 유일한 지향이고 이유나 조건이기도 하다. 왜냐하면 그것은 역시 가족은 물론 가까운 친구들에게마저 고통이 되고 어두운 기억의 근원이 될 수밖에 없을 것이므로. 나를 가족으로, 친구로 인연 맺었다는 것 외에는 무고한 그들에게, 더구나 아직 어린

고것들에게, 그런 고통, 그런 기억을 주어서는 안 될 것이므로.

핑계일까?

생명 집착.

정말 빤한 핑계일까?

역시 잘 모르겠다.

물론 확실하지는 않지만, 알 수 있을 듯한 것도 있기는 있다. 결국은 끝까지 갈 수밖에 없으리라는 것, 그러면서도 마지막까지도 그 몽상으로부터 벗어나지 못하고야 말리라는 것. 왜냐하면 내가 그렇게 생겨 먹었기 때문에. 그렇게나마 버텨 내기 위해 어쨌든 최선을 다하고 있기도 하니까. 그런 사람이 결코 나 하나만은 아니겠지…….

멍에…….

그 말이 또 혀끝에 맴돈다.

나에게 세상은 결코 낙원이 아니었고 인생은 결코 축복이 아니었다. 내 인생, 거의 초장부터 그랬다.

어린 시절, 우리 가족이 함께 살던 집은 내 대까지 더해 모두 9대가 대물림하며 살아온 고옥이었다. 그 당시 지은 지 200년이 넘었다는 그 집은 하도 낡아, 부릴 사람을 들일 형편이 되지 않아 비워 둘 수밖에 없던 행랑채는 이미 허물어져 버렸고, 너른 대청을 사이에 두고 방이 다섯이던 본채도 뒤편으로 눈에 띌 만큼 기울어져 있어서 그쪽에 통나무 버팀목 세 개가 세워져 있었다. 수리가 아니라, 아예 새로

지어 올려야 했지만 가세는 끼니마저 걱정해야 하는 처지였다.

나보다 세 살 위인 형과 아버지가 버럭버럭 소리를 질러 대며 싸우면 나는 뒤뜰로 나가 집이 흔들리는 것을 지켜보며, 정말 집이 무너지기라도 할까 봐 조바심해야 했다. 대청과 방, 방과 방을 이어 주는 문은 낮았다. 형이 허리마저 구부린 채 문 하나를 지나 도망치면 아버지는 같은 자세로 그 뒤를 쫓았다. 아버지의 폭행이 시작되면 대문 밖으로 냅다 내빼던 형은 어느 날부터인가, 안방에서 윗방으로, 윗방에서 대청으로, 대청에서 사랑방으로, 사랑방에서 대청을 거쳐 다시 안방으로, 그렇게 아버지 주먹을 피해 도망 다니며 마주 소리를 질러 댔다. 도망이 아니라 사실상의 대결이었다. 두 사람 모두 눈빛이 벌겠다. 집 안에는 언제나 먹장구름이 드리워져 있었다. 동생들은 아직 어렸다.

'가화(家禍)다, 가화.'

어머니는 울먹이며 탄식했다.

그러니까 우리 가족권의 붕괴 조짐은 사실은 내 인식의 눈이 뜨이기 시작하던 그 무렵부터였지만, 그 완벽한 붕괴가 구체적으로 시작된 것은 4년 전, 설날 아침이었다.

그날 아침, 내 몫의 일인 지방(紙榜) 쓰기를 막 끝낸 참이었다.

전화벨이 울렸다.

결과적으로 보아 새로운 파국의 시작이 된 그 울림에 대한 느낌은 지금도 선명하다.

이른 아침이기 때문이었을까.

유난스레 요란스러운 느낌이었다.

어쩌면 그 시간에 내가 잠겨 있던 우중충함 때문이었을는지도 모른다. 명절이니 하는 특별한 날마다 내가 느끼게 되는 우중충함이었다. 가까운 가족들마저 한자리에 모일 수 없는데, 명절은 무슨 명절이야, 그런 심정. 바깥 날씨마저 금세 진눈깨비가 퍼붓기라도 할 것처럼 음산했다. 지난해 갑자기 백수가 된 뒤부터, 집으로 걸려 온 전화를 받지 않는 것으로 하고 있는 터였지만, 아내는 며느리와 함께 제상에 제수 진열을 하느라고 분주했다. 나는 전화기 앞으로 다가가 수화기를 들었다.

「작은아버지, 저 민운데요.」

방배동 사는 장조카였다. 몇 해 만인가. 언뜻 헤아려지지도 않았다. 민우는 이어 말했다.

「지금 차례 지내러 간다고, 아버지가 말씀드리라는데요…….」

이상스런 간접 화법부터, 표현이 또렷하지는 않았지만 뜻을 알아들을 수는 있을 듯했다. 웬일일까? 반가움보다는 어두운 예감이 앞장섰다.

「지금 어디니?」

「집인데요, 곧 출발할 거예요.」

시계를 보았다. 8시 40분이었다. 지금 차례를 지낸다 해도 이른 시각이 아니었다.

「그래, 알았다.」

전화를 끊으며 한 번 더 내다본 하늘은 조금이나마 더 음산해진 것 같았다.

아내가 나를 바라보고 있었다.

「민우네가 온다네.」

아내 눈동자에 물음표가 떠올라 왔다.

나도 마찬가지였다. 아무래도 무슨 엉뚱한 환난의 시작 같기만 했다. 반가운 일이 될 수 없는 게 이 집안사람들의 만남이었다. 그러나 명절이었다. 명절로서의 겉모습은 존중되어야 했다. 나는 아무래도 개운하지 않은 기분을 털어 내 버리려 애쓰며 사랑방으로 갔다. 현대식 아파트에서 '사랑방'이니 하는 것이 야릇하지만 그것은 노인들 뜻이었다.

사랑방에 들어갈 때, 내 눈길이나 말의 방향은 두 노인의 중간쯤을 향한다. 아버지의 찬 반응으로부터 면박감을 너무 지나치게 느끼지 않기 위한 기교였다. 전화 내용을 보고하는 그 시각에도 그랬는데, 텔레비전을 보고 있던 아버지 반응은 한 시간 전쯤, 내가 아침 문안 인사를 올릴 때 대꾸는 고사하고 눈길마저 주지 않던 것과는 딴판이었다. 그 얼굴이 갑자기 환해졌다.

당연했다.

아버지는 명절날이나 제삿날마다 행여나 하고 기다린다. 현관 쪽에서 무슨 기척만 있어도 내다본다. 현관문을 아예 열어 둘 때도 있다. 더러는 '방배동에 전화해 봐라' 하기도 한다. 그렇게 하는 사이에 심화(心火)가 일어 끓기 시작하고, 명절이나 제삿날 며칠 뒤 그 심화가 마침내 폭발하여 나를 폭행하게 된다. 명절이나 제삿날 뒤풀이였다. 그렇게 기다린 세월이 16년이었다. 그 얼굴이 당연히 환해질 수밖에 없었다. 아버지는 내가 자신의 시야에 아직 남아 있는데도 큰 소리로 아내를 불렀다.

「에미야, 에미야!」

「예에, 아버님.」

아내는 앞치마에 손을 닦으며 종종걸음으로 나타났다. 또 무슨 일이라도 벌어졌는가 하고 의아스러워하는 눈빛이었다. 귀가 어두운 어머니의 눈동자가 바쁘게 움직이기 시작했다. 불안해하는 기색이 역력했다. 아버지는 아내를 향해 말씀했다.

「민우네 오거든 차례 지내도록 해라!」

우렁찬 목소리였다.

갑자기 힘이 솟는 것 같았다.

「예에에에, 아버님.」

아내는 머뭇머뭇 대답한 다음 주방으로 돌아갔다. 어머니가 나를 바라보고 있었다. 나는 어머니 귀 가까이 입을 대고 그 소식을 전했다. 어머니의 다 허물어진 눈동자에서 불안해하는 기색이 사라지면서 대뜸 눈물 빛이 솟아올랐다. 민우네를 기다리기는 어머니가 아버지보다 덜할 수 없었다.

방배동에서 서교동까지는 설날 아침 한가로운 도로 사정을 감안한다 해도 한 시간은 기다려야 할 듯했다. 바삐 움직이던 사람들이 갑자기 방향을 잃은 것처럼 움직이던 그 자리에서 우뚝 멈춰 섰다. 어색한 자세, 어색한 몸짓이었고, 어색한 시간이었다. 그런데 한 시간 반이 지났는데도 방배동 가족들은 나타나지도 않았고 전화도 없었다. 어색한 시간에 어색한 긴장이 실리기 시작했다. 아무도 표현하지는 않았지만 모두의 의문은 하나였다.

'정말 올까?'

시간이 지나갈수록 긴장은 더 미묘해지고 더 각박해졌다.

사랑방에서 아버지의 헛기침 소리가 잦아졌다.

자식들, 특히 며느리 보기 민망스러웠다.

11시가 거의 다 되어서였다. 형 부부와 민우를 비롯한 그쪽 세 아이들이 마침내 나타났다. 형은 굳은 표정이었고 형수와 아이들은 어색한 웃음을 머금고 있는 얼굴들이었다. 걸린 시간과 그 얼굴의 표정들로 보아, 모두 함께 집을 나서기까지 어떤 실랑이질이 있었던 것 같았다. 그런데 그 시간, 나는 조금 당혹스러워해야 했다.

민우는 그동안 서너 차례 보았으니까 알아볼 수 있었으나, 그 아래가 되는 두 질녀들은 단지 짐작만으로 그런가 보다 할 뿐, 어느 쪽이 둘째고 어느 쪽이 셋째인가를 쉬이 구별할 수가 없었다. 얼굴부터 낯설었다. 만일 길에서 스쳤다면 알아보지 못할 얼굴들이었다. 형네 가족이 그렇게 모두 함께 나타나기는 꼭 16년 만이었다. 한창 자라고 있는 아이들이었다. 어린 시절 이후 처음인 질녀들은 어느덧 20대 중반 이쪽저쪽이었다. 낯설 수밖에 없었다.

몇 장면 뒤에서 형수가 '애들 때문에 온 거지 아버님 뵈러 온 건 아니다'라는 말을 아내에게 일부러 해두는 바람에 알게 된 사연이었지만, 형 부부의 실로 드문 그 나들이는 자식들, 특히 아들인 민우 눈치 때문이었다. 민우가 자기 조부모와 불화한 자기 부모를 향해 반항조 질문을 자주 하니까, 그렇게나마 길을 터놓아야 한다고 생각하게 된 것 같았다.

갑자기 힘이 솟은 듯한 노인의 모습은 민우네가 나타나면서 더 뚜렷해졌다. 소리 죽인 긴장 끝이었다. 그들이 머뭇머뭇 사랑방에 들어서자, 아버지는 환하게 웃는 얼굴로 자리에서 일어나 그들을 얼싸안듯 맞아들였다. 형은 현관에 들어설 때와 마찬가지로, 마치 화라도 난 것처럼 잔뜩 굳어 있는 얼굴이었기에 노인의 그 얼굴은 더 환해 보였다. 기다리고 기다리던 장남이 마침내 자기 시야에 나타났다는 것만으로도 노인은 샘솟는 기쁨을 억제할 수 없게 된 것 같았다. 나를 향해서는 언제나 차갑게 굳어 있는 노인이었기에, 노인의 그 환한 얼굴은 더 낯설어 보였다. 그럴수록 형의 얼굴은 더 굳어 있는 것 같았다.

내가 기억하는 형의 본디 모습은 다감하고 우스개를 즐기는 재간꾼이었다. 내 기억에 남아 있는 형의 가장 오래된 모습은, 소년 시절에 보았던 〈지상에서 영원으로〉, 〈젊은이의 양지〉, 〈젊은 사자들〉, 〈종착역〉 같은 영화에서 그늘진 얼굴에 인상적인 연기를 펼쳤던 몽고메리 클리프트(몬티)였다. 윤곽이 반듯한 넓은 이마, 짙은 눈썹, 잘 웃지 않는 그가 웃을 때 오히려 애조(哀調)를 드러내는 입매, 조금 오뚝하게 솟아올라 더 반항적으로 느껴지는 콧날, 거의 언제나 굳어 있는 표정 등이 꼭 그렇게 보였다. 형이 즐겨 불던 하모니카로 '해는 져서 어두운데'로부터 시작되는 〈고향 생각〉 같은 구슬픈 노래들을 연주할 때, 나는 〈지상에서 영원으로〉에서 죽은 전우를 위해 깊은 밤에 나팔을 부는 몬티를, 그때 그의 눈에서 빛나던 눈물을 연상하곤 했다. 그러나 오늘의 형에게서 그런 서정은 그림자도 찾아볼 수 없다. 소년기부터 아버지와 서로 으르렁거리기 시작하여 마침내는 극단적 대치를 해오는 동안, 그의 내부에 어두운 모습으로 잠재해 있던 파괴적 열정만 극대화되어, 그 자신과 주변 사람들의 삶마저 바숴뜨려 가던 끝에 마침내는 타고난 그 모습마저 변해 버린 것 같았다.

호기심과 재기가 남달랐던 형이 대구에서 발행되는 신문에 단편소설을 처음으로 발표한 것은 열여덟 살 때였다. 소년 문예 작품 같은 게 아니라 제대로 된 소설이었다. 내가 이해하는 예술은 상처 입은 자의 몸부림이다. 상처 입은 자만이 예술한다, 나는 그렇게 이해하고 있기도 하다. 그런 이해에 비춰 볼 때, 형이 불과 열여덟 살에 어쨌거나 신문사에서 받아 줄 만한 소설을 창작해 냈다는 것은, 남다른 재능과 함께 남다른 상처를 그때 이미 입고 있었던 것을 뜻한다. 그 상처의 근원은 두말할 것도 없이 아버지였다. 아버지와 형은 정말 죽기 살기로 으르렁거렸다. 내남없이 자라고 있는 자식에게 그 아비 되는 자의 영향은 절대적일 수밖에 없다. 형은 상처 입은 짐승이 될 수밖에 없었다. 그런데 형은 그 뒤, 자신의 그 재능을 펼쳐 볼 기회도 갖지 못한 채, 아버지에 대한 미움과, 이제 아비가 된 자신의 부양 책임을 버거워하는 생애를 힘겹게 살아 내야 했다. 예술적 형상(形象)이란 어쩌면 그 상처를 어떤 형태로든 초극한 다음에나 가능한 것일는지도 모른다. 그의 상처는 진행성으로 불치 상태였다.

안간힘 쓰듯 시도는 할 수 있을망정 완성에는 이를 수 없었다. 나의 버릇 같은 풀이대로라면, 그것은 바로 형 몫의 운명이었다.

나는 그날 결혼 뒤 처음으로 시백부 내외를 보았다. 차례가 끝나고 밥상을 차리는 사이, 나는 시어머니의 수선스런 소개를 받아 가며 시백부 내외에게 절을 했다. 난감하고 당혹스러운 시간이었다. 상대방도 아마 그랬을 것이다. 그 뒤에 이어진 시간들도 그랬다. 아마도 타성바지인 내 존재 때문이었을 듯한데, 모든 가족들은 내 눈에 비친 자신들이나 자기 가족의 모습에 다소나마 전전긍긍해하면서도 겉으로는 아무렇지도 않은 척 꾸미고 있었다.

나는 시아버지의 글을 이어 읽어 내려갔다. 내가 그 안에 있었으면서도 잘 알지 못하던 세계에 막 발을 들여놓게 된 듯한 긴장이 어느덧 나를 사로잡아 옥죄기 시작하고 있었다.

차례를 끝낸 뒤, 함께 밥을 먹는 자리는 오랜만에 뭔가가 가득 채워진 느낌이었다. 우리 형제 부부는 물론, 양쪽 집 아이들 여섯까지, 그렇게 모두가 한자리에 모였던 16년 전, 그때는 아이들이 어렸다. 그러나 이제는 여섯 아이 가운데 막내가 꼭 스물이었다. 그 모습들을 한눈에 보고 있자니까 벅찬 느낌이었고, 그런 만큼 긴 세월의 단절이 더 우습고, 더 서글프고, 더 절박했다.

아버지는 감개무량한 표정이었다. 긴 겨울을 견뎌 내고 마침내 따뜻한 봄날을 맞이했다는 것 같았다. 늘 그렇듯, 아무개 할배의 자손이라는 가문 자랑으로부터 시작하여 한바탕 훈시가 시작되었다. '가화(家禍)의 시대는 끝나고 드디어 가화(家和)의 시대가 열렸다'는 선언 같았다. 그런데 일찍이 아버지의 '악업'을 결코 용서할 수 없다고 단언한 바 있는 형은 아버지의 말씀 마디마디마다 동감하지 않는다는 표정을 보이려고 애쓰는 듯했다. 그리고 상을 물리고 나자 형은 아버지와 함께 있는 그 자리에 더 오래 앉아 있어 줄 수 없다는 듯 배타적 뒷모습을 남기며 자리를 떴다. '용서할 수 없다'는 자신의 선언이 아직도 유효하다는 것을 밑줄까지 그어 가며 표현해 두려는 것 같았다.

그런데도 노인의 감개무량은 내내 그대로였다. 아버지에게 있어서 장남은 신앙과 같았다. 나를 무시로 두들겨 팰 때에도 단골로 튀어나오는 간투사가 장남에 대한 찬양과 그리움의 표현이었다. 그 찬양과 그 그리움 때문에 나에 대한 폭행 욕구가 더 벌게지는 듯했다. 장손은 바로 그 장남의 아들이었다. 아버지는 오랜만에 나타난 장손이 시야에 남아 있다는 것만으로도 흥겨운 듯, 그를 사랑방으로 따로 불러 자꾸 이야기를 하고 싶어 하곤 했다. 대수로운 것도 아닐 그런 장면들로부터 아버지가 일생을 바쳐 이룩한 악업의 완결편이 될, '인류 역사에 그 비슷한 예가 드문 사건'이 이미 시작되고 있었다는 것을 내가 알게 된 것은 시간이 조금 더 흘러가고 난 뒤였다.

설 연휴가 끝난 다음 날이었다. 아파트 5층에 있는 우리 집 주방에서는 창문을 통해 그 앞 풍경이 환하게 내려다보였다. 설거지를 하고 있던 아내가 언뜻 내려다보니까 아버지가 민우와 함께 집 앞 은행에서 나왔고 조금 뒤에 아버지는 민우를 향해 손을 뿌려 작별했다. 왜 민우가 여기까지 왔으면서도 집에는 들르지 않았을까? 아내의 의문은 곧 그 모양새를 바꾸었다. 하필이면 왜 은행이었을까? 아내를 통해 그 사실을 알게 된 나도 의문스러워하기는 마찬가지였다. 아무리 생각해 봐도 이상스럽기만 한 이 경우를 나는 어머니에게 이야기했다. 지나가는 투였다. 어머니는 뭔가를 잘못 보았겠지 하면서도 여러모로 탐문을 시작했다. 사흘 뒤였다. 어머니는 아내가 목격한 그것이, 아버지가 민우에게 2천만 원짜리 예금 통장을 만들어 주고 헤어지는 장면이었다는 것을 알아냈다. 노파는 푸념처럼 나에게 그 이야기를 하며 탄식했다.

「좋은 집 지니고 살기 해줬으만 댔지, 또 무슨 그런 짓을 하싰으꼬. 아이고, 참말로…….」

그러면서 노파는 당부했다.

「들어 속상할 거, 에미한테 이야기도 하지 마라.」

그러나 아내는 사랑방에서 모자가 뭔가 은밀한 이야기를 주고받고 있다는 것을 눈치 챘고, 그 내용도 짐작해 버렸다. 아내는 나에게 물었다. 나는 고심했다. 어머니의 당부를 지킬 경우, 그것은 아내를 조롱하는 게 된다. 그래서는 안 될 것 같았다. 나는 사실을 이야기한 다음에 몇 마디를 덧붙였다.

「대수로운 일도 아닌데 뭐. 잊어. 어쩔 수 없어.」

그러나 아내의 속은 이미 뒤집혀져 있었다.

「죽자고 모셔 봐야 소용없어. 죽자고 모시는 사람은 언제나 두들겨 맞기나 하고, 사랑은 다른 자식이 받고, 생색도 다른 자식 몫이 되고…….」

아내는 그쯤에서 멈추지 않고, 어머니 앞에 나아가 자신의 섭섭함을 표현했다.

「입장이 바꿔 되었다면 어머님 심정은 어떠시겠습니까?」

어머니는 몹시 민망스러워하며 마치 구원이라도 청하듯 나를 바라보았지만, 나로서는 할 말이 있을 수 없었다. 기껏 해봐야 인터넷을 통해 얼굴도 모르는 상대와 시름시름 바둑이나 두며 불편한 속을 어떻게든 억눌러 내려고 애쓰고 있기나 하는 게 고작이었다.

어머니가 아내에 대해 느끼는 민망스러움은 그 뒤 아버지를 향해 되풀이하여 표명되었다. 저녁이면 노인들 방에서 다투는 소리가 흘러나왔고, 그 소리들 가운데서 '내 돈 가지고 내 맘대로 했는데, 왜?'라는 아버지의 거친 역정이 거실에서 가려 들리기도 했다. 그 소리에 대한 설명을, 나는 다음 날, 아버지가 외출한 사이에 어머니로부터 듣게 되었다.

「큰아들네 그래 줬으만 너들도 주라고, 그래야 한다고. 먹는 거부터 싸는 거까지, 내 손으로 아무것도 못하는 나를 이래 맡기 놓고 있으민서 그래시만 어예는가 하고. 좋은 집까지 장만해 주고도 밥한 그릇도 얻어 자시지 못한 그 자석한테는 또 주민성, 내내 얻어 쓰기나 했지 땡전 한 푼 준 적도 없으면서 부리만 먹은 너들한테는 욕이나 해대고 주목질이나 해대고 있으만 어예는가 하고. 어른이 그래시만 내가 너들 내위를 어예 보는가 하고. 무신 염치로 내가 너들 내위를 보는가 하고. 그랬디만, 글쎄 너 어른이 그래시잖나. 당신 돈 당신 맘대로 하는데 무신 상간이로 하고. 아이고, 참말로. 당신 나름으로는 그래 어예 해서 방배동 가아들 마음을 어예 좀 돌리 보까, 그래서 당신 떠나시기 전에 집안 꼴이나마 좀 바로잡아 보까, 그런 궁리에서 그래신 기겠지만, 그기 어데 그래 되나? 사람 맘이라는 건, 낚싯바늘 매이로 요래 꼬꾸랑해서, 한번 틀어지만 바로 돌아오기 어려운 기라. 하매 원수진 지 얼맨데……. 세월 십 년이만 머 어떻다는데, 서로 얼굴 안 볼라고 한 지 하매 얼매라? 명색 에미 되고 할미 되는 내가 이래 병시이 돼 있는 거 알민서도 얼굴 한 분 딜다보지 않는, 그만침 독한 맘먹고 있는 그 사람들을 돈 얼매로 어예 해볼 수 있다고 생각하는 그게 그르지. 암만, 그르고말고. 그래고 머얼 줄라만 어른을 주지 왜 아한테 주노? 그래만 그 애비하고 그 자석하고 그 사이가 또 어예 되노? 아이고, 참말로. 이기 무슨 환난인고 모르겠다. 참말로 모르겠다.」

아버지를 상대로 한 어머니의 그런 표현은 그 뒤, 거의 저녁마다 되풀이되는 듯했다. 걱걱거리는 아버지의 거친 목소리가 가끔 높아지는 것으로 보아 그랬다. 아내는 첫날 이후부터는 그 문제에 대해서 입을 꼭 다문 채 이렇다 저렇다 내색은 없었지만 불쾌감은 확고해 보였다. 노인들을 향하는 얼굴에서 부드러운 웃음 기운이 사라진 것부터 그랬다. 아버지가 그런 낌새를 눈치 채지 못할 리 없었다. 사실이 밝혀진 지 열흘쯤 뒤였다. 아버지는 아내를 불렀다.

「내가 한 번도 표현은 안 했다만, 내한테 너 같은 며느리가 있다는 것을 나는 천복(天福)이라 생각하고 있다. 솔직히 우리 내외, 너 아니만 이래 살아갈 수도 없잖나. 내가 민우한테는 우선 표를 해두고 싶어서 그랬고, 나머지 돈은 내 죽을 때, 니한테 모두 줄 터이니 그래 알아라.」

뒷날 내가 못내 아쉬워하는 몇 장면들 가운데 하나가 바로 그 대목이었다. 그 이전 수십 년 동안 해온 그대로, 그 대목에서도 아내가, 예에, 아버님, 하고 물러났더라면, 그 뒤에 이어진 참 불행한 상황은 아마도 피할 수 있었을 것이고, 그랬다면 비록 눈가림으로나마 명색 한솥밥 식구로서의 겉모습은 유지될 수 있었을 것이다. 그런데 그 시간, 아내는 이 집에 시집온 뒤 처음으로 자신의 의견을 또렷한 어조로 표현하기 시작했다.

「아버님, 돈이 문제가 아닙니다. 입장을 바꿔 생각해 보세요. 민우를 더구나 저희 집 앞으로 몰래 불러 그렇게 하시면, 민우와 저희들의 관계는 뭐가 되고, 또 사촌들 간에는 어떤 영향을 미치겠습니까? 어느 자식 하나에 대한 특별한 관심은 자식들 사이에 이간이 됩니다. 아버님 뜻이 아무리 좋으시더라도 그 영향과 결과에 대해 고심하셨어야지요. 집안이 이 꼴이 되어 있는데 여기서 또 갈라져서야 어떻게 하겠습니까?」

아랫사람은 입이 있어도 말을 해서는 안 된다. 그것은 아버지를 지배하는 절대적 율법이었다. 아내의 그 말이 아버지 자존심을 건드리지 않을 리 없었다. 더구나 책임 추궁조였다. 아버지는 곧 쩝 소리를 내며 노여워하는 표정이 되었다. '죽자고 모셔 봐야'라는 생각을 지워 내지 못하고 있는 터였기에, 아내는 이전과는 달리 노인의 노여움을 풀어 주려는 노력을 기울이지 않았다. 시아버지와 며느리가 마주 앉은 그 장면은 결국 일을 더 뒤엉키게 하는 계기가 되었다.

일련의 상황이 노인의 기대대로 되어 가지 않기는 다른 방향에서도 마찬가지였다. 방배동 쪽에서 회유 효과가 전혀 나타나지 않는 것부터 그랬다. 음력 정월 스무닷샛날은 할머니 제삿날인데, 그날 노인의 확신에 찬 고대에도 불구하고 방배동에서는 아무도 나타나지 않았고, 그 뒤 노인이 더러 방배동을 찾아가도 그쪽에서는 이전이나 마찬가지로 냉랭하기만 한 듯했다. 더러는 끼니때가 되어도 본체만체하는 경우마저 있는 것 같았다. 노인은 억제하기 어려운 심화에 사로잡히기 시작했고, 그럴 경우 으레 그렇듯, 그 심화는 나에 대한 폭행으로 이어졌는데, 그 장면에서 노인은 또 기대 밖의 경우에 부딪쳐야 했다.

노인은 여느 때는 아이고 죽겠다는 신음 소리를 입에 달고 있다시피 하고 걸음걸이마저 때로 균형을 잃고 비틀거리는데도 일단 어떤 형태의 것이든 노여움에 치받쳐 폭행을 시작하게 되면 상대방에게 상처를 남길 만큼 씩씩해진다. 그때도 그랬다. 느닷없는 일격 다음에 소나기 퍼붓듯 후속타가 내 얼굴 곳곳에 사정없이 퍼부어졌다. 소년기 이후 줄곧 그렇게 해온 예대로라면 나는 노인이 제 풀에 지쳐 떨어질 때까지 맞고 있어야 했다. 어느 날부터인가, 내부에서 꿈틀거리기 시작한, 마주 폭행하고 싶은 공격 충동을 어떻게든 억눌러 내려고 애쓰며. 하나의 폭행 다음에 이어지게 될 한시적 평화나 기대하며. 그리고 또 세월이 흘러가면 아버지도 변하시겠지 하는 기대나 하며. 그것이 아버지와 나 사이에 이루어져 있는 해묵은 질서 가운데 하나였다. 그날도 그랬다. 그런데 변수가 느닷없이 불거졌다. 예의 불쾌감 때문이었겠지만, 아내는 성난 낯빛과 몸짓으로 갑자기 뛰어들어 노인의 가슴팍을 움켜쥐고 마구 흔들며 외쳤다.

「아무리 자식이라 할지라도 내년이면 나이 예순이 될 사람이고, 며느리까지 본 사람입니다. 도대체 이게 뭡니까? 자식이라고 이렇게 때려도 괜찮다는 법이 이 세상 어디에 있습니까? 어느 책에 그런 법이 있습니까?」

무서운 기세였고, 무시무시한 장면이었다.

그때 아내에게는 한바탕 부딪쳐나마 보고 싶다는 모진 전의밖에는, 후환에 대한 두려움 같은 것도 없어 보였다. 나는 아내의 그 기세에 놀랐다. 아내는 노인을 향해 두 눈을 가볍게나마 치뜬 적도 없었다. 언제나 철두철미하게 죽어지내던, 그럴 수밖에 없기도 하던 아내였다. 지난번에 자신의 의견을 노인에게 처음으로 표현할 때도, 눈길은 숙인 채였고 말투는 이전이나 다름없이 공손했다. 그런데 그 시간, 아내는 노인의 가슴팍을 그렇게 마구잡이로 흔들어 대며 외치고 있었다. 그런 불측함이란 노인의 세계에서는 있을 수 없는 일이었다. 불시의 기습이었기에 어쩔 수 없이 잠깐 밀렸던 노인은 이번에는 이 망할 년! 하고 외치며 아내에게 덤벼들었다. 상황은 그 장면에서 또 급변했다. 나는 노인과 아내 사이에 뛰어들어 아내를 밀어냈고, 다시 노인의 주먹이 내 얼굴을 향해 날아왔을 때, 그 손목을 힘껏 움켜쥐며 외쳤다.

「이제 더는 못 맞겠습니다!」

그 선언은 우발적인 충동 같은 게 아니었다. 벼르고 벼르던 끝에 모든 위험 부담을 무릅쓰고 감행한 일종의 거사였다.

더러는 병원에 가야 할 만큼 혹독하게 얻어맞고도, 나는 언제나 제발 용서해 달라고 빌곤 했다. 조금도 잘못한 게 없다는 것을 확신하면서도 그랬다. 비록 겉모습뿐이라 할지라도 가정의 평온을 위해 그럴 수밖에 없었다. 그러면 아버지는 또, '이 애비가 아니면 이 세상 어느 누가 너 같은 눔에게 말 한마디나마 해주겠느냐. 니 나이가 도대체 몇이냐? 나이를 얼마나 더 처먹어야 철이 들겠느냐! 이 애비가 니눔 인간 되라고 하는 소리다. 알겠나!' 하고 으름장을 놓으며 용서를 내리곤 했다. 그러면 나는 집안에 한시적이나마 평온이 유지될 수 있게 된 것을 다행스러워하며, 아버지가 그쯤에서 진정해 준 것을 감지덕지하곤 했다. 그것은 미덕의 실천이 아니라 골수에 밴 노예근성이 아니고는 설명될 수 없는 굴종이었다.

그러나 정말 이제는 더 맞고 있어서는 안 될 것 같았다. 폭행으로 말미암은 상처 때문은 아니었다. 그런 것이라면 차라리 얼마든지 견딜 만했다. 아내나 아이들에 대한 남편이나 아비로서의 체면 같은 것 때문도 아니었다. 명색 아비나 남편으로서 고려함직한 체면 같은 게 거덜 난 지는 이미 오래였다. 그런 것들보다 훨씬 더 절박한 것은,

내 마음에서 거칠게 꿈틀거리는 반동 심리였다. 차츰차츰 더 자각하게 된 바였지만, 이전처럼 고분고분 당하고 있게 되지 않았다. 그보다는 마주 폭행하고 싶은, 더 나아가 이때까지 당해 온 것을 기어코 갚고 싶은, 그리고 얼마든지 그럴 수 있다는 공격 충동이 차츰 더 거칠어져 가는 중이었다.

아버지의 사정없이 거친 주먹이 내 볼에 와 닿을 때, 관자놀이 뼈를 '퉁' 울릴 때, 더구나 일부러 급소를 골라 명치 같은 곳을 치받을 때, 마음만으로는 이미 아버지를 마구잡이로 두들겨 패고 있었다. 실제로 주먹이 부르르 떨린 적도 여러 차례였다. 그 충동은 내가 믿고 있는 나 자신의 이성적 제어 능력을 아주 쉽사리 넘어설 듯할 만큼 거칠었다. 그리하여 나의 그 불측하기 짝이 없는 충동이 언제 실천될는지 알 수 없는 노릇이었다.

그러나 나는 이를 악물며 생각한다.

정말 그 지경이 되어서는 안 된다.

어쨌든 아버지다.

죽으나 사나 아버지다.

그러므로 그 절박한 순간에 마침내 감행한, 더는 못 맞겠다는 선언은 내 나름으로는 절박한 자구책이었다.

아버지는 대번에 두 눈이 휘둥그레졌다. 정말 놀란 것 같았다. 내가 두 눈을 똑바로 치뜨고 '애비'의 팔목을 움켜잡은 채, 못 맞겠다는 선언을 그토록 단호하게 외치고 나서리라고까지는 정말 상상하지 못한 듯했다.

순(舜)임금과 그 아버지 고수와의 관계는 아버지에게 절대적 전범이었다. 중국의 전설적 역사에 나오는 삼황오제(三皇五帝) 가운데 하나인 순임금의 아버지 되는 고수는 '완악'했다. '완악'은 아주 못된 것들 중에서 가장 못된 것을 뜻한다. 고수는 심지어 자기 아들인 순임금을 죽이려고까지 했다. 그런데도 순임금은 '극해이효(克諧以孝)하샤 증증예(烝烝乂)하야' 만고에 드문 효자가 되었다. 나는 어린 시절에 아버지가 손수 가르쳐 준 《동몽선습》에서 '완악'과 함께 '극해이효하샤 증증예하야'를 배우기는 했지만 무슨 뜻인지는 아직까지도 잘 모른다. 그것은 하여튼 대단한 것이어서 죽을힘을 다해 본받아야만 했고, 그래서 받아야 할 본 가운데 하나가 부모 말씀에 절대 복종이었다. 죽으라면 죽은 시늉까지 지어 보여야 했다. 순임금이 바로 그랬다.

아버지가 자주 하는 말씀 중에는, 이 세상에는 코를 베고 발을 자르고 불알을 까고 목을 끊는 식의 무서운 형벌을 받아 마땅한 3천 가지 죄가 있는데, 그중에서도 으뜸은 불효였다. 만일 부모에게 복종하지 않을 경우에는 호된 벌을 각오해야 한다. 그것이 아버지를 지배하는, 그리고 아버지가 주장하는 절대의 율법이었으며, 나는 그 시간 이전까지 그 율법에 절대 복종해 왔다.

그런데 감히 못 맞겠다고?

「이 불측한 놈! 이 천하에 흉악한 놈!」

아버지의 노여움은 극으로 치달았고, 그런 상태에서 아버지는 내 손아귀에 잡혀 있는 주먹 대신 발을 잽싸게 놀려 내 무릎 뼈를 사정

없이 찍어 찼다. 기습적 일격이었다. 나는 앞으로 팩 고꾸라졌다. 아
버지는 옆으로 나뒹군 내 허리께에 자신의 뒤꿈치를 거푸 몇 차례
힘차게 박았다. 그 바람에 나는 독이 오를 대로 올라 정수리까지 벌
게져 버렸다. '치가 떨린다'는 표현이 있다. 그 순간, 나는 숨이 가빠
졌고, 치가 떨렸고, 그리고 두 주먹이 부르쥐어졌다.

오래전 어느 날이었다. 형수가 말했다.

「아버님은 노르래기를 독사로 만드는 분이세요.」

'노르래기'란 나로서는 처음으로 들어 보는 말이었다. 아마도 어느
지방 사투리인 것 같았고, 그 뒤에 이어지는 비유로 보아 남을 해코
지할 수 없을 만큼 힘이 약한, 아주 작은 물고기 종류인 듯했다. 적절
한 비유 같았다. 나 자신이 평생 동안 겪어 온 것이어서 잘 안다. 아
버지는 공무원으로서는 가족들의 굶주림을 무릅쓸 만큼 청렴했고,
남으로부터는 어김없이 경우 바르다는 칭송을 들을 만큼 처신이 반
듯했다. 그런데 직계 가족에 대해서만은 가혹했다. 잘못된 것일 경
우가 일쑤인 자신의 주장을 상대방에게 강요했고, 상대방이 그 주장
에 따르지 않을 경우에는 지독하게 모멸적인 방법으로 상대방을 모
질게 비난하고 꾸짖기를 집요하게 되풀이해 상대방으로 하여금 인
내심의 극한에 이를 수밖에 없도록 했다. 그렇게 하여 아버지는 자
기 형제들부터 자기 자식들까지, 자신의 생애에서 인연 맺은 모든 가
족들을 모조리, 아닌 게 아니라 독사로 만들어 버렸다.

형수도 모든 인내를 다해 노력했다. 그러나 일상 행동이나 옷차림
은 물론, 자질이나 품성, 심지어는 친정의 혈통적 내력까지 줄기차게

들먹여 가며 모욕하는 끈질긴 공격으로 말미암아 그 인내는 한계에 부딪치고 말았다. '아버님 생각만 해도 가슴이 떨린다.' 형수의 이런 고백은 이 집으로 시집온 지 두 해 안쪽에 나왔다. 그것은 형수가 그 두 해 동안 힘없는 노르래기에서 이 세상 그 무엇보다 무섭다는 독사로 변신하게 된 것을 뜻하는 것이었다. 그것으로써 그들 구부(舅婦) 관계는 사실상 끝장이었다.

바로 그런 아버지를 어떻게든 견뎌 내려고 애써 온 나도, 그 시간, 표현 그대로 독사가 되어 버렸다. 나는 거친 기세로 아버지를 마구 밀어 침대 위에 눕혔고, 곧이어 온몸으로 아버지를 눌러 꼼짝 못하게 했다. 부자간의 드잡이였다.

좋은 아버지란 없는 법이다. 그렇다고 해서 남자들을 탓할 것이 아니라 썩어 버린 부자 관계 탓이라고 생각해야 할 것이다. 자식을 낳는다는 건 물론 좋은 일이다. 하지만 자식을 제 소유물처럼 '가지다'니, 무슨 당치 않는 일인가! 나의 아버지가 살아 있었더라면 그는 반드시 나를 깔고 누워서 짓눌렀을 것이다. 다행히도 그는 젊은 나이에 죽어 버렸다.

군대 시절, 사르트르의 《말》에서 불경스럽기 짝이 없는 이 대목을 읽고, 조금 부풀려 보자면 놀라 아예 까무러칠 뻔하기까지 했던 내가 그날로부터 30여 년이 지난 뒤에 마침내는 아버지와 드잡이마저 마다하지 않게 되었다. 아버지는 형의 소년 시절에 형과 이미 드잡이를 벌여 댔으니까, 아버지로서는 반세기 만에 작은아들인 나마저 드잡이 상대로 만들어 버린 셈이었다. 어른들은 허구한 날 서로 싸운다. 아이들은 그렇게 싸잡아 비난하고, 그런 비난 앞에서 몹시 민망스러워할 수밖에 없기는 했지만, 사실 나는 가족들과의 갈등에서 설령 내가 당한다 할지라도 언제나 어떻게든 피하려는 쪽이었다. 내 오죽잖은 인내력을 훨씬 더 넘어서는 것들이었지만 그래도 드잡이를 피하기 위해 죽을힘마저 다했다. 그런데 이제 처음으로 예외가 생긴 셈이었다. 그야말로 일전불사의 전의가 내 생체에서 이글거리고 있었다. 나는 그것을 분명하게 느끼고 있었다.

노여움에 치받친 격정 상태에서 아무리 괴력이 발휘된다 할지라도 아흔 가까운 노인이 아직 예순이 안 된 사람의 적수가 되기는 쉽지 않다. 나는 더구나 같은 또래들에 견줘 건강한 편이었다. 아버지는 갑자기 자기 몸에서 힘을 빼 침대 위에 벌렁 드러누우며 아이고 아이고 하고 곡소리를 내다가 외쳤다.

「아이고, 이래 살아서 머하노!」

탄식조였다. 얼굴은 한껏 파리했다. 나는 아버지의 그 모습을 차가운 눈길로 바라보기만 했다. 측은함이나 죄책감은 희미했다. 그 순간의 나로서는, 아버지를 아예 짓밟아 버리고 싶은 악마적 충동을 어떻게든 참아 내려고 애쓰는 게 고작이었다. 그 시간, 나는 비로소 수긍했다.

내가 아버지를 미워하고 있다는 것을.

갑작스러운 게 아니라 오래전부터 미워해 왔다는 것을.

그런데도 '무릇 인간이라면'으로부터 시작되는 유교적 윤리 강령에 속속들이 길들여진 내 인식이 그런 느낌을 부정하려고 애써 왔다는 것을.

그 가식에 의해 더 괴롭힘당해 왔다는 것을.

그랬었다는 것을.

그럴 수밖에 없었다는 것을.

나는 아버지에게 차이고 짓밟힌 오른편 무릎과 허리를 치료하기 위해 몇 주 동안 목발을 짚고 정형외과에 다니며, 이제 정말 더는 맞고 있지 않겠다는, 그래서는 정말 안 된다는 다짐을 돌에 글을 새기듯 되풀이했다.

더불어 아버지에 대한 나의 불복과 저항 행위는 조금씩 더 눈에 띄게 되어 갔다. 그것은 아버지 입장에서 보자면 구체적 불행의 시작일 수 있었다. 어린 시절부터 이미 공존을 거부한 형과 달리 나는 언제나 만만한 상대였다. 시도 때도 없이 치받아 자신을 괴롭히는 심화를 해결하기 위해서라도 나는 내내 만만한 상대가 되어, 시키는 대로 고분고분 순종해 주어야 했고 때리는 대로 맞아 주어야 했다. 꼭 그래야만 했다. 그런데 나는 오히려 차츰 더 데면데면해지고 있기나 했다. 아버지에게 또 하나의 만만한 상대였던 어머니는 아예 말을 주고받을 수도 없을 만큼 쇠잔해 가고 있는 판이었다. 몸종 같던 아내로부터도 이제는 지난날 같은 순종을 기대해 볼 수 없게 되었다. 아버지로서는 불행을 느낄 수밖에 없었다. 그런데 상황은 또 엉뚱한 방향으로 번져 나가기 시작했다.

5월 초였다. 그러니까 설날 언저리에서 그런 일이 있고 난 뒤 석 달쯤이 지난 다음이었다. 시간의 흐름과 더불어 그때쯤에는 집안 분위기가 대충이나마 수습된 겉모습을 갖추고 있었는데, 아버지는 어느 날 아침 아내를 불렀다.

「내가 은행에 가서, 예금을 해약해 네 명의로 하여 너를 주려 하니까 은행에서 안 된다고 하더라. 그러니 내 사후에 내 예금 통장을 네가 찾을 수 있도록 공증을 해두고 싶으니까 그 절차를 알아봐라.」

그때 아내는 자신이 뭔가 잘못 들었는가 하여 언뜻 대꾸하지 못한 채 노인을 바라보고 있기만 했다. 노인은 같은 말씀을 되풀이했다. 아내는 비로소 입을 열었다.

「그냥 가지고 계시지 왜 그렇게 복잡한 절차를 밟으려 하십니까?」

「그래 해야겠다. 그러니 알아봐라.」

아내는 참 이해할 수 없어 하면서도 공증인 사무실에 알아본 결과 일건 서류와 함께 증인이 두 사람 있어야 한다고 했다. 아내의 보고를 받은 노인은 증인을 구해 공증인 사무실로 가자고 했다. 그때 아내는 증인을 구하는 일도 번거롭게 생각하여 이렇게 말했다.

「내 돈 가지고 내가 해약하겠다는데 은행에서 왜 안 된다고 하겠습니까. 제가 다시 알아보겠습니다.」

「그럼, 그래 봐라.」

아내가 알아보았더니, 은행에서는 안 된다고 한 게 아니라 정기 예금을 해약하면 손해 보니까 그렇게 하지 마시라고 권유했던 것뿐이라고 했다. 아내는 은행의 말을 그대로 전했다.

「아, 그러나? 그래만 그렇게 하자.」

「예금 만기가 언제입니까?」

「연말이다.」

「그러면 그냥 가지고 계세요. 정말 왜 손해 보면서 해약을 합니까? 집에 있는 돈, 누구 명의로 되어 있든 그게 무슨 상관입니까? 그럴 뜻이 있으시다면 그때 가서 하시면 되지 않습니까?」

「그때까지 못 참는다. 지금 해야겠다.」

더 이야기해 봐야 소용없을 듯했다. 아내는 잠자코 노인을 따라갔고, 노인은 은행에서 손수 해약 서류를 만들어 아내 이름으로 새 통장을 만들도록 했다. 모두 4천만 원이었다. 아버지가 평생 만진 돈은 자신의 벌이보다는 문경 옛집과 거기 딸려 있던 얼마간의 토지를 처분한 것이 대부분인데, 그 4천만 원은 거의 마지막일 듯했다.

아내는 은행을 나오며 말했다.

「그러면 아버님, 용돈 쓰실 건 있으십니까?」

「그건 있다. 그래고 없으만 니가 주만 되잖나?」

「알겠습니다, 아버님. 이 돈은 제가 가지고 있으면서 아버님, 어머님, 노후 비용으로 쓰겠습니다.」

「알았다. 니가 요량해서 해라.」

그때 아내는 노인으로부터 이전과는 다르게 그늘이 느껴지는, 그래서 전례 없이 자상한 느낌을 받았다. 노인의 그런 면모가 아내를 불안하게 했다.

「잘 모르겠네. 괜히 불안하네.」

집에 돌아온 아내는 나에게 그렇게 말했다. 턱이 축 늘어져 보이기까지 했다. 잘 모르겠기는 나도 마찬가지였다. 죽을 날이 가까워 오면 사람이 본능적으로 그 죽음에 대비하게 된다고들 하는데, 내가 보기에 아버지는 아직 정정한 편이었다. 아무리 생각해 보아도 아버지 마음이 헤아려지지 않았다. 아닌 게 아니라 괜히 불안하기만 했다. 반면에 나를 통해 그 이야기를 들은 어머니는 감격한 표정까지 지어 보였다.

「아이고, 다행일따. 너 어른이 인제 지정신이 돌아오싰는가 보다. 아이고, 참말로 다행일따. 아이고, 감사하다. 아이고, 세상에.」

그런데 장면은 또 급작스레 뒤바뀌어지게 되었다.

일주일쯤 지난 다음이었다.

아침나절이었다. 내가 안방에서 신문을 뒤적거려 보고 있는데, 아버지가 아내를 찾는 소리가 울려 왔고, 곧 예에 하는 아내의 긴대답이 이어졌다. 그리고 불과 예닐곱 호흡쯤이나 지나갔을까. 아버지가 격정 상태에 있을 때 내는, 격격 하는, 특유의 거친 목소리가 솟아올랐다. 내가 가려 알아들은 것은 '시애비가 하라 하만 했지 머가 그래 말이 많노!', 대충 그런 내용이었다.

이게 또 무슨 환난인가?

나는 의아스러워하며 뛰쳐나갔다.

그런데 그 짧은 시간 동안 무슨 일이, 어떻게 일어났던가. 장면은 이미 마구 헝클어져 있었다. '가랑잎에 불붙듯'이라는 비유가 있지만, 아버지의 경우, 마음에서 인 한줄기 격정이 상대방을 향한 거센 폭풍이 되는 것은 거의 순식간이다. 자신의 그런 결함을 잘 알고 있기에, 초대 대법원장을 지낸 김병로 선생의 말씀이라면서, '감정의 포로가 되지 말라'를 좌우명으로 삼고 있는데도 그랬다. 아내를 마구 밀 듯하며 사랑방으로부터 거실로 나오는 아버지 눈빛은 어느덧 격노 상태였다. 주먹으로 아내의 가슴을 마구 치며 그 입에서 튀어나오는 말씀의 품질도 그랬다.

「국민학교밖에 안 나온 년, 대학까지 공부시키 놨더니!」

그것은 아내가 가장 듣기 싫어하는 소리들 가운데 하나였다. 아내의 기세는 어느덧 거칠어져 있었다. 아버지를 향해 도발적으로 치켜든 턱부터 그렇게 보였다. 눈빛마저 이글이글 불타고 있었다.

「국민학교도 안 나온 년이 대학 가는 거 보셨습니까? 그리고 제가 대학을 다녔으면 아버님이 보내 주셨습니까? 제가 대학 다니는데 아버님이 도대체 무얼 해주셨기에 걸핏하면 대학 보내 주었다고 생색을 내십니까?」

또 하나의 참 난감한 장면이 그렇게 펼쳐져 있었다. 아내는 큰애가 대학에 들어가던 해에 입시 학원에 등록하여 자식 또래들 사이에 섞여 입시 공부를 시작했고, 한 해 재수 끝에 대학에 입학했다. 취재 요청을 했다가 아내에게 거절당한 어느 여성 잡지 기자의 좀 호들갑스러워 보이는 표현대로라면 아내는 그해 '한국에서 가장 나이 많은

4년제 대학 여자 신입생'이었다. 어머니에게는 감격의 대상이었고, 나에게는 내 생애에서 경험한 가장 기분 좋은 일이었으며, 그럴 만한 사람들에게는 놀라운 일이었던 아내의 만학이 아버지에게는 오히려 못마땅한 게 되었다. 숭문(崇文) 성향이 강한 아버지는 일면식도 없는 사람의 만학 소식에도 감동하곤 했으니까 아내의 경우도 가상히 여기는 쪽이 되었어야 할 듯한데 결과는 달랐다. 일시적인 게 아니었다. 입학이나 졸업은 물론 아내의 대학 생활을 단 한 번도 알은체해 주지 않음으로써 당신이 내내 그렇게 못마땅하게 여기고 있다는 것을 표현해 두려 했다. 입시 준비를 할 때나 학교에 다닐 때나, 아내는, 아내나 어머니로서의 자신의 역할과 마찬가지로 며느리로서도 소홀한 면이 없었는데도 그랬다.

그런데 그 뒤, 그럴 만한 기회만 있으면 그렇게 생색조로 들고 나왔고, 다른 일에는 '같잖다'는 반응 정도나 보이면서도 아내는 자신의 만학과 관련된 타박만 나오면 어김없이 발끈했다. 그 발끈에는 아내가 이 집에 시집온 뒤에 '배우지 못했다는 것' 때문에 당한 설움이 깔려 있다는 것을, 적어도 나는 모른다 할 수 없는 처지였다. 그러나 그래 봤자, 뒷전에서 멀건 낯빛을 짓고 있기나 했을 뿐, 결기를 부리거나 더구나 그토록 노골적으로 덤벼든 적은 없었다.

아버지는 깜짝 놀란 것 같았다. 그것은 그 순간, 아버지 얼굴에 떠올라 온, 숨넘어갈 듯한 표정으로도 알 수 있었다. '더는 못 맞겠습니다'라는 나의 선언을 들었을 때보다 훨씬 더해 보였다. 그야말로 역린(逆鱗)이었다. 사태는 심각해 보였다. 결혼 생활을 하는 모든 남자들이 그럴 듯한데, 자기 부모와 자기 아내 사이에 갈등이 일 때, 그 연원과는 관계없이 남자들은 안팎곱사등이가 된 듯한 난감함을 느낄 수밖에 없다. 그 시간 내 심정도 꼭 그랬다.

「뭐야? 왜 그래?」

그때까지도 영문을 몰랐던 나는 아버지와 아내 사이에 서서 쌍방을 밀어내며 아내를 향해 연거푸 물었다. 거친 목소리였다. 이전 같았으면 나의 그런 목소리만으로도 아내는 최소한 찔끔했어야 할 텐데, 아내의 그 시간 결기는 오히려 더 치솟아 오르고 있었다. 아내는 이미 속이 완전히 뒤집혀져 있는 것 같았다. 거침없는 어조가 뒤이어졌다.

「지난번에 주신 돈의 명의를 도로 바꿔 달라고 하시기에, 정말 왜 그러십니까? 자꾸 해약하고 그러면 아닌 게 아니라 손해만 보는데요. 집에 있는 돈, 누구 명의로 되어 있으면 어떻습니까? 정 그러시면 통장하고 도장하고 모두 아버님 드리겠습니다, 그렇게 말씀 드렸더니, 다짜고짜로 이년이, 하고 막 화를 내시잖아.」

감정의 무쌍한 기복만은 아니다. 아버지 입에서 나온 말씀을 불변 값으로 믿고 있어서는 낭패를 당하기 일쑤였다. 이번에도 그렇게 된 것 같았다. 아내의 패대기를 치는 듯한 푸념은 계속되고 있었다.

「대체 이게 뭐야! 만날 이게 무슨 꼴이야! 이렇게 해서 어떻게 살아!」

아내가 그렇게 말하는 사이에도 아버지는 아내를 잡으려 하고 있었으므로 나는 아버지 어깨를 붙잡고 아버지를 일단 좌정시키려 했는데, 그게 아버지의 노여움을 부추겼다.

「이 년놈들이, 인제는 한패가 돼서…….」

아버지 주먹이 내 얼굴을 향해 날아왔지만 나는 이미 '더는 맞지 않겠다'는 다짐을 수없이 되풀이해 온 터였다. 나는 아버지의 발길질이 다시 내 무릎이나 허리를 공격할 기회마저 미리 막아 가면서 아버지를 압박했다. 힘에 밀린 아버지는 공격 의지를 포기한 채 사랑방으로 돌아가 의자에 푹 파묻히며 또 깊이 탄식했다.

「아이고, 참말로, 이래 살아서 머하노! 아이고아이고…….」

나는 다가가 방문을 당겨 꼭 닫았다.

역시 죄책감이나 측은한 느낌은 희미했다.

나로서는 참 송구스러워할 수밖에 없는 어머니의 눈길을 분명히 느끼면서도 그랬다.

그런데 이 일련의 장면은 그다음 대목에서 최악의 비극적 빛깔을 띠게 된다. 실로 기상천외할 전개였다. 6월 중순이었다. 오후 2시쯤 현관에서 울리는 버저 소리를 듣고 내가 나갔을 때, 우체부는 두 통의 우편물을 내주었다. 하나는 수신인이 아내였고 다른 하나는 아버지였다. 발신자는 법원이었다. 내 가슴에서 쿵 하는 울림이 울렸다.

우체부는 우편물 수신인과 내 관계를 하나하나 물어 적은 다음, 나에게 서명을 하도록 했다. 나는 우체부를 보낸 다음, 수신인이 아내로 되어 있는 봉투를 열었다. '보관금 반환 청구 소송'이었다. 아버지는 원고였고 아내는 피고였다. '피고는 원고에게 원고의 보관금 4천만 원을 반환하라.' 소장에 적혀 있는 원고의 '청구 취지'였다. 내 생애에서 처음으로 손에 쥐어 보게 된 그것이 어떤 문서인가를 알아차리게 되었을 때, 나는 심한 어지럼증을 느꼈다. 나에게는 상투적인 것이나 마찬가지인, 운명이라는 편리한 핑계로 설명될 수 있는 상황 같아 보이지도 않았다. 도대체 어떤 발상에서 이토록 무모하게 일을 저질러 버릴 수 있었을까? 아버지의 언어와 행동은 논리적으로는 도저히 설명될 수 없는 일투성이기는 했지만, 아무리 돌려, 둘러 생각해 보아도 그 심리적 근거를 짐작해 볼 수 없었다. 더구나 지난 몇 주 동안 아버지가 보여 준, 뭔가 좀 풀린 듯한 행동들을 되짚어 보기로 하자면 더욱더 그랬다.

고소장에 보니까 접수는 3주 전이었는데, 그동안 아버지는 지난 일들을 잊거나 극복한 듯한 인상이었다. 아내에 대한 태도도 그랬다. 아내도 또 집안 꼴을 더 험상궂게 만들어서는 안 된다는 성찰에서 이전처럼 아버지를 대하려고 애쓰고 있었기에, 집안 분위기는 설령 눈가림 같은 것이라 할지라도 대충 평정해진 상태였다.

그런데 고소라고?

명색 며느리를 고소해 놓고도 그 며느리가 끼니때마다 차려 바치는 밥상을 그토록 천연덕스레 받고 있을 수 있었을까? 하나의 의문이 치솟았다. 과연 제정신일까? 선뜻 고개가 내저어지지 않았다. 아버지의 정신 상태에 대한 의문은 오래전부터였다. 제정신으로 보기에는 아무래도 수상쩍은 언행이 허다했다. 그리고 그 순간, 나의 헤아림만으로는 아버지가 아무래도 제정신이 아닐 것 같았다. 그렇게 생각하기로 하고 보면 아버지가 제정신이 아니라는 여러 가지 근거들이 또 우뚝우뚝 고개를 들었다. 내가 끝도 없을 그런저런 의문들로부터 펄쩍 벗어난 것은 버저 소리 때문이었다. 이번에는 어머니가 울린 버저였다. 벽시계를 보았다. 어머니의 용변을 거들어 주어야 할 시간이었다. 나는 움직이지 않았다. 싫었다. 못들은 체하고 싶었다.

부부 가운데 하나는 언제나 어머니 곁을 지키고 있어야 하는, 그야말로 징역살이 같은 세월이 길어지면서부터였다. 형기도 알 수 없는 징역살이를 하고 있는 것 같았고 그런 생활에서 하루라도 빨리 벗어나고 싶었다. 그럴 때마다 나 자신의 인간적 가치에 대해 스스로 참 한심스러워하기를 되풀이하면서도 그 심보는 아버지에 대한 모반 심리와 더불어 오히려 더 증폭되어 가기만 했다. 불가항력인 것 같았다. 그래서 버저가 울릴 때면 또 그런 심보에 사로잡히곤 했는데, 법원에서 날아온 문서를 손에 쥐고 있는 그 시간에는 더욱더 그랬다. 정말 못들은 체하고 싶었다. 시중이고 뭐고 모든 것을 다 팽개쳐 버리고 싶기도 했다. 그러나 나는, 스스로 참 고약하다 생각하고 있는 그런 심보가 발동할 때 늘 그런 것처럼 나 자신을 참 가소롭게 여겨 나무라며 사랑방으로 가, 어머니를 화장실로 안고 갔다.

몹시 망설였지만, 그다음 장면에서 나는 결국 그 문서를 어머니 손에 쥐어 줄 수밖에 없었다. 어머니에게 알려야 할 것 같았다. 어머니는 육신은 다 허물어졌지만, 이 집안의 사실상 구심이었고 중재자였다. 자식들이 적어도 어머니의 뜻은 최소한 어려워하기는 했고, 아버지도 어머니를 일생 동안 폭행하며 고생만 시킨 데 대해 어쨌거나 미안해하고 있는 처지였기 때문이었다. 그 시간, 어머니는 나에게 실낱같은 것이나마 유일한 희망이었다.

「이기 머로?」

어머니가 물었다.

나는 대꾸 없이 바라보기만 했다.

어머니는 더듬더듬 안경을 찾아 귓바퀴에 걸치고 어눌한 손길로 그 문서를 봉투에서 꺼내 더듬더듬 읽어 내려가기 시작했다. 컴퓨터로 작성된 그 문서는 모두 두 장이었고, 굵은 글씨로 씌어져 있어서 내용은 간단한 편이었다. 그런데 어머니는 다 읽고 나서도 그것이 무슨 뜻인지 이해하지 못했다. 그럴 수밖에 없었다. 그것은 제정신으로는 이해될 수 있는 문건이 아니었다. 더구나 어머니는 13년째 앓고 있는 파킨슨병으로 말미암아 지각 신경 기능마저 마냥 느즈러져 있는 형편이었다.

「이기 머로?」

어머니는 나를 돌아다보며 같은 문장을 되풀이했다.

그런데도 나는 대답하지 않았다. 나에게 그 시간의 어머니는 '어머니'가 아니라 아무개의 '여편네'였다. 정말 그래서는 안 된다 생각하면서도 나는 싸잡아 적의를 느끼며 어머니를 바라보고 있기만 했다.

어머니의 눈길이 벽 쪽으로 돌아갔다. 스스로 답을 구해 보려는 듯했다. 한동안이 지나갔다. 어머니의 턱이 뚝 떨어졌다. 다시 한동안이 더 지나갔다.

「어예노!」

어머니는 깊이 탄식했다.

「아이고, 참말로, 이 일을 어예노?」

그제야 나는 내 자신의 참 고약한 그 심보를 반성하며 어머니의 가녀린 어깨를 감싸 안았다. 그뿐, 그 일을 두고 모자간에 나눌 수 있는 이야기는 없었다. 그 시간, 아내가 성당 교우들과 함께 나가는 불우 노인 시설 봉사를 위해 마침 외출 중인 걸 우선은 다행스러워하며 나는 수신인이 아버지로 되어 있는 법원 우편물을 침대 위에 놓아두었다.

지난해 봄의 시작은 내게 다분히 희망적이었다. 제 형들과 달리 학교 공부를 시답잖아 하기나 하던 막내가 이른바 '수능 체질' 덕분에, 수학 능력 시험 성적만으로 학생을 뽑는 포항공대에 입학하여 휘파람을 휘휘 불며 집을 떠난 것부터 그랬다. 첫째가 결혼하여 집을 떠난 게 두 해 전이어서 이제 집에 남아 있는 것은 둘째만이었다. 내 몸이 조금씩 자유스러워지고 있는 듯한 느낌이었다.

덕분에 생긴 빈방으로, 그동안 안방에 두고 쓰던 컴퓨터와 집 안 여기저기에 흩어져 있던 책들을 한데 모아, 내내 소망해 오던 나만의 공간, 서재를 갖게 된 것도 기분 좋은 일이었다. 인생 거의 막바지에 무슨 좋은 일이라도 생길 듯했다. 그런 분홍빛 기분은 잠깐이었다.

봄 학기가 시작되자마자 금세 나는 천직이나 마찬가지던 학교를 떠나야만 하게 되었고, 그다음부터 서재는 내게 은신처 같은 것이 되었다. 다용도실과 안방 사이에 있어서 이 집에서는 가장 한갓진 방이기에 은신처로서는 제격이기도 했다. 이제는 그 방에 들어가기만 해도 칙칙한 잿빛 기분이 된다. 나는 또 그 방에 들어가 인터넷 바둑을 두기 시작했다. 나의 사람됨을 스스로 점검해 보는 방법에는 바둑도 있다. 바둑을 두어 보면 나의 사람됨이라는 게 얼마나 천박하고 얼마나 협소한가를 알게 된다. 상대방의 약점을 노려 잽싸게 파고들 때마다, 그리고 상대방이 약하면 물어뜯다시피 몰아세우고, 내가 몰릴 경우 이내 허둥거리는 꼴이 되어 빤한 꼼수마저 무릅쓰게 되곤 할 때마다, 나는 내 자신을 참 가소로워 하지만 그런 버릇은 좀처럼 바로잡아질 기미마저 보이지 않는다. 이래저래 인생 거의 말년에 내 자신에 대한 실망은 차츰 더 까다로워지고 있는 중이었다.

아내보다 아버지가 먼저 돌아왔다. 아내가 없을 때 나는 아버지가 돌아올 시간이 가까워지면 현관문 자물쇠를 풀어 놓는다. 지난번 드잡이 뒤에 새로 생긴 버릇이었다. 버저 소리를 듣고 나가 문을 열어주며 아버지 얼굴과 부딪치게 될 때 내 속에서 불끈 고개를 드는 적의와, 그러면서도 '편히 다녀오셨습니까' 하고 마음에도 없는 인사를 바쳐야 하는 게 싫기 때문이었다.

현관문 열리는 소리, 닫히는 소리, 지팡이를 신발장에 걸쳐 놓는 소리……. 아침에 노인이 나가면서 시작되는 잠정적 평화가 마감되고 다시 긴장 국면이 시작되는 것을 뜻하는 그 소리들은 여느 날과 같았으나, 그 소리에 대한 내 느낌은 달랐다. 달려 나가 따지고 싶은 충동, 아내가 돌아오기 전에 결판을 내두어야 한다는 조급증마저 일었다. 화장실에서 수도꼭지를 트는 소리, 푸푸거리며 세수하는 소리, 크아악 하고 가래 뱉는 소리들이 들려왔다.

컴퓨터 화면의 대화 창에 '?'가 떠올라 왔다. 상대방에서 이쪽이 두기를 기다리다 궁금증이 인 듯했다. '죄송합니다. 갑자기 나가야 할 일이 생겨서.' 나는 그렇게 메시지를 보내고 '기권'을 클릭하는 것으로 바둑을 끝냈다. 그리고 또 망설였다. 노인이 돌아오면 시원한 우유를 내가야 한다. 아내가 없으니까 그 일은 내 몫이었다. 하기 싫었다. 그보다는 달려가 멱살잡이라도 하고 싶었다. 그러나 한동안이나 더 머뭇거린 다음, 나는 아래윗니를 악무는 심정으로 냉장고에서 우유를 꺼내 컵에 따라 쟁반에 받쳐 들고 사랑방으로 나갔다. 노인은 네 활개를 넓게 편 채 침대 위에 누워 있었고, 그 옆에는 법원에서 온 서류가 봉투로부터 벗어나 펼쳐져 있었다. 노인은 아주 편안해 보였다.

나는 내 제자나 자식 세대들을 이해해 보려고, 그 또래들이 즐겨 읽는 판타지 소설 하나를 읽어 본 적이 있다. 번역서였는데, 하도 심술이 고약해서 조금만 비위가 틀어져도 사람들을 해코지하는 용을 상대로 싸우는 마을 사람들 이야기였다. 마을 사람들은 마을에서 조금 떨어진, 깊은 산, 동굴에 살고 있는 용의 비위를 건들지 않기 위해, 용이 좋아하는 음식과 보석을 바치고, 해가 바뀔 때마다 마을에서 제일 예쁜 처녀를 바치고, 또 용의 귀와 눈을 즐겁게 해주기 위해 그 앞에서 춤을 추고 노래를 불러야만 했다. 가장 저주하는 대상을 향한 가장 처절한 교태였고, 그렇게 해야만 용의 심술에서 비롯된 무서운 재앙을 면할 수 있었다. 마을 사람들은 언제나 전전긍긍할 수밖에 없었는데, 슬기로운 처녀 하나가 마을을 구하기 위해 용에게 바쳐지기를 자청함으로써 마을 사람들과 용 사이의 전쟁은 시작된다. 슬기로운 처녀는 갖은 아양을 다 떨어 용의 환심을 사는 데 성공하고, 그러

다가 마침내 용의 귀밑에 치명적 약점이 있다는 것을 알아내 마을 사
람들에게 알렸고, 용감한 마을 청년 하나가 용의 그 약점에 창을 박
음으로써 마을 사람들은 마침내 통쾌한 승리를 거두고, 더불어 대를
물려 가며 고통당해 온 용의 심술로부터 해방된다……. 나의 정서나
인식이나 상상력으로는 하도 황당하여 읽어 나가기가 힘들던 그 소
설이 갑자기 재미있어지기 시작한 것은 마을 사람들과 용이, 우리 가
족들과 아버지에 견줘지면서부터였다. 그때부터 다섯 권이나 되는
그 소설은 정말 재미있게, 단숨에 읽혀졌다.

꼭 그랬다. 그것이 심술이든 악습이든, 아버지로 말미암은 재앙을
피하기 위하여 우리 가족은 죽을힘을 다해 참으며 어떻게든 아버지
비위를 맞춰 나가야 했다. 필요하다면 교태도 지어 보여야 했고, 그
러면 확실히 효과가 나타나곤 했다. 그런데 소설의 마을 사람들처럼,
우리 가족은 아버지의 치명적 약점을 찾아낼 수 없었다.

어른은, 아비는, 남편은, 더구나 노인은, 절대적 존경의 대상이어야
한다는 유교적 관습의 엄호를 전제하는 한, 아버지는 완벽한 존재였
다. 세상에 대해 약간이나마 겁을 집어먹고 있는 셈인 내가 인식하
는 한, 이 세상에는 완벽한 게 너무 많았다. 그런데 나에게 아버지는
그 모든 완벽함들의 총화와 같았다. 약점이란 있을 수가 없었다. 기
다릴 수 있는 것은 아버지의 죽음뿐이었다. 그런데 아버지는 아무래
도 영생 불사할 것 같기만 했다.

그리고 또, 소설의 마을 사람들과 용의 관계와는 달리, 우리 가족에
게 아버지는 드러내 놓고 저주하거나 저항할 수 있는 대상도 아니었

다. 노인이나 부모와 갈등을 일으킬 경우 거의 조건 반사적으로 젊은
이나 자식 쪽이 지탄받게 될 수밖에 없었다. 그것이 이 사회를 지배
하는 절대적 질서였다. 조금만 어긋나도 패륜으로 모진 지탄을 받게
되는 그 절대적 질서에 의해 어떻게든 잘 '모셔야' 하는 '아버지'이고
'지아비'이고 '시아버지'이고 '할아버지'이고, 그리고 '어른'이었다.

고통은 차츰 더 심해져 가고 있었지만 그 고통을 누구에게 하소연
해 볼 수조차 없었다. 해봤자 오히려 사회적 지탄이나 받게 되기 때
문만은 아니었다. 그것은 결국 제 얼굴에 침 뱉기였고 그나마 제대
로 전달하기가 어려웠다. 왜냐하면 직접 지켜보고 있으면서도 제정
신인가 의심할 수밖에 없는 경우들을 더구나 타인에게 이해시키기
는 더 어렵기 때문이었다.

요모조모, 우리 가족에게 아버지는, 소설의 마을 사람들에게 용보
다 더 무서운 존재였고, 그런 존재를 감내해 내야만 하는 것이 나와,
나를 남편이나 아비로 만난 사람들의 운명……이었다.

그 소설을 읽은 다음부터는, '완악한 고수'에 일쑤 견줘지던 아버지
가 갖은 심술과 야료로 마을 사람들을 괴롭히는 음험하고 흉측한 용
과 똑같아 보였다. 그 시간에도 마찬가지였다. 하나의 심술을 완성
하고 난 뒤의 만족감을 그렇게 네 활개를 활짝 편 자세로 표현하고
있는 듯했다. 피가 거꾸로 치솟는 것 같았다. 비유가 아니었다. 실제
로 눈자위와 관자놀이 언저리에 열기가 느껴졌다.

그러나 역시, 아버지의 비위를 건드려서는 안 된다. 어떻게든 참아
야 한다. 죽을힘마저 다해 가며 어떻게든 참아 내야 한다. 얼마나 더

참아 내야 하는가? 모른다. 하여튼 참아 내야 한다. 죽자고 참아 내야 한다. 내가 아버지에 대해 분노하는 것은 아버지로부터 당한 폭행이 아니라 아버지가 박살 내 놓은 집안 풍경이었다. 명색 형제, 숙질 사이를 원수로 만들어 놓았으면서도 마치 성스러운 일이라도 이룩해 놓은 것처럼 반성을 모르는 그 태도는 도저히 '용서'할 수 없는 그 무엇이었다.

그러나 아버지의 독단과 폭행은 아직도 계속 중이었고, 아버지가 살아 있는 한 이어지고, 어디 그뿐인가, 그 후유증은 대를 물려 가며 그 자손들을 괴롭히게 될 판이었다. 그런데도 참아 내야 했다. 그렇게 할 수밖에 없었다. 참아 내지 못했을 경우, 손상은 더 커질 수밖에 없기 때문이었다. 내가 아버지와의 관계에서 가장 두려워하는 것은 넘어서는 안 되는 선을 기어코 넘게 되는 경우였다.

어머니는 우유 컵을 쟁반에 받쳐 든 채 그렇게 서서 아버지를 바라보고 있는 나를 불안스러운 눈길로 잠깐 올려다본 다음에, 아버지를 향해 눈길을 비슷이 돌리며 말했다.

「인나요. 야가 우유 가져왔네요.」

어머니의 그 어조도 심술궂은 용의 비위를 십이분 고려한 교태였다. 나는 어머니의 그 교태보다도 그 교태에 실려 있는 조바심이 더 싫었다. 아버지의 얼굴이 더 뻔뻔스러워 보였다. 나는 하마터면 우유 컵을 들어 아버지의 그 뻔뻔스러운 얼굴에 냅다 뿌려 버릴 뻔했다. 아버지가 눈을 떠 나를 힐끗 살핀 다음, 끙 소리를 내며 일어나 반가부좌 자세로 꼿꼿하게 앉았다.

가까스로 참 위태로운 충동 하나를 넘긴 셈이 된 나는 그다음 순간, 역시 과연 제정신일까 하는 의문에서 아버지 얼굴을 눈여겨보았다. 그런데 아무리 샅샅이 살펴봐도 제정신이 아니라고 수긍할 만한 근거들은 역시 눈에 띄지 않았다. 나는 깊은 숨을 한껏 들이쉬어 일단 멈춘 다음, 쟁반을 아버지 앞에 놓았다. 적어도 겉으로는 공손한 손길이었다. 아버지는 손을 뻗어 컵을 들어 우유를 마시기 시작했다.

어머니는 어떤 종류의 불안감을 느끼고 있는 것 같았다. 내 마음에서 요동치는 불측함을 그 꼴 그대로 읽고 있었을는지도 모른다. 어머니 눈길이 내 쪽으로 돌아왔다. 그만 나가라고 다그치는 눈빛이었다. 그 눈빛은 애원조였다.

'참아라. 어느 한쪽이라도 져야지, 서로 이길라고 하만 집안 꼴이 머가 되노…….'

그것은 내가 언제나 듣고 있는 어머니의 간절한 목소리였다. 그 간절함에는 나로서는 불복하려야 불복할 수 없는 힘이 실려 있었다. 나는 잠자코 발길을 돌려 그 방에서 나와 비로소 멈추었던 숨을 내쉰 다음 베란다로 나가, 맞은편 건물 사이로 조붓이 내다보이는 하늘을 보며 깊게 숨을 들이쉬다가 내쉬기를 되풀이했다. 가슴은 좀처럼 시원해지지 않았다.

조금 뒤에 아내가 돌아왔다.

「왜 그래? 당신 얼굴이 왜 그래? 어디 아파? 무슨 일 있었어?」

「아니, 그냥 현기증이 좀…….」

그러나 그 문서는 정말 감추어 둘 수 있는 게 아니었다. 서로 부부가 된 뒤, 나는 아버지나 형제들로 말미암아 아내에게 참 민망스러운 경우를 허다하게 경험했지만, 그날의 그 경우보다 더 난감했던 경우는 없었다. 나는 결국 그 문서를 아내 앞에 내밀었다. 그럴 수밖에 없었다. 아내는 피고로서 법적 당사자이기도 했다.

「이게 뭐야?」

아내도 그 문서를 다 읽고 난 뒤 그렇게 물었다. 나는 역시 대답하지 않았다. 그것은 내 입으로 차마 설명할 수 없는 그 무엇이었다. 아내의 이해는 어머니보다는 훨씬 더 빨랐다.

「세상에!」

그것이 무슨 문건인가를 알아차린 순간, 아내의 얼굴이 실제로 새하얘졌다.

「어떻게 이럴 수가!」

조금 뒤에 몇 마디가 더 이어졌다.

「뭐어? 피고는 원고에게 돈이 있다는 것을 알고 이를 사취하기 위해, 노인이 돈을 가지고 있으면 위험하니 자신에게 맡겨라, 그러면 필요할 때 언제든지 돌려주겠다, 그래 놓고는 원고가 반환을 요구하자 거절했다, 그래서 이 소송을 제기한다? 이런 새빨간 거짓말!」

사실이었다. 소장(訴狀)에 굵은 글씨로 박혀 있는 그것은 그야말로 새빨간 거짓말이었다. 아버지는 손아래 사람에게 그토록 터무니없는 거짓말을 둘러댈 만큼 파렴치하지는 않았다. 그것이 반세기를 넘게 함께 살아온 내 아버지에 대한 나의 이해였다. 그런데 법적 서류에 문장으로 만들어 놓기까지 한 그 거짓말은 너무나도 명백했다.

그것만 보기로 한다면 아버지가 아무래도 제정신일 것 같지 않았다.

「아버님이 나한테 이럴 수는 없어! 아버님이 나한테 이래서는 안 돼!」

자격지심 때문이겠지만, 아내의 그 말이 나에게는 '당신 아버지, 이러고도 인간이라 할 수 있어?'라는 윽박지름으로 들렸다.

나는 아내에 대해 특별한 불만이 없다. 그것은 남편으로서 아내에게 기대하거나 기대해 볼 수 있는 거의 모든 것을 아내가 충족시켜 주고 있다는 것을 뜻한다. 그래서 우리 부부는 가까운 사람들 눈에 이른바 금실이 좋은 부부가 된다. 그런데 아버지나 형제들과 연관되는 경우, 우리는 쉽사리 갈등상태에 빠져 든다. 우리 부부 사이에 있었던 대짜배기 싸움들의 주제는 거의 모두가 아버지나 형제들에 대한 견해나 대응 방법의 차이 때문이었다.

한마음, 한 몸이 아니라, 부부도 어쩔 수 없이 너와 나라는 분별을 할 수밖에 없게 하는 그런 경우에도 아내의 의견이 사실은 옳다고 생각하면서도 나는 더러 아주 노여운 느낌에 사로잡히게 될 만큼 아내와 부딪치게 되고야 만다. 서로 으르렁거린 경우도 여러 차례였다. 그 바람에 아내는 아버지나 형제들에 대한 험담류나 더구나 비난은 될 수 있는 대로 입에 올리지 않는다.

그런데 아내는 그 시간, 나를 앞에 앉혀 둔 채, 아버지를 노골적으로 공격하고 있었다. 그러나 나로서는 아닌 게 아니라 입이 열 개라도 할 말이 있을 수가 없는 형편이었다. 내가 몹시 난감해하고 있는데, 아내의 소리가 또 시작되었다.

「그 이전은 그만두고, 어머님, 아버님, 서울로 오신 뒤, 지난 8년 동안, 아버님 자식 넷 가운데 어느 자식이 손 하나 거들어 줬어? 감시자처럼 잔소리나 했지. 말 한마디나마 따뜻하게 해줬어? 한번 말해 봐. 당신 부모와 형제들, 어머님은 빼놓고, 나한테 말 한마디나마 곱게 했어? 솔직하게 대답해 봐. 내가 이 집에 온 뒤 내내 죽도록 부려먹기만 했지. 내 말 틀렸어? 나를 우습게보기나 했지. 내 말 틀렸어? 그런데 이게 뭐야? 세상에! 어머님, 똥오줌 수발까지 나한테 맡겨 놓고 있으면서, 나를 이제는 사기꾼으로까지 몰고, 세상에 대체 이게 뭐야! 세상에 이런 법이 어디 있어! 이런 법이 어디 있어! 이래도 괜찮은 거야? 이래도 괜찮은 거냐구? 대답해 봐. 어디 한번 대답해 봐!」

나는 그 시간까지 아내가 그토록 격해 있는 모습을 본 적이 없다. 말을 그토록 속사포처럼 내쏘아 대는 것도. 말다툼에 이골 난 장바닥의 아낙네 같은 그런 입매도. 그러나 역시 아무런 말도 할 수 없었다. 나는 아내의 노여움을 나무랄 수도 없었고, 나무랄 마음도 아니었고, 나무랄 수 있을 만큼 뱃속 편한 처지가 될 수도 없었다. 그 시간, 아무리 머리를 쥐어짜 보아도 입 밖으로 내놓을 수 있는 말은 단 한마디도 생각해 낼 수 없었다.

그러나 그날 저녁에도 아내는 노인들 방에 밥상을 들고 들어갔다. 여느 날과 다름없는 걸음새였지만 낯빛은 비장했다. 나는 거실 소파에 무심한 척 앉아 텔레비전을 보고 있었지만 곁눈 시야로 그 모든 것을 샅샅이, 속속들이 살피고 있었다. 그 시간 이전까지, 그리고 그 시간에도, 나는 아내로 하여금 밥상을 들게 할 것인가, 과연 그래야 할 것인가, 정말 그럴 수밖에 없는 것인가, 실로 심각하게 고민했다. 이렇게 된 판국에서까지 밥상을 들게 해서는 아무래도 안 될 듯한데, 그래서는 정말 안 될 듯한데, 결론은 없었다. 결론은 불가능했다.

아버지가 자기 비위에 맞지 않으면 마을 사람들을 해코지하는 심술궂은 용과 같은 존재이기 때문만은 아니었다. 며느리 되는 사람의 밥상 시중 거부는, 아들인 나의 배타적 태도 따위와는 견줘 볼 수도 없을 만큼 더 큰 패륜이었다. 적어도 아버지의 기준에 길들여져 있는 셈인 나의 인식으로 보자면 그랬다. 아내에게 돌아올 가족적, 사회적 지탄을 두려워하고 있는 것이었던가……, 확실하지 않은데, 그 짓만은 감행하게 해서는 안 될 듯했다. 그래서 마침내, 한 집안에서 피고가 원고에게 밥상을 차려 바치는 장면은 기어코 만들어지고야 말았다. 아내의 밥상을 받는 그 시간, 아버지의 낯빛이 궁금했다. 어떤 낯빛이고 어떤 마음새일까? 자못 궁금했다.

아내는 내 저녁 밥상까지를 식탁에 또박또박 차려 놓은 다음 안방으로 들어가 문을 닫았다. 한동안이나 멍청히 앉아 있던 나는 몸을 움직여 아내의 밥상을 차려 놓은 다음, 꼬옥 닫힌 그 방문을 열고 어둠에 묻혀 있는 방 안으로 들어갔다. 아내는 그 어둠 속에 몸을 오그린 채 누워 있었다.

대구에서 중학교 교사로 일하다가 결혼과 더불어 서울에 자리 잡은 상현은 우리 집 창문에서 그쪽 건물이 보일 만큼 가까운 곳에 살고 있었지만, 상현도 아버지와 편하지 않은 사이인데다가, 아내를 가족적 호칭으로 부른 적이 한 번도 없을 만큼 아내에 대한 감정도 좋지 않아 의논 상대가 되기는 어려울 듯했다. 반면 고향인 문경에 살고 있는 상숙은, 남다른 주벽과 폭력 성향에 지독한 의처증까지 두루 겸비한 남편을 만난 탓에 아주 망가진 생활을 하는 처지여서, 친정 피붙이들 눈으로 보자면 내내 물심양면에서 보호와 동정의 대상이었다. 그랬기에 아버지와 갈등거리가 적었고, 그런 만큼 의사소통의 여지가 남아 있을 수 있었다. 나의 판단으로는 그랬고 어머니도 마찬가지였다.

「너 어른이 내 말은 들을라고도 안 하시고, 또 나는 인제 말할 기운도 없다. 영남 에미한테 전화해 바라. 내가 그래더라고, 언제 갈지 모르니, 나도 한 분 더 볼 겸사해서 한 차례 댕기가라고.」

영남 에미가 상숙이었다. 나는 상숙에게 구원을 청했다. 그런데 상숙의 반응은 나나 어머니의 헤아림이나 기대와는 달랐다. 상숙과, 그리고 곧 그 판에 끼어들게 된 상현은 여느 때 좀 낮춰 보고 싶어 하던 아내가 마냥 고분고분하기만 하던 이전과는 달리 두 눈 똑바로 뜨고 자신들의 친정아버지에게 대적하고 있는 꼴을 잠자코 보아줄 수 없어 했다. 아버지가 법원에 문서를 내기 전에 이미 의논이 있었던 것 같아 보이기도 했다. 아내를 사기꾼으로 몬 그 문서는 어쩌면 아버지와 누이동생들의 합작품일는지도 모를 일이었다. 조금 시간이 지나간 다음에 알게 된 것이었지만, 아버지는 '집안 꼬라지를 보거나', 모든 것을 털어 내 버린 다음에 자결하려 했다고 자신의 처신을 설명함으로써 나와 아내에 대한 상숙 자매의 증오심을 극대화해 놓은 상태였다.

그 일이 있기 전까지만 해도 아버지의 독단과 폭행에 대해서는 상숙이나 상현도 넌덜머리를 내고 있던 처지였다. '오빠도 때려! 그래야 버릇을 고치지! 엄마나 오빠가 맞고만 있으니까 아버지 버릇을 고치지 못하는 거야!' 내가 폭행당한 것을 알게 될 때마다 분개한 표정으로 나를 나무라던 상현이었다. '모든 것을 내 몫의 운명으로 생각한다.' 내가 그렇게 이야기했을 때, '얼마나 힘들었으면 그런 생각까지 했겠어' 하며 상숙은 눈물까지 글썽거리며 내 처지를 몹시 딱해했다. 그런 상숙과 상현의 모습은 이제 찾아볼 수도 없었다.

상숙 자매가 제시하는 해결 방법은 아내의 무조건적 항복밖에 없었다. 이때까지 그렇게 해온 것처럼, 무릎 꿇고 빌며 잘못했습니다 사죄하고 모든 것을 원상으로 되돌려 놓아라……. 아내가 이 집안에 명색 가족으로 편입된 이래 줄기차게 받아 온 요구와 같은 곡조였다. 아내는 나와의 생활을 포기하지 않는 한 어쩔 수 없다는, 아마도 그런 심정에서 섭섭함이나 노여움 같은 불편한 감정들을 어떻게든 안으로 삭여 내려 애쓰며 이때까지는 아무래도 동감할 수 없는 그 요구들을 받아들여 왔다.

그런데 이번에는 달랐다. 시누이들의 비난과 요구를 드러내 놓고 같잖아했고, 그런 비난과 요구가 되풀이될수록 더 독해져 갔다. 재판정에 나가겠다고 했다. 마치 잔뜩 벼르기라도 하듯 '좋은 기회'라는 말도 했다. 이런 기회에나마 그동안 하고 싶었으면서도 할 수 없었던 이야기들을 털어놓아 보고 싶다고 했다. 시퍼렇게 독기가 돋아오른 얼굴이었다. 아닌 게 아니라 '노르래기'가 기어코 독사로 탈바꿈한 것 같았다.

더 독해져 가기는 상숙 자매도 마찬가지였다. 언제나 만만한 대상이었던 아내를 좀처럼 굴복시킬 수 없게 되었을 때, 그들은 나를 압박하기 시작했다. 자식으로서의 도리도 어김없이 들먹거렸다. '무릇 인간이라면'으로 시작되는 윤리적 강령에 곧이곧대로 길들여진 나에게 그것은 치명적 약점이었다. 고민이 될 수밖에 없었고 고민해야 했다. 비단 아버지에 대한 도리 같은 것 때문만은 아니었다. 아닌 게 아니라 '집안 꼬라지'가 더 걱정되었다. 마지막 한 톨까지 박살 나도록 내버려 둘 수는 없었다. 아내가 아버지나 누이동생들과 맞붙은 그 장면은 실로 끔찍했다. 내버려 둘 수 있는 장면이 아니었다. 정말 그럴 수는 없었다. 밤이 되어 잠자리에 누워서도 잠을 이루지 못한 채 몸을 되풀이하여 뒤치며 고민했다. 그런데 아무리 고민해도 상숙 자매의 요구대로 움직여서는 안 될 듯했고, 그렇게 할 수도 없을 것 같았다. 이런 주저는 아버지와 아내의 드잡이판이 벌어지던 거의 초장에 아버지가 또 아내의 학력 문제를 물고 늘어졌을 때부터였다.

인간관계는 상호적이므로 잘못된 관계에서 어느 일방만 옹호될 수 없다. 그러나 아버지와 아내의 관계만으로 보자면 그 시비 분별은 대충 명확해진다. 나의 관점으로는 그랬다. 아버지는 자신의 생애 동안 맺은 모든 가족적 인연들과의 관계에 알뜰하게 실패했고,

특히 아내와 같은 입지에 있는 큰며느리와 서로 용납할 수 없는 구부 관계가 된 것은 인연을 맺은 지 두 해 안쪽의 일이었는데, 아내는 그런 아버지와 어쨌거나 이때까지 더러는 극찬마저 들어 가며 잘 지내 온 터였다. 그것은 아버지가 요구하는 노예적 수고를 아내가 바친 덕분이었다. 아내에 대한 어머니의 평가는 '어진 사람'이었고, 내 눈에 비친 아내는 종님(種妊)이라는 그 이름처럼 어쩐지 좀 촌스럽고 어수룩해서 늘 손해나 보고 살아갈 사람이었고, 또 사실 얼마만큼은 그런 편이었다. 아마도 그랬기에 스스로의 뜻에 의해서든 남편의 눈치라는 타의에 의해서든, 아버지에게 줄곧 굴종해 올 수 있었을 것이다. 그런데 이제 이런 장면에 이르러서까지 아내에게 그런 굴종을 요구할 수 없을 듯했고, 그래서는 안 될 것 같았다.

나는 아버지의 극단적 자의(恣意)를 두려워하고 있었다. 빤한 거짓말까지 무릅써 가며 아내를 법정으로 불러낸 것은, 다른 눈으로 보기로 하자면 아버지 스스로 수긍했던 아내의 헌신에 대한 야비하고 무모한 배반으로, 최악의 폭력이었다. 아내의 표현대로, 돈이 문제가 아니었다. 그런 폭력을 더구나 이전과 같이 굴종의 방법으로 용납할 경우, 아버지와 앞으로 얼마나 더 함께 해야 할는지도 모르는 그 세월을 견뎌 낸다는 것은 불가능할 듯했다. 여러 면모에서 살펴볼 때, 내가 굴복하게 해야 할 대상은 아내가 아니라 아버지였다. 공존이 가능할 꼭 그만큼이라도 길을 들여야 한다. 그것은 아버지 자신은 물론 이 집안사람들 모두를 위해 긴요하다.

아버지의 폭행에 대해 마주 폭행해야 그 버릇을 고칠 수 있다던

상현의 충고, 이제는 적어도 폭행에 준하는 행위를 하고라도 아버지
의 버릇을 고쳐 놓아야 할 것 같았다. 그토록 모진 마음은 익숙한 내
모습이 결코 아니었다. 그런데도 내게 익숙한 그 모습 쪽으로 돌아
갈 생각은 해보게 되지도 않았다. 나는 물론, 일단 손에 들어온 돈을
내놓기 싫어하는 아내의 의지를 읽고 있었다. 그러나 그 시간, 지난
30여 년 동안, 내 아버지와 형제들과 관련되는 한, 조목조목 부당한
모든 것을 참고 견뎌 내도록 강요하다시피 해온 나로서는 아내의 그
의지를 탓할 염치가 없었다. 나는 이런 뜻을 내 고심 내용과 함께 편
지로 써서 상숙에게 전했다. 편지의 결론은 아버지의 야비함과 무모
함에 대한 선사죄(先謝罪) 요구였다.

　나의 선택은 물론 상숙이나 상현이 바라는 바가 아니었다. 자신들
의 친정아버지가 타성바지 올케에게 당하는 것을 죽어도 보고 있을
수 없게 된 그들 자매는 나에게 배신당했다는 표정을 숨기지 않았
다. 상숙으로부터 나를 악담하는 편지가 날아왔고, 상현은 어느 날
늦은 저녁, 집 가까운 공원, 좀 후미진 장소로 나를 불러내 멱살을 움
켜쥐었다.

　나를 향한 가족들의 폭언이나 폭행에 대한 내 대응이 딱 하나, 침
묵일 수밖에 없는 것은 나로서는 당위나 마찬가지다. 타고난 내 성
품도 아버지와 그다지 다를 바 없이 격정적이다. 급하다. 아닌 게 아
니라 더럽다. 괜한 겸사가 아니다. 정말 더럽다. 다른 것은 억제다.

　'참아라. 어떻게든 참아라. 너라도 참아야지, 안 그러만 집안 꼬라
지가 머가 되겠노. 제발 참아라, 제발. 크는 너 아(이)들 생각해서라

도 참아라. 그래야 한다. 상주이, 니, 에미 말 알겠지.’

간곡한, 회상만으로도 애가 끊는, 어머니의 이 말씀 때문이었다. 내 생애 내내, 이 세상에서 가장 불쌍한 존재는 어머니였다. 그 어머니의 당부를 차마 거역할 수 없었고, 어머니 말씀처럼 나마저 참아 내지 못할 경우 우리 가족이란 존재할 수 없었다. 나의 필사적 억제는 나로서는 선택이 아니라 절대의 당위였다.

아내가 손아래 시누이에게 호년을 당한 일은 그야말로 참아 낼 수 없는, 그것마저 참고 있어서는 정말 안 되는 무엇이었으나, 그래서? 라는 간단명료한 반문 하나로 나의 벌건 노여움은 간단명료하게 무력화되었다. 더 나아가 봐야 진흙탕에서 싸우는 두 마리 개 가운데 하나가 되는 것밖에는 얻을 게 아무것도 없음은 그야말로 불을 보듯 빤한 일이었다. 침묵은 선택이 아니라 나에게 가능한 단 하나의 도피였다.

상현에게 멱살을 잡힌 그 순간에도 피의 거센 역류를 느꼈지만, 나는 내 감정이 억제 불능 상태가 되는 것을 두려워하여, 상현의 그 손을 힘들여 풀고 냅다 도망쳤다. 집에 와서 보니 입고 있던 티셔츠 단추가 떨어져 나갔고 깃 한 부분이 조금 찢겨져 있었다. 나는 그 옷을 벗어 바깥 쓰레기통에 버렸다. 아내에게 보이고 싶지 않았고 보여서도 안 될 듯했다. 다음 날, 아내는 내 목을 들여다보며 물었다.

「목에 웬 핏발이야?」

티셔츠는 감출 수 있었으나 멱살잡이를 당할 때 생긴 그 핏발은 어찌해 볼 수 없었다.

「목욕할 때 때밀이 수건을 잘못 썼더니…….」

나는 때밀이 수건을 좀처럼 쓰지 않는다. 아내도 그것을 안다. 그리고 또 그것은 때밀이 수건으로 생길 수 있는 자취가 아니었다. 아내는 석연치 않다는 눈빛이 되었을 뿐, 더 묻지 않았다.

다음 날, 아내는 물었다.

「티셔츠 벗어서 어떻게 했어?」

「무슨 티셔츠?」

「그저께까지 입었던 거, 아이보리색…….」

「모르겠는데…… 세탁기에 넣었는가…….」

아내는 또 그런 눈빛으로 나를 한동안 들여다보다가 눈길을 거두어들였다.

아팠다.

어린 시절, 농지 개혁 파동을 거치면서 논밭이 몇 뙈기 남지도 않았는데, 그나마 더 이상 하인이나 머슴을 두어 부리거나 할 형편이 아니었기에 어머니가 손수 들일을 나가야 했고, 그러면 두 동생은 온종일 내 몫이었다. 상현과는 열 살, 상숙과는 일곱 살 터울이었으니까, 그때 내 나이 그래 봤자 열 살 이쪽저쪽이었을 것이다. 그러나 어떻게든 동생들을 온종일 돌봐야 했다. 전쟁 뒤, 춘궁기니 보릿고개니 하는 표현이 실제로 무시무시한 느낌이던, 궁핍한 시절이었다.

온 집안을 다 뒤져 봐도 입에 넣을 거라고는 아무것도 없는 경우가 드물지 않았다. 이런 경우도 이른바 내리사랑 이론으로 설명될 수 있는 것인가, 잘 모르겠는데, 다른 가족들의 굶주림에 대해 근심한 적은 없는 듯하다. 안쓰러움이 느껴지는 것은 오로지 동생들의 주린 배뿐이었다. 나는 아직 어린 그 생명들의 홀쭉한 배를 채워 주기 위해 그 나이 또래 소년으로서 할 수 있는 별의별 짓을 다했다. 거지질이나 도둑질에 준하는 행위마저. 국민학교를 채 끝내기 전에 돈벌이에 나서게 된 이유 가운데 하나도 동생들의 주린 배 때문이었다. 나는 내 자식을 키울 때도 동생들을 돌볼 때만큼 내 손, 내 마음이 가지 않았다. 그랬던 사람들에게 그 꼴을 당한다는 것, 정말 아팠다. 그러나 아프다 소리나마 할 수 있는 형편도 아니었다. 그래서 더 아팠다.

시누이들이 더 극성스러워질수록 아내는 더 독해져 갔다. 아버지를 대하는 태도에 찬 기운이 노골적으로 실렸다. 그런데 그것이 아내의 모두가 아니었다. 아내의 얼굴에, 아버지 밥상을 차리는 그 손길에 번민의 흔적이 나타나기 시작하면서, 깊은 밤이나 새벽녘에, 거실에 있는 성모상 앞에 촛불을 밝히고 꿇어앉아 기도하는 아내의 모습이 드문드문 눈에 띄게 되었다. 그러던 어느 날 아내는 마침내 자기 느낌의 한 자락을 혼잣말처럼 내비쳤다. '신부님이 선도 선으로, 악도 선으로 대하라고 그랬는데…….'

아버지는 닭죽이나 닭곰탕 같은 음식을 좋아한다. 그것은 아이들이나 내가 싫어하는 음식이었다. 아내는 차츰 더 독해져 가면서도 아버지를 위한 음식들을 따로 만들었다. 내가 민망스러운 마음에서, 그런 정성 바칠 필요 없어, 하면 아내는 시름겨운 낯빛이 되어 말하

곤 했다. '나 하는 대로 그냥 놔둬. 그래야 내 맘이 편해.' 그런데 나
로서는 도저히 그냥 놔두기 어려운 장면에 부딪치게 되었다.

어느 날 오후, 날마다 하는 운동인 달리기를 하고 돌아와 보니까,
아내가 노인들의 모시옷에 풀을 먹여 다리미질하고 있었다. 여름만
되면 되풀이되는 두 노인네 모시옷 시중은 만만한 일감이 아니었다.
이 여자, 속도 없어? 나는 그런 심정이었지만, 그것이 아내의 마음을
편하게 할 수 있는 것이라면……, 하고 나 자신을 달래며 잠자코 욕
실에 들어갔다. 그런데 샤워를 하며 아무리 나 스스로를 가라앉히려
해도 가라앉혀지지 않았다. 내가 욕실에서 나왔을 때, 아내는 다림질
을 끝낸 모시옷 두 벌을 들고 사랑방으로 들어가고 있었다.

「여보.」

나는 불쑥 아내를 불러 세웠다. 충동적이었다.

「그거, 이리 내놔!」

나는 다가가 빼앗듯, 그 옷을 건네받아 손에 들고 내 서재로 들어
가 거기 붙박이장에 마구 처박아 버리듯 걸어 두었다. 내가 방에서
나왔을 때, 아내가 거실 한복판에 오도카니 서서 바라보고 있었다.
눈동자가 뽀꼼했다.

「그런 정성 받을 가치, 없어!」

나는 부욱 내뱉었다.

그런데 그것 역시 나의 모두가 아니었다. 아, 내가 이러면 안 된다.
이 세상에 허물없는 인간이 어디 있는가. 더구나 상대방은 내 아버
지다. 그 연세 되어서도 그 성격, 그 버릇을 극복해 내지 못하고 있는

것, 측은히 여기지는 못한다 할지라도 그것을 곧이곧대로 탓하려 들어서는 안 된다. 심한 자모감마저 느끼며 그렇게 자신을 나무라면서도 몸을 돌려 아내가 두려던 그 자리에 모시옷을 돌려 두도록 하게 되지는 않았다. 그때 나는 자신의 내부에 잠재해 있던 악마성을 비로소 보게 된 듯한 느낌이었다.

비참했다.

내 생애 거의 처음으로 자해 충동을 느꼈을 만큼.

인간에게는 자기가 기억하고 싶지 않은 것은 기억하지 않으려는 경향이 있다는 이야기를 들은 적이 있다. 무의식적 의지마저 그렇게 빤한 자기 속임수를 무릅쓸 만큼 인간은 완강하게 간교하다. 기억의 그런 농간 때문인가, 참 고약한 내 악마성이 어디까지 노출되었던가, 정말 확실하지 않다. 그러나 어머니에게 이런 대화를 한 것만은 분명한 것 같다. 어머니가 어떻게든 참아야 한다는 간청을 또 되풀이한 그다음 장면에서였다.

「어머니, 그런 생각, 하지 않으려고 해도, 언제까지 이 고통을 감내해 내고 있어야 하는가, 그런 나쁜 마음이 들어요. 미안해요.」

이 이야기가 회상되는 것은 그다음에 이어진 어머니 대꾸에 대한 송구스러운 기억 때문이다.

「그키(그러게) 긴 병에 효자 없다고 안 하더나. 미안하다. 내가 얼른 떠나서 니 짐을 덜어 죠야 하는데, 그기 뜻대로 안 되는구나. 미안하다, 참말로.」

이 대화 두 토막은 서로 어긋난다.

빤한 내숭.

급수 낮은 위선.

기억의 농간은 그만큼 허술하다.

그런데도 또 하나의 농간이 바투 잇대어진다.

'모든 정상적인 사람들은 때때로 자기가 사랑하는 사람들의 죽음을 바란다.' 카뮈의 《이방인》에서 이 구절을 맨 나중에 읽은 것은 늦춰 잡는다 해도 20대 초반이었을 것이다. 그런데 당연히 기억할 만한 것들까지 사정없이 잊혀져 가는 판에, 수십 년이라는 세월의 저 무지막지한 두께를 감연히 뚫고 이 구절이 문득, 정말 문득 되살아나 나를 향해 다가왔을 때, 나는 차라리 아연한 느낌이었다. 이름난 작가들의 작품에 있는 어떤 구절들이 내게 위안이나 격려가 되었던 적이 있고, 아마도 그래서 내 기억은 또 이런 농간이나마 부려 보려던 것이었겠지만, 이 농간이 내게 준 것은 참 겸연쩍은 자괴감밖에 없었다.

그 무렵 어느 날, 나는 집에 있는 전동 바리캉을 들고 욕실에 들어가 거울 앞에 서서 머리를 모조리 밀어 버렸다. 목 대신 머리카락이라도. 그런 심정이었다. 나의 민머리는 어머니 마음을 또 아프게 했다.

내가 제아무리 간교하다 할지라도 내 생의 마지막 순간까지 혹독하게 고통받을 수밖에 없는 쓰라린 기억들은 그 무렵에 그렇게 하나하나 차근차근 만들어져 가고 있었다.

도스토예프스키의 소설 《지하 생활자의 수기》에 이런 대목이 있다.

하이네는 단언한다. 사람이란 자기 자신에 대해서는 거짓말을 할 수밖에 없으므로 진정한 자서전이란 불가능하다. 루소만 하더라도 그의 《참회록》에서 줄곧 자신을 헐뜯고 있는데, 그것은 허영심에서 일부러 지어낸 거짓말이다. 나는 확신한다. 하이네는 옳다.

나 자신의 솔직함에 대한 쑥스러운 반추를 해보게 하던 이 대목이 문득 회상된다. 그 회상에 시아버지의 고백, '간교하고 사악한 기억의 농간'이 겹쳐진다. '가장 거짓된 사고나 행동을 하면서도 가장 참이라 인식하기 일쑤'라는 무릇주의도. 머릿속이 갑자기 복잡해진다. 인간의 본성에 대한 심각한 의문. 나는 다시 시아버지의 고백 쪽으로 옮겨 간다.

피고는 답변서를 법원에 제출해야 했다. 원고의 주장에 대한 반론이었다. 아내는 자신이 초를 잡은 답변서를 나에게 읽어 보도록 했다. 그것은 단순한 답변서라기보다는 원고의 행태에 대한 고발이었으며 자신이 이 집에 온 뒤 당한 설움에 대한 고백이었다. 마음을 모질게 다잡아먹고 쓴 투가 역력했다. 서리가 느껴졌다. 섬뜩한 느낌이었다. 그렇게까지 나아가서는 안 될 듯했다. 적어도 상대방이 '아버지'라는 것을 부정하지 않는 한. 나는 아무 말도 할 수 없었다.

그런데 한나절이 지나고 난 뒤, 나는 컴퓨터 앞에 앉아, 역시 모진 마음이 되어, 아내의 답변서를 손질하기 시작했다. 문장을 조금 더 호소력이 있도록 고쳤으며, 아내가 모르는 아버지의 인간적 허물들을 포함하여 내용을 보완했다. 이렇게라도 아버지에게 하고 싶은 이야기를 해서 아버지로 하여금 자신을 성찰하도록 해야겠다는 게 내 이유였지만, 나는 안다. 그것은 아버지에 대한 적의의 명시적 표현이었다.

그때 나를 사로잡았던 가장 강렬한 욕구는 승부였다. 아버지를 패배시켜, 아버지로 하여금 아버지 뜻대로 되지 않는 것도 있다는 것을 알아차리도록 하고 싶었다. 그렇게 하기 위해서는 아버지의 패배는 더 참혹해야 했다. 그런 목적을 위해 나는 제자들에게 좋은 문장을 가르치던 나의 문장력을 최대한 발휘했다.

아내의 초고는 다섯 장이었는데, 내가 다 쓰고 나니까 답변서는 열넉 장이 되었다. 내 생애에서 내가 쓴 가장 긴 글 같았다. 아내는 내가 손질한 답변서를 읽어 본 다음에 아무 말도 하지 않았다. 아내의 답변서 초안을 읽고 나서 내가 그랬던 것처럼.

아내는 다음 날 컴퓨터 앞에 앉아 내가 작성한 답변서를 다시 손질한 다음, 나에게 읽어 보라고 하지 않은 채 인쇄했다. 나중에 호치키스로 철할 때 보니까 답변서는 열한 장이었다. 나는 아내가 어떤 문장을 지웠는가, 굳이 알아보려 들지 않았다. 왜냐하면 그것은 아내의 답변서이기 때문이었다.

아버지와 아내는 결국 마주 보고 달리는 두 대의 기관차가 되었고, 서로 부딪치지 않으면 안 되는 순간은 다가왔다. 한집에 사는 명색 시아버지와 며느리는 같은 솥에서 지은 밥을 비슷한 시간에 먹고, 조금 시차를 두고 집을 나서서 법원에 도착하여, 이제 원고와 피고의 신분으로 법정에서 조금 사이를 두고 나란히 앉았다. 낯가림이 좀 심한 편인데다, 기껏 해봐야 결국은 제 얼굴에 침 뱉기라는 버젓하지 않음까지, 사건의 전말을 과연 어떻게 설명해야 하는가 하고 난감해하던 아내의 염려나 준비와는 달리, 판사는 이미 원고의 고소장과 피고의 답변서 등, 모든 문건을 읽어 상황을 자세하게 파악해 두고 있었다.

판사의 허두는 약간의 우스개조였다.

「인류 역사에 비슷한 예가 드문 사건이군요.」

판사는 그렇게 말하며 두 사람을 살펴보기부터 했다. 아내의 눈에 비친 젊은 판사는 '넉넉하면서도 날카로워' 보였다. 판사와 소송 당사자들 사이에는 이런 대화가 오고 갔다.

판사 : 원고는 오늘 아침에 누가 해주는 밥을 잡수셨습니까?

원고 : (피고석을 가리키며) 이 사람이 해주는 밥을 먹었습니다.

판사 : 저녁에는 누가 해주는 밥을 잡수실 겁니까?

원고 : 이 사람이 해주는 밥을 먹겠지요.

판사 : 빨래는 누가 해줍니까?

원고 : 이 사람이 해줍니다.

판사 : 피고가 원고의 작은며느리인 게 맞습니까?

원고 : 그렇습니다.

판사 : 왜 큰며느리 수발을 받지 않으십니까?

원고 : 어예다 보니 형편이 그래 됐습니다.

판사 : 원고의 부인이 와병 중이십니까?

원고 : 그렇습니다.

판사 : 누가 간병하고 있습니까?

원고 : 이 사람이 하고 있습니다.

판사 : 피고가 작은며느리인데도 그렇게 모시는 거 고맙지 않습니까?

원고 : 그건 고맙습니다.

판사 : 그런데도 이런 일 벌인 거, 미안하지 않습니까?

원고 : …….

판사 : 이제 어느 며느리와 사실 겁니까?

원고 : …….

판사 : 피고의 답변서에 보면 원고는 부친을 포함하여 형제, 장남 부부 등과 사실상 인연을 끊고 살아왔다고 되어 있는데, 사실입니까?

원고 : …….

판사 : 왜 그러셨습니까?

원고 : …….

판사 : 피고는 원고에게 돈을 돌려줄 의사가 없습니까?

피고 : 지금 문제가 되는 것은 돈이 아닙니다.

판사 : 묻는 말에만 대답하십시오. 피고는 원고에게 돈을 돌려줄 의사가 없습니까?

피고 : 없습니다.

판사 : 원고는 고소를 취하할 의사가 없습니까?

　　원고 : 없습니다.

　　판사 : 그렇다면 재판을 할 수밖에 없군요. 좋습니다. 원고, 피고,
　　　　　모두 자신들의 주장을 입증할 수 있는 증인 신청을 하십시
　　　　　오. 다음 공판은 9월 18일, 오후 2시에 이 법정에서 있게 되
　　　　　겠습니다.

그것으로 첫날 재판은 끝났다.

아내는 다음번에는 자기 속을 털어놓을 기회가 주어지겠지 하고 잔뜩 벼르는 심정이 되어 자리에서 일어나다 보니까, 역시 자리에서 일어나다가 비틀거리는 아버지 모습이 보였다. 아내는 잠깐 망설이다가 다가가서 아버지를 부축했다. 판사는 그 모습을 물끄러미 바라보고 있었다.

아내는 집에 돌아와, 법정에 출두하기 전 며칠 동안 잔뜩 긴장하고 있던 것과는 달리 법정에 앉아 있자니까 오히려 편안하더라는 자신의 소감을 곁들여 법정에서 있었던 일을 소상하게 이야기했다. 그 이야기를 들으며 내가 스멀스멀 느끼고 있었던 것은 참 야릇하게도 다분히 희극적인 감정이었다.

돈이 문제가 아니라 서로를 용납할 수 없는 감정상의 격돌이라 할지라도 표면적 이유는 돈이 될 수밖에 없었다. 아무개가 광고 모델료로 몇 억을 받았니, 어떤 벤처 기업은 스톡옵션으로 전 직원이 억대 부자가 되었니 하는 소문들이 일으키는 거품 효과 때문만은 아니었다. 그야말로 돈 세상이었다. 이 세상에 넘치는 게 돈 같았고 온통

부자밖에 없어 보였다. 그런데 눈의 크기에 따라서는 얼마 되지도 않을 돈 때문에 명색 시아버지와 며느리가, 스스로들 버젓하지 못해 하면서도, 죽기 살기 식으로 재판정에서 마주 서게까지 되었다. 심심해 죽겠어 하는 사람들을 위해, 자신의 치부를 애써 드러내면서까지, 재미나는 구경거리를 공들여 만들고 있는 듯한 느낌이 들기도 했다. 스스로 실없어 하면서도 웃음이 나오려 했다. 이런 증세가 처음은 아니었다. 적어도 제정신으로는 이해할 수도, 설명할 수도 없는 집안 풍파를 겪어 오는 동안, 바로 내 집안 풍경에 대하여 내가 더러나마 느끼게 되는 증세였다. 생전 처음 '시아버지 덕분'에 법원 구경을 하고 온 아내의 이야기를 듣고 있던 그 시간에도 마찬가지였다. 그런데 희극성을 느껴 보려야 느껴 볼 수도 없게 하는 사건이 나를, 우리 모두를 기다리고 있었다.

첫 재판 보름쯤 뒤가 되는 9월 5일 아침이었다.

아버지가 외출하고 난 다음에 사랑방에 들어가 보니까 어머니의 왼편 볼에 해삼 모양의 시퍼런 멍이 들어 있었다. 어머니는 지병과 노쇠로 말미암아 지체 기능이 차츰 더 어눌해지면서 넘어지거나 부딪치는 경우가 잦아졌고, 그때마다 여러 정도와 형태의 상처가 생겼지만, 볼의 그것은 그렇게 해서 생긴 상처가 아닌 것 같아 보였다.

「여기 왜 이랬어요?」

나의 물음에 어머니는 곧 대답했다.

「아부지가 때렸다.」

마치 누군가가 물어 주기를 기다렸던 것 같았다.

믿어지지 않았다.

설마 싶을 뿐이었다.

어머니의 지난날 표현대로라면 '내 나이 열여덜베 너 아부지한테 시집오던 그담 날부터 맞기 시작해서 이날 입때까지 맞았다'였지만, 적어도 어머니가 몸 움직임마저 쉽지 않게 된 다음부터는 아버지의 창끝 같은 삿대질이 어머니의 인중 언저리를 위협하기는 할지언정 그 몸에 닿지는 않았다. 내가 알기로는 그랬다. 아무래도 믿어지지 않았다.

「왜?」

「너덜 정인 섰다고. 머얼 알아서 정인 섰냐고.」

특히 아내에 대해 몹시 민망스러워하는 어머니는 1차 공판 이야기를 듣고 난 뒤 나에게, 자신을 법정에 데려다 달라, 그러면 아버지의 거짓말을 증언하겠다고 했다. 문경 시절, 가까이 지내는 이웃 사람의 송사를 증인 노릇까지 해가며 구경하게 되는 바람에 어머니에게는 법적 절차에 대한 최소한의 이해가 있었다.

그러나 우리 부부의 입장에서는 간다면 품에 안고나 가야 할 어머니로 하여금 차마 그런 역할을 하도록 할 수는 없었다. 그런데 이미 벌어진 판을 어떤 형태로든 수습해야 했고 그러자면 증거나 증인이 필요했다. 나는 알 만한 사람에게 자문을 구했고, 공증이 되었거나 그 사람 자신의 인감 증명이 첨부된 서면 증언은 법적 효력이 있다는 것을 알게 되었기에, 어머니의 구술을 문면으로 만드는 형식으로 증언서를 작성하여 법원에 제출했다. 그 증언서가 전날, 원고와 피고에게 배달되었다. 아버지가 그것을 빌미 삼은 듯했다. 그러고 보면 어머니에 대한 아버지의 폭행이 사실일 것 같기도 했다. 그때 나에게 또 불쑥 다가오는 의문, 그게 사실이라면, 아버지가 과연 제정신일까? 최소한 제정신이라면 다 바숴져 내린 어머니의 그 몸에 어찌 손찌검을 할 수가 있을까? 아무래도 믿어지지 않았다.

그런데 어머니의 고발이 아버지의 폭행 못지않게 나에게는 뜻밖이었다. 어머니는 탄식 같은 회상에 더러 묻어 나오게 되는 경우를 젖혀 두고 보기로 한다면, 아버지 잘못을 좀처럼 입에 올리지 않는다.

'흉을 묻어 디리야지, 어예노. 당신도 당신 성품 잘못인 줄 알고, 당신 행적 부끄러운 줄 알민서도 그걸 곤치지 못하는 거, 참말로 어예노. 내라도 묻어 디리야지.'

그런데 전례 없이 몹시 노여워하는 표정으로 남편의 폭행을 아들인 나에게 고발하고 나선 거였다. 그리고 나는 보았다. 어머니는 마디마디를 표현한 다음에는 입술을 꼬옥 다물곤 했다. 노여움의 표현 같았다. 지난날, 객지에 나가 있는 아버지에게 보내는 어머니 편지 서두는 '가군(家君)님전 상사리'였다. 바로 그런 남편에 대한 아마도 생애 최초의 노여움을 그렇게 표현하는 것 같았다.

아내는 성당 봉사 나가는 날이어서 준비를 하고 어머니에게 인사를 하러 들어왔다가 그 상처를 보았고, 그 내력을 나로부터 듣고 나서는 대뜸 시퍼레졌다.

「세상에! 사진 찍어 놔!」

아내의 외침에, 마침 집에 있던 둘째 아들이 달려왔다.

「민수, 너, 이거 사진 찍어 놔라!」

아내는 둘째에게 다시 명령했다. 둘째는 제 방으로 가서 폴라로이드 카메라를 가지고 나와 사진을 찍으며 눈물을 흘렸다.

그날, 그 장면으로부터 조금 뒤에 나는 또 듣게 된다. 그동안 아버지가 어머니의 입을 쥐어박아 왔다는 것을. 그것은 나의 줄기찬 의문이었다. 내가 학교를 떠나 집에 있게 된 다음부터 어머니에게 밥 먹여 주는 일은 거의 모두가 내 몫이었는데, 어머니는 자주 입 안이 터져 쓰라리다면서 짠 것이나 매운 것, 뜨거운 것을 마다했다. 왜? 하고 내가 물으면, 넘어져서 다쳤다 하고 대꾸하기가 일쑤였다. 그런데 그 부위는 넘어져서 다칠 그런 곳이 되기 어려웠다. 그날 어머니는 그동안 그 상처도 아버지가 쥐어박아서 그랬다는 이야기를 했다.

「왜?」

나는 물었다.

「내가 잘 알아듣지 못해 답답하다고, 그래고 내가 이 꼴을 하고 있는 기 보기 싫다고.」

마구 다그치며 윽박지를 때, 오른쪽 검지와 중지를 창끝처럼 뾰족하게 쥐고 삿대질하는 자세로 입 언저리와 인중을 쥐어박거나 쳐 내려, 더러는 코피를 터뜨리게까지 하는 것이 아버지 버릇이었다. 나로서야 그런 공격을 허다하게 받아 왔다.

나는 분개했다. 어떤 핑계를 댄다 할지라도, 아무리 발버둥질을 친다 할지라도 참아 낼 수 없을 것 같았고, 참아 내려 들어서도 안 될 듯했다. 사진을 찍어 두라 명령하던 아내의 의지가 아주 타당해 보였다. 무슨 조치든 취해야 한다 싶었다.

그 전해 가을께, 내가 어머니를 집에 있는 체중계 위에 올려놓아 보았을 때 어머니의 몸무게는 34킬로그램이었다. 나는 그 뒤에는 어머니를 체중계 위에 차마 올려놓아 보지 못했다. 60킬로그램쯤이 나갈 때도 있던 몸이었다. 그 뒤에도 어머니는 나날이 더 바숴져 내리고 있었다. 우리 부부는 대소변과 목욕 수발을 위해 하루에도 몇 차례씩 품에 안아야 했기에 그것을 알아차리지 못할 수가 없었다. 그때 어머니는 아마도 30킬로그램을 넘지 못했을 것이다. 30킬로그램도 넘지 못하는 그 가련한 어머니에게, 내가 맞아도 아픈, 그래서 상처가 생기고야 마는 그 주먹을 들이댔다는 것, 그리고 그 흔적, 해삼 모양을 한 시퍼런 멍, 상처. 나는 둘째가 찍어 내민 폴라로이드 사진 석 장을 거실 탁자 위에 펼쳐 놓고 궁리에 궁리를 거듭했다. 그 시간에는 운명이라는 그 편리한 핑계도 생각나지 않았다. 아버지니까, 노인이니까, 노출되면 온 집안의 망신이니까……, 그러니까 양해하고 용서하고 묻어 두고, 그래서 그대로 참고 넘어가야 한다? 그럴 수는 없을 듯했다. 그래서는 안 될 듯했다. 세상에, 그 얼굴에다 주먹질을 해? 나의 노여움은 시간이 지나갈수록 차츰 더 벌게져 갔다.

그날 저녁에도 여느 날과 같이 아내는 아버지에게 밥상을 가져다 바쳤고, 아버지가 식사를 끝내고 나서 그 밥상을 다시 내왔다. 그다음 장면 조금 뒤에, 나는 신들메를 단단히 죄며 가슴에 날을 세우는 마음새로 사랑방으로 들어갔다. 손에 어머니의 상처를 찍은 폴라로이드 사진 한 장을 들고 있었다.

아버지는 침대 위에 반듯하게 앉아 책을 들여다보고 있었다. 최근에 누군가가 보내 온, 그 집 조상의 문집이었다. 아버지는 물론 나를 향해 고개조차 돌려 주지 않았다. 어머니는 그 옆에서, 그 상처를 내 쪽으로 드러낸 채 눈을 감고 누워 있었다. 늘 그렇기는 하지만, 어머니는 눈을 감고 있으면 이미 숨을 거둔 사람 같아 보였다. 그 시간에도 마찬가지였다. 그 모습이 나의 노여움에 불을 지폈다. 역시 감정의 포로가 되어서는 안 되니까, 나는 노여움도 가라앉힐 겸, 아버지의 그 모습을 눈여겨보았다. 그런데 적어도 책을 들여다보고 있는 그 모습만으로는, 아버지가 제정신이 아닐 듯하다는 혐의점은 발견되지 않았다. 그 시간의 아버지는, 다 늘그막에마저 틈만 나면 곧은 자세로 앉아 책을 읽는 지조 높은 선비였다.

「아버지.」

목에 뭔가가 걸린 듯한 내 어조 때문이었을 듯한데, 곧 고개를 들어 나를 바라보는 아버지는 좀 뻥해 보이는 눈빛이었다.

「어머니를 정말 때리셨습니까?」

「머라카노?」

「어머니를 정말 때리셨습니까?」

그 시간 아버지의 눈길은 자식을 바라보는 아비의 그것이 아니었다. 나를 바라보는 아버지의 눈길로부터 사랑이니 하는 감정을 느껴 본 적은 없다. 사정없이 닦아세우거나 두들겨 팰 때를 젖혀 두고 본다면 아버지가 나를 바라본 적도 없으니까 그럴 수밖에 없었다. 그러니까 아버지 눈길이 나를 향할 때, 나는 조건 반사적으로 임박한 폭행에 대비하게 된다.

그런데 내가 폭행을 거부하기 시작한 뒤부터는 형편이 달라졌다. 아버지는 참으려고 애를 썼고, 그러면서 자신이 참으려고 애쓰고 있다는 것을 어떻게든 드러내 놓으려고 했다. 위협이었지만, 나는 그 위협을 두려워하지 않았다. 그 시간에도 그랬다. 나와 아버지 사이에는 눈싸움이 시작되었다. 내 눈에는 배타적 독기, 치열한 적의가 실려 이글거리고 있었다. 나는 그것을 알아차리고 있었다. 내 숨결이 높아지고 있었다. 나는 그것도 알아차리고 있었다. 아버지가 먼저 눈길을 비켰다. 아버지는 끄응 소리를 내며 읽고 있던 책 쪽으로 눈길을 가져갔다. 내 시야에는 노인의 차가운 옆모습만 남았다.

「아버지.」

내가 다시 불렀지만 노인은 눈길을 돌리려 들지 않았다.

「이러실 수 있습니까?」

거기까지였다.

가쁜 숨결…….

정말 그뿐이었다.

그뿐이어야 했다.

더 나아갈 수 없었다.

속에서 들끓어 대는 사념들이 발성 기관을 거쳐 한마디 한마디 표현되면서 나의 노여움은 차츰 더 노골적이 되어 가고 있었다. 주먹과 가슴이 함께 떨렸다. 숨결도 가빠졌다. 그쯤에서 조금만 더 나아간다 해도 정말 아버지를 폭행하게 될는지도 모른다는 위기감이 엄습했다.

무서웠다.

나 자신이.

그리고 내가 한발 더 나아갔을 경우, 그 결과와 그 파장이.

나는 손에 들고 있던 사진을 노인이 들여다보고 있는 책 위에 올려놓은 다음, 그 떨림이 차츰 더 격렬해지는 주먹과 가슴을 버겁게 끌어안고, 그 시간 내가 느낀 절박한 위기감의 근원인 아버지로부터 물러 나왔다.

그것은 아마도 이성보다는 내가 길들여져 있는 '무릇' 때문이었을 것이다. 그래 봤자 허위의식이나 가식이나 위선에 지나지 않을 '무릇'은 나를 속속들이 지배하는 가장 힘센 의식 기제였다. 나는 '무릇'의 노예였다.

나는 밖에 나가 소주 한 병을 사가지고 들어와, 서재에서 홀로 마시며, 좀처럼 가라앉지 않는 가슴의 떨림을 달래려고 애썼다. 그러나 술로써 달래질 가슴이 아니었다. 그날 나는 노인의 참회를 바라 노인의 눈앞에 사진을 떨어뜨려 두었던 것인가. 그보다는 어쩌면 고통을 주기 위한 것이었을는지도 모른다. 어느 쪽이든, 그것은 역시 오산이었다.

나는 다음 날 아침, 그날 밤, 아버지를 향한 그 어설픈 표현이 저지른 큰 실수 하나를 알아차리게 되었다. 역시 아버지가 외출하고 난 뒤였다. 내가 사랑방에 들어갔을 때, 어머니가 말했다.

「아부지가 또 때렸다.」

어머니는 마치 그 소리를 하기 위해 나를 기다린 것 같았다.

「……왜?」

「니한테 일렀다고. 내가 거짓말했다고. 내가 언제 거짓말했노고 하이께, 날 미쳤다고, 인제 참말로 죽을라는갑다고, 그래있다.」

어머니는 전날과 마찬가지로 마디마디 표현을 하고 나서 입술을 꼬옥 다물었다. 노여움의 표현이었다. 그래 봤자 그 몇 마디나마 내놓기를 몹시 힘들어하는 목소리고, 표정이었다. 내가 어느덧 노여움에 치받쳐 아무 말도 하지 못하는 사이에 어머니의 꼬옥 다문 입술이 다시 열렸다.

「내 나이 열여덜베 너 아부지한테 시집오던 그담 날부터 맞기 시작했는데, 인제 갈 때까지도 맞는구나. 지금이라도 내 힘이 있으만 고만 한 차례라도 때리 주고 싶다.」

첫 문장은 이전에도 들은 바 있었으나, 그다음에 이어진 표현은 나로서는 처음이었다. 어머니가 아버지에 대해 그토록 불경한 표현을 입에 올린 적은 결코 없었다. 아버지의 으뜸 노예는 어머니였다. 표현만 '가군님'이 아니었다. 어머니에게 아버지는 실제로 '하늘'이고 '임금'이고 '주인'이었다. 어머니는 자신과 같은 방법으로 우리 부부에게 노예가 될 것을 요구했고, 우리 부부가 조금만 어긋나도 화를 냈다.

'그래도 아부진데!'

그것은 어머니가 내세웠던 절대적 전제였다.

그런데 어머니는 그 시간, 분명한 어조로 아버지를 고발하고 있었다.

나는 아무 말도 할 수 없었다. 다시 가슴이 부들부들 떨렸고 숨이 막혀 오기까지 했다. 정말 어떤 말도 꺼낼 수 없었다. 어머니의 앙상한, 그런데도 참 따뜻한 느낌의 그 손을 힘주어 잡아 주는 게 고작이었다. 그리고 잠시 뒤, 안티프라민을 가져와서 그 상처에 바르고 오른손 검지 끝으로 동글동글 문질러 주기 시작했다. 안티프라민은 어머니로부터 배운 '비방'이었다.

열여덟 살 되던 해 섣달에 아버지와 결혼하여 살림을 차리게 된 어머니에 대한 아버지의 폭행은 결혼 이틀째부터였다. '왜?' 하고 내가 물었을 때, 어머니는 얼굴에 저녁 이내가 짙게 내린 듯한 표정이 되어 대꾸했다. '너 아부지가 어데 이유를 이야기하고 때리시나. 고만 각중에(느닷없이) 주목이 날아오는 기지.'

결혼 얼마 뒤에 다니러 온 어머니의 친정아버지는 온몸이 시퍼렇게 멍들어 있는 딸을 발견하고 곧 발걸음을 돌려 집으로 돌아가 장독(杖毒) 빼는 약을 지어 보냈다. 그 사실을 알게 된 어머니의 친정 오빠들은 분개하여 떼를 지어 몰려와 아버지를 두들겨 팼다. 그것이 어머니에 대한 아버지의 폭행을 더 악독하게 하는 계기가 되었다. 여기까지는 내가 어머니나 외가 식구들을 통해 들은 거였다. 어머니가 아버지에게 폭행당하는 장면에 대한 나의 첫 번째 기억은 아마 내 나이 열 살 때쯤이었던 것 같다. 밥상머리였고, 돌을 씹은 아버지는 느닷없이 어머니의 뺨을 후려쳤고, 그러자 어머니의 입에서는 씹고 있던 밥과 피가 함께 튀어나왔다……

어머니는 지병 덕분에 아버지의 줄기찬 폭행으로부터 벗어나게 되었다. 지병에 노쇠까지 겹쳐 신체 기능이 뚜렷하게 느즈러지기 시작했을 때, 어머니는 어느 날 나에게 말했다.

‘아이고, 요새는 살 거 같다. 너 아부지가 때리지도 안 하시고, 내 사정도 참 마이 바 주신다. 당신 불편하신데도, 날 생각해서 침대도 놓아 주시고, 어데 그뿐이라. 청소도 하시고, 무거운 거 있으만 들어도 주시고……. 집안에 못 하나 박는 법도 없던 너 아부지가 아니시라. 얼매나 황송하노. 그키 사람은 오래 살고 봐야 된다 안 하더나. 세상에, 병 덕을 다 보게 되었으니 말이다, 병 덕을…….’

나로서는 노여움과 슬픔을 느낄 수밖에 없을 그 이야기를 어머니는 오히려 그토록 흥겹게 고백했다. 그때 어머니는 벌써 고희를 넘기고 있었다.

아버지 어머니와 함께 생활하기 시작하면서 내가 아버지로부터 자주 폭행당하게 되자, 어머니는 말했다.

‘마카(모두) 내 때문이다. 내가 몸이 이래 안 댔으만 따로 살았을 기고, 그랬으만 니가 이 꼴 덜 당했을 긴데. 미안하다. 에미 잘못 만내 그런 줄 알고, 그래고 아(이)들 생각해서라도 참아라. 꾸욱 참아라. 꾸욱꾹 참아라. 인지위덕(忍之爲德)이라고 안 하더나. 그 머라, 영남 에미, 가가 그래던데, 예수님도 참는 자에게 복이 있나니, 그래 말씀하싰다 안 그래더나. 옛 어른들 말씀, 틀린 게 없다. 훌륭한 어른들이 틀린 말씀을 왜 하싰겠노? 그저 참아라. 참을 인자 세 분이만 살인도 면할 수 있다 안 하더나. 어예든동 참아라. 그거 모도 너 자식들한테 간다. 바라. 너 자식들, 얼매나 이쁘노? 속 썩후는 자식이 하나도 없잖나. 그 어렵다는 대학을 재수도 안하고 쑥쑥 다 잘 들어가고. 그저 참아라. 어예든동 참아라. 꾹꾸욱 참아라. 상주이, 니, 에미 말 알겠지?'

지성스러운 어조였다.

차마 거역할 수 없는.

차마 거역할 수 없는 그 지성스러운 어조와 표정은 나로 하여금 참아야 한다는, 어떻게든 참아 내지 않으면 안 된다는 당위에 대해 되풀이하여 생각할 수밖에 없게끔 했다. 아버지에게 폭행당하고 났을 때 생긴 상처에 안티프라민을 바르는 처방도 어머니가 가르쳐 주었다.

'안티플이 최고라. 안티플 바르고 나서 미칠 지내만 분 것도 가라앉고, 또 미칠 더 지내만 멍도 사라지고, 그렇다.'

그러면서 내 상처에 안티프라민을 발라 문질러 주곤 했다. 안티프라민은 소화제, '아까징끼'와 함께 어머니가 가까이 두고 있던 몇 가지 되지 않는 상비약 가운데 하나였다.

나는 언제부터 아버지에게 맞기 시작했던가? 내가 기억할 수 있는 내 생애 거의 첫날부터였을 것 같다. 아버지는 그야말로 '각중에' 후려친 다음에야 비로소 자신이 할 말씀을 상대방에게 퍼붓기 시작한다. 이 세상 많은 아버지들이 자기 자식에게 행사하는 자신의 폭력을, 자식을 '사람 만들기 위한 사랑의 매'로 정의하기를 서슴지 않지만, 적어도 그 매로 말미암은 자취가 그 자식의 몸에 남는다면 그것은 결코 사랑이 아니다. 이 세상에 그런 사랑은 없다. 내게 행사된 아버지의 폭력은 내 몸에 자주 상처를 남길 만큼 가혹했다. 그런데도 울어서는 안 된다. 왜냐하면 우는 게 그다음 폭행의 이유가 되기 때문이었다. '왜 우노? 니 애비가 죽었나? 니 애비, 안죽 살아 있다! 왜 우노?' 나는 울지 않으려고 죽을힘을 다 했다. 그런데 볼따구니에서 느닷없이 불이 번쩍 일면 반사적으로 눈물과 흐느낌이 샘솟곤 했다……. 그 뒤, 내가 다 자란 다음에도 나는 어린아이 울음소리만 들리면 반사적으로 신경이 곤두세워지곤 한다. 트라우마, 그런 것일는지도 모르겠는데, 나는 아이를 울리는 이 세상 모든 어른들에 대해 적의를 느낀다. 아마도 내 생애의 마지막 날까지도 그럴 것 같다.

어머니는 눈을 감은 채 안티프라민을 발라 주는 내 손가락 끝을 받고 있었다. 그 시간, 내 가슴 떨림은 차츰 더 거세어져 갔다. 형이 아버지의 악업을 용서할 수 없다 했을 때, 나는 형의 불경을 탓했다. 아버지에게 감히 용서라는 표현을 쓰다니! 그러나 이제는 달랐다. 정말 이것만은 용서할 수 없을 듯했고, 용서해서도 안 될 것 같았다. 어떤 희생을 치르고라도 응징해야 할 듯했다. 꼭 그래야 할 것 같았다. 그런데 가슴을 부들부들 떨며 다짐하기를 되풀이하면서도, 그래봤자 어떻게 해볼 수도 없지 않은가 하는 무력감에나 사로잡혀 있던 그때, 어머니의 생명 시계가 이미 초읽기에 들어가고 있었다는 것을, 나는 미처 알아차리지 못하고 있었다.

결국 어머니에 대한 아버지의 마지막 폭행이 된 그 사건, 일주일

뒤인 9월 12일이 추석이었다. 아내는 송사가 벌어지기 시작하면서 명절 차례, 기제사, 산소 관리 등, 모든 의무를 이제부터는 떠맡지 않겠다고 선언했다. '기제사든, 명절 차례든, 조상님에 대한 추모나 공경의 뜻을 바치는 것일 텐데, 한집에 사는 명색 시아버지가 죽도록 자기를 봉양하는 며느리를 사기꾼으로 몰아붙이고나 있는 판에 제사는 무슨 제사야. 우습잖아. 난 못해. 이제는 못해. 그토록 애지중지하는 장남, 장손이 있는데 내가 왜 해. 나는 못해!'

나로서는 대꾸할 말이 있을 수 없는 선언이었다.

아내의 뜻은 나를 거쳐 먼저 어머니에게 전해졌다. 어머니는 또 턱이 축 늘어졌다. '에미 탓을 할 수도 없잖나. 말이사 바른 말이지만 이런 일 벌이 놓고 조상님들한테 어예 절을 하노? 하이고 참말로 가화다, 가화라. 너 어른이 어옐라고 이래시는가 모르겠다.'

어머니로부터 같은 소리를 들은 아버지는 쓰다 달다 아무 말씀도 하지 않았다. 방배동 장남네 집을 찾아가 추석 차례 교섭을 해보았으나 그게 뜻대로 되지 않는 것 같았다.

추석을 나흘 앞둔 저녁이었다. 내가 서재에서 책을 뒤적거리며 내내 그렇게 격랑을 일으키고 있는 마음을 달래 보려 애쓰고 있는데 아버지가 들어왔다. 필요할 경우에는 나를 당신 방으로 부르던 아버지가, 방이든, 거실이든, 내가 앉아 있는 자리에 그렇게 나타난 경우는 처음이었다. 더구나 최근 두어 해 동안으로 본다면 나를 바라보려 들지도 않던 노인이었다. 또 무슨 일이 터질 것인가, 그런 불안감부터 일었다.

아버지는 한껏 파리한 얼굴이었다. 나는 엉거주춤 의자에서 일어서며 노인을 바라보았다. 노인은 땅이 꺼져라 깊은 한숨부터 내쉬며 방바닥에 앉았다. 나는 아직 영문도 모른 채, 아버지 앞에 앉아 대강 자세를 갖췄다. 이윽고 아버지가 입을 열었다. 추석 차례에 대한 '최종 담판'을 하러 방배동을 다시 찾아갔는데, '점심도 얻어먹지 못하고 오후 3시에 쫓겨났다…….'

결코 믿어지지 않는 이야기였다. 그런데 그때 나에게는 아무래도 거짓말 같기만 한 그 소식보다는 그 소식을 전하는 아버지 태도가 더 뜻밖이었다. 아버지가 내 앞에서 장남을 나쁘게 이야기하는 경우는 한 번도 없었다. 내게 9대조가 되는 아무개 할배의 주손인 장남은 아버지에게 성역이었고, 특히 내 앞에서 그 성역은 강조되었다.

아버지에게 있어서 맏이와 지차(之次)는 옛날 적서(嫡庶)의 차이만큼이나 반드시 분별해야 할 대상이었다. '부형(父兄)이라고 안 하나. 형은 애비나 마찬가지다. 알겠나!' 아버지는 그런 어조로 장남에 대한 나의 존경을 강요했다. 사실은 아버지보다 형을 더 높이 떠받들어야 했다. 아버지를 '아버님'이라 부른 적은 없으나 형은 설령 형이 없는 자리에서마저 '형님'이어야 했다. 형에 대한 내 태도가 아버지의 이런 기준에서 조금만 어긋날 경우에도 나는 가혹한 체벌을 각오해야 했다. 그러므로 장남에 대한 이야기를 그렇게 한다는 것은, 어머니가 아버지의 폭행을 고발했던 것처럼, 노인이 받은 상처의 정도를 나타내는 것일 듯했다.

옛날 어른들은 모두 마찬가지지만, 아버지에게도 '제사 모시기〔奉

祭祀]'는 '손님맞이[接賓客]'와 함께 절대적 가치였다. 거를 수가 없었다. 아버지는 저녁 밥상을 물린 뒤 고심 끝에, 어쩌면 내가 추석 차례 준비를 하겠다고 나서 주기를 바라는 마음에서 그렇게 파리한 얼굴로 나타난 것 같았다. 만일 그랬다면, 그것은 아버지의 오산이었다. 아버지 이야기를 듣는 동안 나에게 우선 다가온 것은, 명색 아들이 명색 아버지를 점심도 대접하지 않고 쫓아냈다는 이런 판국에서, 아닌 게 아니라 제사가 무슨 의미가 있을까 하는 느낌뿐이었다.

장남인 형에 대한 아버지의 각별한 애착은, 한 편이 독사가 된 뒤에도 마찬가지였다. 아버지 자신의 표현대로, 아버지는 평생토록 물심양면에서, 자신의 형편에 견줘 참 많은 것을 형에게 바쳤다. 그토록 그야말로 애지중지해 온 형이었다. 그런데 밥도 얻어먹지 못하고 쫓겨났다고? 그것을 왜 저처럼 평생 미워만 한 자식에게 말씀하십니까? 나는 소리 내지는 않았지만, 아버지의 그 얼굴을 바라보며 그렇게 야유하고 있었다.

그 시간, 내가 그동안 받아 온 미움의 역사를 더듬어 보며 고소해하고 있기까지 했던가? 그것은 확실하지 않지만, 나는 아버지의 전례 없이 파리한 그 얼굴을 바라보면서도 정말 눈도 깜박하지 않았다. 아버지가 자신이 일생 동안 되풀이해 온 실수를 얼마나 쓰라리게 참회하고 있는가, 자기 책임 아래 있는 가족과 가정이 최악의 상태나마 면하도록 하기 위해 얼마나 참담한 노력을 기울이고 있는가, 빤히 헤아리고 있고, 결국은 타고난 성품 하나로 말미암아 내내 시달려 온 그 생애에 대한 연민이 만만치 않은데도 그랬다.

어머니 볼에 난 해삼 모양의 상처로 말미암아 응징을 벼르고 있는 참이기도 했다. 들끓어 대는 감정의 도가니에 갇혀 모두가 제정신을 잃어 가고 있었다. 아버지의 그 모습을 그런 눈길로나 바라보고 있는 나는 이전의 내 모습이 결코 아니었다. 그 순간, 나는 그것을 아주 또렷하게 자각하고 있었다. 그러면서도 그런 나를 바로잡으려 들거나 하게 되지는 않았다.

상숙이 보내온 편지의 한 구절, '오빠가 잔인해졌다.'

사실이었다.

나는 차츰차츰 더 잔인해지고 있는 중이었다. 다른 대상도 아닌 바로 내 아버지에 대하여. 나는 그것을 알아차리고 있었다. 그 순간에도 물론.

아버지는 깊이 낙망하는 표정으로 한동안이나 더 나를 바라보고 있다가, 마침내 포기한 듯, 고개를 푹 꺾어 떨어뜨린 채 자리에서 일어나 밖으로 나갔다. 그 시간, 나의 마음에는 '점입가경이군'이라는 자조 투의 야유와, 그런 야유를 포기하지 못하는 나 자신의 조악함에 대한 좌절과, 장남에 대한 낙망으로 모든 것을 잃은 셈이 된 아버지에 대한 측은함과, 이제 명색 명절의 외형조차 갖추지 못하게 될 집안 풍경에 대한 속상함이 한데 뒤섞여 들끓어 대고 있었다.

바로 그다음 날 점심때였다. 나는 여느 때와 마찬가지로 어머니에게 죽을 먹이고 있었다. 언제였던가, 내가 물은 적이 있다. '엄마, 재미있는 이야기 좀 해봐. 뭐 기분 좋은 일 좀 없어?' 언제나 인생 말년 시름에 무겁게 잠겨 있는 어머니를 위로해 주기 위해서였다. 어머니는 마치 그런 생각을 하고 있기라도 했다는 것처럼 거의 이내 대답했다. '없어. 암만 생각해 바도 한 되는 거밖에 없어.' '그래도 일부러라도 하나 생각해 내 봐. 그래야 이 아들도 기분이 좋지.' 그때 어머니의 음폭 패인 두 눈이 반짝 떠졌다. '하나 있다.' '머라?' '상주이, 니가 내 밥 떠미기 줄 때, 글때는 내 맘이 질겁다. 내가 젖 미기고 밥 떠미기 키운 니가 내 밥 떠미기 주는 거, 그거 생각하만 이 에미 맘이 질겁다.' 코를 컥 막히게 하면서 눈시울을 화끈하게 달아오르게 하는 대답이었다. 그 말씀을 들은 뒤부터 나는 어머니에게 밥을 먹일 때마다 그 생각을 한다. 그 시간에도 그랬다. 마지막 시봉이 되리라고는 상상도 해보지 못한 채.

어머니는 여느 때 드는 분량의 3분지 2쯤만 들고 나머지는 '내 쫌 있다가 먹으마' 했다. '그러세요, 그럼.' 그리고 수건으로 입을 닦아 주고 일어서려는데, 어머니가 무슨 말씀인가를 했다. 잘 알아들을 수가 없었다. 말씀이 차츰 더 어눌해져 가고 더불어 목소리에서는 차츰 더 힘이 빠져나가고 있었지만, 입술 읽기나 짐작 등을 통해 의사소통에는 큰 지장이 없는 상태였는데, 뭔가 입술만 달싹거리는 그 소리는 분별할 수가 없었다. 여러 차례 되물어도 마찬가지였다. 눈을 감고 있는 상태여서 눈빛을 읽어 볼 수도 없었다. 나는 마침내 종이를 내밀고 볼펜을 손에 쥐어 준 다음, 그 손을 종이 위로 이끌면서 말했다.

「여기다 써보세요.」

어머니는 내내 그렇게 눈을 감은 상태에서 볼펜을 움직였다. '간장'이었다. 사흘에 한 번 꼴로 관장을 시키는데, 그날은 이틀째였다. 목욕과 관장은 아내가 담당이었다. 나는 아내를 불러 어머니 뜻을 전했다. 아내는 곧 어머니를 화장실로 안고 가서 관장을 하고, 내친 김에 목욕까지 시키고 나서, 방으로 다시 안고 와, 옷을 갈아입힌 다음에 자리에 눕혔다. 어머니는 곧 잠이 든 듯했다. 나도 어머니 곁에 누웠다. 피곤했던가. 잠깐 눈을 감았던 듯한데, 나는 아내가 흔들어 깨우는 바람에 눈을 떴다.

「어머님이 이상해.」

나는 어머니를 가깝게 들여다보았다. 가쁜 숨을 내쉬고 있었는데, 어찌 보면 그게 그 무렵 여느 때와 그다지 달라 보이지 않았고, 또 조금 달리 보자면 아무래도 평소보다 더 가빠하는 듯했다. 나는 어머니를 품에 안았다.

「어머니.」

대답이 없었다.

「엄마!」

조금 크게 불러 보았다.

마찬가지였다.

나는 내 손가락 하나를 어머니 손바닥에 놓으며 외쳤다.

「내 소리가 들리거든, 내 손가락을 꼭 쥐어 보세요.」

어머니의 손바닥이 움직였고, 언제나 따뜻한 어머니의 체온이 나의 손가락 하나를 감쌌다.

그때 포항에서 학교를 다니고 있는 막내가 방에 들어섰다. 추석을 쇠러 막 올라온 참이었다. 나는 막내를 가까이 불러 할머니 손을 잡게 한 다음, 어머니의 귀에 대고 외쳤다.

「어머니, 막내야, 민재. 민재 손잡아 줘.」

어머니의 손바닥이 꿈틀 움직여, 여느 때 '듬직하고 의젓하다'고 칭찬하던 막내 손자의 손을 잡아 쥐어 주었다. 그런데 아무래도 마지막인 듯했다. 이 상황을 형제들에게 알려야 하는가, 나는 망설이다가, 막내에게 전화기를 가져오게 하여 이웃에 있는 상현에게 전화를 걸었다. 상현은 대꾸 없이 전화를 끊었다. 이해할 수 없는 반응이었다. 나에게 상현은, 아버지나 형보다는 덜하지만 이해할 수 없는 일이 많았다. 그럴 경우마다 아버지나 형에 대해서와 마찬가지로, 나는 두 눈 질끈 감고 참는 편이 된다. 그것은 외길 선택이었다. 참지 않는다면 피차 진흙탕에서 드잡이판을 벌이는 두 마리 개 꼴이 되어야 하기 때문이었다. 그 시간에도 그랬다. 나는 침을 꿀꺽 삼키며 전화를 끊었다. 어머니 숨결은 차츰 더 가빠지고 있었다. 나는 내 손가락 쥐어 보라는 식으로 의사소통을 계속 시도했다. 그 시간, 하도 경황 중이었기에 확실하지 않은데, 나의 느낌만으로는 나와 어머니의 그런 소통은 마지막 숨, 그 몇 분 전까지 이어진 듯했다. 그 마지막 순간에 어머니는 앞의 것보다 훨씬 길고 깊게 숨을 들이쉬었는데, 그 숨이 도로 내쉬어지지는 않은 채, 그대로 멈췄다.

「숨 멈추신 거지? 돌아가신 거지?」

나는 곁에 서 있는 막내에게 연거푸 물었다. 막내는 더러 영화에

서 죽은 사람의 맥박을 확인할 때 그렇게 하는 것처럼, 자신의 손등
을 제 할머니 목에 대보았다.

「……그런 것 같은데요.」

나로서는 최초의 임종이었다. 아무런 생각도 나지 않았다. 영화
같은 데서 보면 누군가가 죽자마자 모두가 한결같이 울고불고하던
데, 슬픔 같은 느낌도 일지 않았다. 정말 아무 생각도 나지 않았다.
살아 있을 때 그랬던 것처럼, 이제 주검이 된 어머니를 그렇게 품에
안은 채 멍청한 기분으로 들여다보고 있기나 하는 게 고작이었다.
아내가 다가와 어머니를 침대 위에 '편히' 눕히게 했고 곧 홑이불로
그 얼굴을 가렸다. 그것은 아직 살아 있는 자와 이제 죽은 사람의 경
계 같았다. 나는 비로소 멍청한 상태로부터 빠져나와 먼저 상현에게
전화했다. 상현은 또, 이쪽 말이 끝나자 대꾸 없이 전화를 끊었다.
아 이렇게까지, 싶었지만, 그것을 되돌아보고 있을 틈이 없었다. 나
는 이번에는 문경으로 전화를 걸어 상숙에게 알렸다.

「아이고!」

상숙은 그 한마디 다음에 깊이 낙망하는 여운을 남기며 잠깐 멈췄
다가 이어 말했다.

「알았어. 내 금방 올라갈게.」

나는 그다음에 전화기를 쥔 채 망설였다. 장남이나 장손에 대한
기대와 그리움은 어머니도 아버지나 꼭 마찬가지였다. 그것은 어쩌
면 내 윗세대들에게 공통적인 절대적 정서일는지도 모른다. 어머니

는 장손의 어릴 적 사진을 액자에 끼워 머리맡에 놓고 들여다보기를 되풀이했다. 그러면서도 언제부터인가, 아마도 3년 전쯤부터였을 듯한데, 장남이나 장손을 불러 달라는 이야기는 하지 않았다. '보고 싶지' 하고 내가 물으며 '보고 싶잖다고 하만 거짓말일 기고. 하지만, 어예노……' 하며 말꼬리를 흐리는 게 고작이었다.

그런데도 형은 나타나지 않았다. 자신의 명색 어머니가 병으로 고통받고 있다는 것을, 그리고 죽음이 임박해 오고 있다는 것을 알고 있으면서도 그토록 그리워하는 그 얼굴을 보여 주지 않았다. 이제 나에게 형은 어머니에게 그리운 혈육을 볼 수 없다는 가장 큰 고통을 준 사람이었다. 오죽하면 '자식 그리워하는 에미 마음'이라는 표현이 있겠는가. 어머니는 그토록 절실한 그리움을 그대로 자신의 앙상한 그 품에 가둔 채 떠났다. 나로서 형에게 직접 전화를 거는 것은 쉬운 일이 아니었다. 알린다는 것조차 망설여졌다. 알리지 않음으로써 마지막 회한을 형에게 안겨 주고 싶다는 일종의 복수 심리도 꿈틀거렸다. 그러나 차마 그럴 수는 없을 것 같았다. 그쪽 아이들을 생각한다면 더욱더 그랬다. 참 미안했지만, 막내로 하여금 대신 전화를 하도록 했다.

한 시간쯤 뒤, 이 집의 장남은 마침내 그 아들, 민우와 함께 나타났다. 나는 이제 유명을 달리한 어머니를 바라보는 형의 그 얼굴, 그 눈빛을 보지 않은 채 방에서 나왔다. 곧 민철 부부가 나타났다. 얼굴이 눈물로 얼룩진 며느리는 아내 곁에 무릎 꿇고 앉아 천주교회 기도서를 손에 받쳐 들고 '죽은 이를 위한 기도문'을 함께 외기 시작했다.

아내는 기도가 끝나자 곧 자신이 다니는 성당의 장례 봉사반인 '영현회(靈顯會)'에 연락을 했다. 그리고 어머니의 주검을 홑이불에 싸서 고인의 장손인 민우로 하여금 안게 했고, 형의 승용차를 이용해 성당 영안실로 옮기도록 했다. 생애 내내 부처님을 기원의 대상으로 삼아 왔던 어머니는 두어 해 전 어느 날, 천주교회 의식에 의한 영세를 받겠다 했다. '왜 그러세요?' 아내가 물었을 때, 어머니는 대답했다. '그래야만 너와 같은 하늘나라에 갈 게 아니냐.'

그날 성당 영안실에서, 의사의 검시를 거쳐 냉동실에 안치되기까지, 나는 바퀴가 달린 이동식 알루미늄 침대 위에 눕혀져 있는 어머니의 주검을 품에 안고, 다시 그 품에 얼굴을 묻고 있었다. 슬픔 때문이 아니었다. 어머니 생전에, 어머니의 죽음이나 바라고 있던 나 자신의 고약한 심보에 대한 회상 때문이었다. 시간이 지나갈수록 차츰 더 심해졌던 그 죄책감은 나의 비밀이었다. 타인에게 드러내는 것을 부끄러워하고 겁내는 것은 물론 나 자신에게마저 수긍하고 싶어 하지 않던, 그래서 어떻게든 얼버무려 두려 들던, 변명하고 싶어 하던, 그 바람에 그 느낌이 더 특별해지게 되곤 하던.

이제 유명을 달리한 어머니를 품에 안고 있는 그 시간에는 더욱더 그랬다. 어머니의 몸은 코끝과 손끝으로부터 시작하여 차츰차츰 식어 내리고 있었다. 그때 벌써, 언제나 따뜻하던 어머니 손길에 대한 기억이 새록새록 새로워지기 시작하고 있었다. 나는 나 자신의 변덕을 혐오했다. 나는 문득 알아차렸다. 그 죄책감, 그 혐오감을 평생 짊어지고 갈 수밖에 없으리라는 것을. 이제는 바로잡아 볼 수 있는 기회마저 완벽하게 사라진 그 절대적 느낌의 억압으로부터, 내 생의 마지막 날까지, 결코 벗어날 수 없으리라는 것을.

오후 8시 반쯤, 영안실에서 건물 출입구를 향해 길게 뻗어 있는 복도에 상숙이 나타났다. 전화를 받자마자 곧 떠난 듯했다. 몹시 허둥거리는 걸음걸이였다. 나는 그 시간, 서둘러 다가가 상숙의 손을 잡고 싶은 마음을 억눌러야 했다. 우리는 이미 서로 손을 잡고 슬픔을 함께 나눌 수 있는 피붙이가 아니었다.

상숙이 어떤 역할을 한 것인지, 밤 10시께 맨 마지막으로 상현이 나타남으로써 어머니 몸을 통해 이 세상에 태어나 그 품에서 자란 자녀들 넷은, 그 배우자들까지, 실로 오랜만에 한 지붕 아래 모이게 되었다. 우리 형제들이 한 지붕 아래에서 그렇게 모두 모인 것은 어머니 환갑 모임 이후 꼭 20년 만이었다. 그러나 우리는 한 지붕 아래 모이기는 했지만 한자리에 앉지는 않았고, 장례식이 진행되는 동안에도 나와 상숙이 주고받은 장례 절차에 대한 몇 마디 의논들, 그리고 상숙과 형 사이에 민감하게 오고 간 묵은 감정풀이 한 자락 정도를 젖혀 두고 본다면 대화다운 대화는 한마디도 없었다. 시누이와 올케들끼리는 손님 시중을 위해 주방에서 서로 몸을 부딪치게 되었는데도 대화는커녕 눈길조차 마주치지 않았다.

나에게 시어머니 되고, 시고모 되고, 시백모 되는 그들 사이에 내가 끼어 있었다. 내 불편보다는 그들의 불편이 더 컸을 것이다. 나이 든 그들은 아직 젊은 내 존재를 몹시 거북해했다. 나와 눈길이 부딪치면 서둘러 표정을 꾸며 보이려 애쓰곤 했다. 시치미를 뚝 떼 보이려는 표정도 있었고, 열적은 웃음을 머금은 표정도 있었고, 이해해 줘 하고 간청하는 듯한 표정도 있었고, 미안하다 하고 눈빛을 오므리는 표정도 있었다. 나도, 그들도, 근친을 여읜 사람으로서 슬픔을 느껴 볼 수도 없었다. 한시라도 빨리 몹시 거북한 그 공간을 벗어나고 싶은 마음뿐. '가족'이기보다는 좁은 공간에 함께 갇혀 있게 된 '천적' 사이 같았다. 이른바 '가족'에 대하여, '대가족'에 대하여 참 많은 생각을 해야 했다. 그 당위에 대하여, 그 기능에 대하여, 그 미래에 대하여. '가족'이나 '가정'이 서로 사랑하는 사람들끼리 오순도순 서로 격려하며 살아가는 보금자리이기보다는, 최소한의 것이나마 행복한 삶을 위해 개인이 누려야 마땅할 자유를 사정없이 억압하는 형틀 같은 경우가 드물지 않다. 이런 현상은 시대사조의 변천과 더불어 진행 중이다(그런 것 같다). 가족 구조에서 약자인 아이나 여자에게만은 아니다. 억압받는 자나 억압하는 자나 자유롭지 못하기는 마찬가지니까. 대안은 줄기차게 모색되고 있지만, 실질적으로 유효한 대안은 불가능할 것 같다. 인식의 빈곤 때문일까? 아무래도 그럴 듯하다. 인간이라는 존재가 결코 간단명료하지 않기 때문에. 인간이 숙명적으로 지니고 있을 수밖에 없는 인간적 모순이 실로 복잡다단하기 때문에.

나는 어머니를 화장하는 쪽으로 아버지와 형제들의 의견을 이끌었다. 어머니, 아버지를 위한 가묘(假墓)는, 아내가 대학에 들어가던 그해 5월에 윤달을 이용하여 이미 마련해 둔 바 있었다. 누구에게도 말하지 않았지만 그것은 아내의 만학에 대한 감사의 표현이었다. 뒷날에 자손들이 함께 성묘 와서 야유회라도 나온 것처럼 둘러앉아 밥을 먹을 수 있을 만큼 터도 널찍하게 잡아 두었다.

어머니는 화장에 대해서는 '뜨거워서 어예노'라고, 그리고 토장에 대해서는 '장정들이 꾹꾹 밟으만 답답해서 어예노'라는 식으로 토장과 화장에 대해 반반이었으나, 굳이 하나를 고르라면 아마도 토장이었을 것 같다. 그런데도 나는 화장 쪽으로 일을 추진했다. 가장 큰 이유는 어머니 볼의 상처였다. 그 상처를 그대로 땅에 묻어 썩게 하고 싶지 않았다.

그러나 나는 그런 뜻을 곧이곧대로 드러내지는 않았다. 조문객들의 눈이나 귀도 조심스러웠고, 또 어머니의 상처에 대해서도 따로 좀 생각해 봐야 할 듯했다. 그것이 물론 직접적인 사인이 되지는 않았겠지만, 어머니가 거의 생전 처음으로 표명한 노여움으로 보아 조금이나마 영향을 주지 않았다고는 할 수 없을 것 같았다. 평생토록 하늘처럼 떠받들어 온 명색 남편으로부터 당한 마지막 폭행, 그것은 아무래도 어떤 형태로든 따져 보아야 할 듯했다.

그것이 그 시간, 내가 또 머금어 본, 얼마만큼은 모진 다짐이었다. 나는 마침 추석날이 되어 산역꾼을 구하기 어렵다는 현실적 어려움을 표면적 이유로 내세웠다. 자신도 사후에 화장하기를 바라는 상숙이 선뜻 찬성했고, 아버지도 '너덜이 그래 생각한다면 나는 머 좋다. 시대도 화장을 권고하고 하이께' 하고 고개를 끄덕여 주었다. 나는 형 대신, 형의 아들, 그러니까 고인의 장손인 민우를 불러 내 뜻을 이야기했다. 결국 화장하는 것으로 가닥이 잡혔다.

나는 어머니 유골을 아예 가루로 만들어 선산에 뿌리거나 어느 강물에 흘려보내고 싶었다. 그것은 나 자신의 사후 계획과 같았다. 나에게 이 세상살이는 축복이 아니었다. 오로지 버겁기만 했다. 그야말로 '개구리 짐 받듯'이었다. 아직 덜 여문 나이에 돈벌이를 시작해야 했던 열두어 살 무렵 이후, 생계와 인간관계, 양편 모두에서 버거움을 느끼지 않았던 기억이 별로 없다.

내가 생애 내내 간절히 소망해 온 것은 도망이었다. 모든 의무, 모든 관계로부터 완벽하게 도망치고 싶었다. 나는 사후에나마 그 소망을 이루어 보고 싶었다. 티끌 같은 자취 한 낱도 없이 사라지고 싶었다. 나는 그 시간, 어머니에 대해서도 같은 생각을 하고 있었다.

그런데 민우 생각은 달랐다. '할머니 생전에 자주 찾아뵙지 못했으니까 사후에라도 모시고 싶다'는 게 민우의 뜻이었다. 나는 장손의 뜻을 거부할 입장도 되지 못했지만, 거부할 이유도 없었다. 설령 민우가 아니라 다른 사람이 그것을 바란다고 했을지라도 그 뜻에 따랐을 것이다. 나는 민우에게 네 뜻대로 하자, 하고 말했다. 숙질간이라고 해도 좀처럼 보기 어려웠던 장조카를 장례 절차가 진행되는 동안 살펴보자니까 여러 면모에서 아주 듬직한 인상이었다. 그 아이들 세대에서라도 아버지로 말미암은 상처 같은 것으로 시달리지 않고 살아가게 되기를 바라는 마음이야 간절했지만, 어찌하랴. 그 아이도 이미 어쩔 수 없는 그 상처를 힘겹게 짊어지고 있는 판이었다. 대학을 졸업하고 직장을 가졌다는 소식을 뒤늦게 듣고 '이제 결혼해야지' 하니까, 시무룩한 표정이 되어 '이런 집에 누가 시집오려고 하겠어요'

하고 대답하더라며, 아내는 몹시 속상해했다.

한적하던 첫날과는 달리, 장례식 이틀째는 영안실이 붐볐다. 나는 기계적으로 그들의 조문을 받았다. 그래도 내가 다행스러워했던 것 하나는 절차의 간소함이었다. 이를테면 끼니때마다 제물을 상에 차려 놓고 곡을 바치는, 내가 허례라고 생각하는 그런 절차가 없는 것부터 그랬다.

셋째 날 아침, 발인 때는 발인제니 하는 것도 없었다. 문상객들 가운데 젊은 축들이 관을 들어 대기 중이던 영구차에 실었고, 차는 곧 출발했다. 추석날인데다 아직 이른 아침이어서 길이 텅 비어 있어 영구차는 예정한 시간보다 훨씬 더 빠르게 벽제화장장에 도착했다. 30여 년 전의 '벽제화장터'만 기억하고 있는 나에게 그곳 시설은 놀라웠다. 화장 권장을 위해 정부가 투자한 듯했다. 옛날의 화장터는 화장과 관련된 절차마다 돈을 뜯겨야 했는데 새로운 화장장은 그런 농간이 원천적으로 봉쇄된 구조였다. 시설은 청결했고 절차는 간소하면서도 빨랐으며, 거기에서 일하는 사람들은 하나같이 정중했다.

고인의 주검이 화구(火口)에 밀어 넣어진 다음 소각로가 점화되는 것을 유족들이 지켜볼 수 있는 장소도 따로 마련되어 있었다. 나는 거기 앉아, 상숙의 오열과, 아내와 며느리가 함께 기도문 외는 소리를 듣고 있다가 문득 어머니와 나눈 대화 하나를 떠올렸다.

어느 날 아침나절이었다. 아버지가 나가고 난 다음에 내가 늘 그렇게 하듯 사랑방에 들어가니까, 어머니가 말씀했다. '상주이, 니, 어짓

밤에 이 방에 다섯 분 들어왔었지?' 그러면서 그 다섯 번의 시간을 또 박또박 말했다. 나는 잠자리에 들기까지 사랑방에 자주 들어가 보곤 했다. 용변을 비롯하여, 어머니를 도와줄 일이 있을까 해서였다. 잡 생각에 사로잡혀 밤을 지새우게 되는 날은 더 많이 가보게 되었다.

'잠 안 자고 왜 그런 것만 헤아리고 있었어?'

'잠이 잘 안 오는 걸 어예노?'

'그래만 자리에 누워서 뭐해? 갑갑하잖아?'

'그양 누우서 이때까지 살아온 일, 너들 생각, 그런 생각하민성, 벽에 걸린 저 시계 바라보민성, 그래그래 날 밝을 때 기다리는 기지머.'

하도 답답해 옆에서 자고 있는 남편을 깨우기라도 하면 남편 되는 사람은 자기 잠을 깨웠다고 역정을 내고 더러는 쥐어박기까지 했으니까, 어머니로서는 그 밤이 마냥 지루할 수밖에 없었다.

나는 집안 풍파로 말미암아 하룻밤은 설치고, 그다음 밤은 혼수 같은 잠에 떨어지는 이상스러운 하루거리 환자 노릇을 하고 있는 처지이기에 잠을 이루지 못하는 밤의 고통을 익히 알고 있었다. 어머니는 더구나 잠자리에 들기 전에 누군가가 눕혀 준 그 상태에서 꼼짝도 하지 못한 채, 오줌이 마려우면 참고 참다가 채워져 있는 기저귀에 싸기를 되풀이하며 그 밤을 지새워 내야 했다. 어머니는 오줌 마려움에 대한 두려움 때문에 오후 들어서면서부터 액체는 될 수 있는 대로 마시지 않았다. 그래서 나는 늦게 자고 아내는 일찍 일어나는 쪽에서 어머니를 보살펴 주려 했지만 그렇다고 어머니가 감내해 내야 하는 고통이 줄어들 리는 없었다.

그런 상태에서 허다한 밤을 견뎌 내야 했던 불쌍한 어머니! 그런데 그 어머니가 조금이라도 더 빨리 떠나 주기를 바라고 있던 나! '이 고통 당하민성 살아 머하노?' 이 말씀을 되풀이하던 어머니가 이제는 고통을 느끼려야 느낄 수도 없을 세계로 그렇게 사라져 가고 있었다.

한 시간쯤 뒤였다. 관에 담겨 들어갔던 어머니의 주검이 몇 조각 뼈로 남아 조그만 옥돌 유골함에 담겨 나왔다. 나는 그 유골함을 받아 장손에게 넘겨주었다. '지금까지는 내가 모셔 왔다. 이제부터는 네가 모셔라. 자알 모셔야 한다.'

장례 절차가 진행되는 동안, 아버지도, 형도, 누이동생들도 울었지만 나는 울지 않았다. 자책감으로 말미암아 눈물이 나오지 않은 것이었던가? 그렇지는 않을 듯했다. 며칠 뒤에 그 증세가 훨씬 더 뚜렷해졌지만, 나는 그때 이미 몹시 버거워하면서도 짊어지고 있을 수밖에 없던 짐 하나를 마침내 내려놓게 된 듯한 홀가분함, 분명히 그런 정취에 젖어 있었을 듯했다. 눈물이 나올 수 없었다. 그런데 어머니 유골을 장손에게 넘겨주는 순간, 나는 그만 울컥 치밀어 올라 버렸다. 나는 갑작스러운 그 격정을 서둘러 사정없이 짓눌러 버렸다. 울지 마! 넌 울 자격이 없어!

어머니 유골은 벽제화장장에서 가까운 용미리납골당에 안치되었다. 납골당 시설도 정결하고 실질적이었으며, 거기에서 일하는 사람들은 역시 정중하고 친절했다. 제례 공간이 따로 마련되어 있는 것도 섬세한 배려로 여겨졌다. 성당에서부터 납골당까지, 어머니가 당초 왔던 그곳으로 '돌아가는' 의식과 관련된 모든 시설과 절차와 사람들이, 흔히 예상하던 것과 달리 눈에 거슬리는 게 없었던 것을 나는 그나마 다행스러워 했다.

납골 절차가 끝나자, 일행은 다시 영구차를 타고 예약해 둔 식당으로 가서 아침 겸 점심을 먹었다. 그 자리에서 나는 영정과 납골당 관련 서류를 장조카에게 맡겼다. 식사 뒤에 다시 출발한 버스가 아침에 떠났던 성당 앞에 도착했을 때는, 다른 조문객들은 중간에서 내려, 남아 있는 사람들은 직계들뿐이었다. 모두 버스에서 내렸다. 서로서로 눈길이 부딪치는 것을 피한 채, 어정쩡하게 거기 세워 둔 자기들 차에 각각 올라탔고, 곧 떠났다. 기약 없는 헤어짐이었다. 어쩌면 우리 4남매가 한 공간에서나마 만나게 되는 기회는 적어도 이 지상에서는 영원히 없게 될는지도 모른다는 생각을, 그 순간 나는 멀건 심정으로 곱씹어 보고 있었다.

그날 저녁, 상현은 상숙과 아버지를 저녁 식사에 초대했다. 어깃장 같은 것이었을는지도 모른다. 내 눈에는 그것이 어머니의 장례 때문에 흐트러졌던 전열을 가다듬기 위한 모임 같아 보였다. 영원히 하나가 될 수 없을 듯하다는, 그런데도 하나 된 외형을, 그 허세를 갖추기 위해 생똥 싸는 수고를 바치지 않으면 안 된다는, 미래에 대한 확실하게 어두운 전망이 거침없이 다가왔다. 아버지나 다른 형제들의 주장과 실천처럼, 번거롭기만 한 모든 인연을 끊고 살아가는 게 슬기로운 선택이 아닐까. 나는 긍정도 부정도 하지 못한 채, 단지 멀건 기분에 잠겨, 베란다 쪽 창밖, 아파트 벽 틈으로 조금 치켜 보이는 하늘을 바라보고 있었다. 그 하늘은 너무 무심해 보였다. 아내가 다가왔다.

「용미리, 납골당에서 버스 타는 곳으로 내려오는데, 민우가 내 옆에 다가와 그러데. '어른들은 돌아가셔서 납골당에 안치된 다음에도 서로 싸우실 걸' 하고. 민우는 내내 그런 생각만 되풀이하고 있었던 것 같아.」

가족 사이의 심한 갈등, 그 막중한 무게를 짊어진 채 제 인생을 열어 갈 수밖에 없게 된 민우를, 아내는 못내 안쓰러워했다. 나로서는 대꾸할 말이 없었다. 사후 세계가 있는가 잘 모르겠지만, 만일 있다면, 이 집안의 구성원들은 자신들의 죽음 뒤에도 아옹다옹 싸움질을 끝도 없이 되풀이할 것 같았다. 그럴 수밖에 없을 것 같았다. 그런데 너무 피곤했다. 나는 그 궁한 대꾸로부터 도망치듯, 내내 그렇게 무심해 보이기만 하는 하늘로부터 눈길을 거두어들여 소파로 다가가 그 위에 몸을 눕혔고, 곧 혼수 같은 잠에 빠져 들어갔다. 장례가 진행되는 사흘 동안 나는 거의 한잠도 자지 못했다. 곤할 수밖에 없었다.

다음 날 아침, 내가 자리에서 일어나 세수를 하고 주방 식탁으로 나갔을 때, 아내는 주방 조리대 앞에 선 채 나를 바라보고 있었다. 묻는 눈빛이었고, 손에는 죽 냄비를 들고 있었다. 어머니를 위한 죽은 하루치를 한꺼번에 끓여 끼니때마다 조금씩 나눠 데워 내곤 했다. 냄비에는 어머니가 마지막으로 든 죽을 떠내고 난 나머지가 그대로 담겨 있었다. 될 수 있는 대로 밥 비슷하게 하기 위해 좀 되직하게 끓이기 때문에, 죽을 떠낸 자리는 그대로 옴폭 패여 있는 채였다. 나는 아내의 뜻을 이내 짐작하고 고개를 조금 까딱해 보였다. 아내는 그 죽을 그릇 둘에 나눠 전자레인지에 넣어 데워 식탁에 차렸다. 우리는 아무 말도 없이 그 죽을 다 먹었다.

조금 뒤에 아버지가 외출하고 나자, 아내는 사랑방에 들어가 붙박이장과 서랍장에 들어 있던 어머니 옷가지들을 모두 꺼내 아파트 아래층, 지하로 내려가는 계단 옆에 놓여져 있는 옷상자로 옮기는 것에서 시작하여 사랑방을 청소했다. 아내의 손길은 어머니의 군것질거리였던 뻥튀기 과자와 박하사탕에서 잠깐 멈췄다. 죽의 경우와 마찬가지로 부부 사이에 눈짓 대화가 오갔고, 그것들은 역시 버리지 않고 먹는 것으로 했다.

아내가 나에게 내민 것은 또 있었다. 결국 어머니의 맨 마지막 언어가 된 '간장'이었다. 그 언어가 표현되던 그 당시에는 눈여겨보지 못했는데, 그것은 눈을 감았다기보다는 눈이 감겨진 상태에서 손끝이 흘러가는 대로였다 보니까 글자꼴이 확실하지 않았다. 맨 처음 언어였다 할 수 있을 고고(呱呱)의 소리와 맨 마지막 언어인 '간장', 그 사이를 잇는 80년 8개월의 세월, '덧없다'는 상투적 표현이 참 덧없게, 부질없게, 객쩍게, 낯설게, 느껴졌다. 나는 울컥 치미는 속을 또 나무라는 마음새가 되어 억누르며, 서재로 들어가 '간장'을 오려 지갑 속에 간직했다. 그때 나는 나 자신의 숨결 울림을 듣고 있었다. 비참했다.

아내가 불렀다. 나는 표정을 수습하며 거실로 나갔다. 아내는 거실 벽에 걸려 있는 노인 부부의 사진을 가리켰다. 8년 전, 서울로 옮겨 오던 해 추석 때 내가 찍은 사진이었다. 그때만 해도 어머니 얼굴이 보기 흉하게 허물어지지는 않아, 말년에 견준다면 사진 속의 어머니는 새색시라 해도 괜찮을 만큼 고운 모습이었다. 아내가 시키는 대로, 그 액자를 옮겨 걸 콘크리트 못을 박아 주러 사랑방으로 들어가며 나는 물었다.

「왜?」

아내는 대답했다.

「어머님 안 계시니까 아버님, 외로우시잖아. 그러니까 어머님 대신 사진이라도 보시라고.」

그날 아침에 아버지가 외출할 때, 다녀오시라고 인사하던 아내의 모습이 새삼스레 회상되었다. 송사가 시작된 뒤 서로 얼굴이 부딪치는 것조차 꺼리던 아내였다. 나로서는 뜻밖으로 여겨야 할 장면이 이어졌다. 저녁에 아버지가 돌아왔을 때, 아내는 현관문을 열어 주고 나서 노인의 팔을 잡아 부축해 맞아들였다. 사이가 좋던 시절의 시아버지와 며느리로 돌아간 듯했다. 내가 느끼고 있는 뜻밖의 느낌을 아내가 읽었는지 노인에게 저녁 밥상을 내다 주고 와서 주방 식탁에 나와 마주 앉으며 아내는 혼잣말처럼 말했다.

「안됐잖아. 딱해 보여.」

아내의 변화는 그 뒤에도 이어졌다. 지난 감정들을 대충이나마 털어 내 버리고, 단지 이제 혼자가 된 노인에 대한 동정심만 남은 듯했다. 아내의 그런 태도가, 어머니의 마지막 상처에 대해서는 어떤 형태로든 좀 따져 보아야겠다는 모진 다짐을 되풀이하고 있는 나로 하여금 야릇한 위화감을 불러일으키게 했다. 나는 아내가 옳다는 쪽에

서 자신을 나무랐지만, 그 다짐을 포기하는 것은 쉽지 않았다. 포기
하려 할수록, 잊으려 할수록, 어머니에게 그 상처를 입힌 아버지에 대
한 노여움은 더 달아오르게 되곤 했다. 어떤 형태로든 응징해야 할
것 같았다. 그러면서도 나는 또, 아내의 마음이 변덕을 부리지 않고
아버지가 최소한의 것이나마 어른 노릇을 해준다면, 집안을 그럭저
럭하게나마 꾸려 나갈 수 있으리라는 기대에 매달리고 있어야 했다.

　며칠 뒤였다. 며느리는 우리 부부를 시청 근처로 나오게 하여 조
선호텔 맞은편에 있는 베트남 식당에서, 우리 부부로서는 처음으로
경험하는 베트남 요리로 점심을 대접했고 미리 사두었던 극장표도
주었다. 〈전쟁과 사랑〉. 동방프라자 극장이었다. 우리는 극장 시간을
기다리는 동안 건물 안 분수 옆 공간에서 소프트 아이스크림을 사서
혓바닥을 길게 빼가며 핥아먹었다.
　「이거 내가 뜻밖의 호사를 하는 것 같다. 이래도 괜찮은 건가 모르
겠다.」
　내가 우스개처럼 이렇게 말했을 때, 며느리는 말했다.
　「아버지, 이건 보통 사람들의 보통 삶이에요. 아버지, 어머니께서
그동안 너무 갇혀 사셔서 그래요. 이제 여행도 좀 다니시고 그러
세요.」
　그러면서 여비로 쓰라며 봉투 하나를 아내의 손에 쥐어 주었다.
우리 부부를 불러낼 때 이미 그 생각까지 해둔 듯했다. 운명은, 정말
그런 게 있다면 몹시 짓궂은 것일는지도 모른다. 뜻밖의, 정말 황당

한 제목의 환난을 허다하게 겪어 왔지만, 며느리의 좋은 뜻이 담긴 그 봉투가 우리 부부에게 또 하나의 환난거리가 되리라는 것을 적어도 그 시간에는 예상도 해볼 수 없었다.

며느리와 작별한 다음에 우리는 시간에 맞춰 극장에 들어갔다. 나의 안목으로 〈전쟁과 사랑〉은 세간의 평가와는 달리 좋은 영화가 아니었다. '스펙터클'한 장면의 남용부터 그랬다. 그것은 관객을 향한 저급한 눈속임에 지나지 않는다. 그러나 나는 극장을 나오며 소감을 묻는 아내에게 '좋은데' 하고 말했다. 따지고 보자면 어머니가 서울로 거처를 옮긴 뒤, 부부가 함께 하는 그토록 한가로운 나들이는 8년 만이었다. 마릴린 먼로가 나온 인상적 영화 〈7년 만의 외출〉에 빗대 보기로 한다면 '8년 만의 외출'이었다. 그토록 오랜만의 외출에서 본 영화가 나쁜 것이어서는 안 될 일이었다.

나에게는 여러 가지 꿈이 있었다. 영화도 그중 하나였다. 나는 무명의 연기자를 찾아내, 음악, 효과음, 컴퓨터 그래픽, 그리고 카메라 기교에 의지하지 않은 채, 철두철미한 사실 묘사만으로 영화 한 편을 만들어 보고 싶었다. 〈내 친구의 집은 어디인가〉, 〈그리고 삶은 계속된다〉 등을 연출한 이란의 압바스 키아로스타미나, 〈달마가 동쪽으로 간 까닭은〉을 연출한 배용균은 내가 사표(師表)로 삼는 감독들이었다.

나는 동방프라자에서 벗어나 다시 도심 잡답 속에 섞여 들며, 내가 이루지 못한 여러 가지 꿈들에 대해 지나가는 투로 생각해 보았다. 이룬 것도 없고, 그렇다고 희망마저 남아 있지 않은 나 자신의 실체가 새삼스레 서글피 되돌아보아졌다. 많은 꿈들 가운데 실천된 것은,

이제 자기 세계를 열어 가고 있는 제자들에게, 그 세계를 인식하고 이해하고 표현하는 수단이 될 좋은 어문(語文)을 가르치는 거였다. 그 꿈은 실천되기는 했으되 이루지는 못했다. 제자들이 나로부터 배우려던 것은 좋은 어문이 아니라 대학 입시에서 좋은 성적을 얻을 수 있는 비법이었다. 이루어질 수 없는 꿈이었다.

자신의 지난 시간을 되돌아보아 부끄러움 느끼지 않는 사람은 얼마나 유쾌할까. 자신의 지난 자취를 되짚어 보며 겸연쩍어하지 않아도 좋다면 얼마나 행복할까. 나는 탄식한다. 인간의 세상살이란 본질적으로 구질구질하다. 그럴 수밖에 없다. 그렇게 둘러대 봐도 위안이 되지 않았다. 인간은 모두 패배한다, 어디선가 들어 본 듯한 이런 정의를 치켜들어 보아도 부끄러움과 겸연쩍음은 그대로였다. 후회는 압도적이었다.

살을 태우고야 말 듯한 불볕을 무릅쓰고 온종일 개펄을 헤매고도게도, 구럭도 다 잃어버린 꼴이 되었다. 줄기차게 허탕만 치며 아무래도 헛살았다 싶은 자괴감. 그 잡답 속에서 오싹 고독감이 느껴졌다.

어떤 낌새가 전해졌는가. 아내가 더듬어 내 손을 잡아 쥐었다. 나는 아내를 돌아다보며 속내를 감추듯 빙긋 웃어 보인 다음, 서로 마주 잡은 그 손을 앞뒤로 크게 흔들었다. 아내가 나를 조금 치켜보며 웃음을 참아 내려고 애썼다. 우리는 내친김에 정말 한가로운 걸음걸이로 시청 언저리 여기저기를 기웃기웃 조금 더 돌아다니다가 전철에 올라탔다. 그런데 그때까지도, 며느리의 해석과 당부에도 불구하고, 나로서는 그날 경험한 그 모든 것이 뜻밖으로, 예외적으로 느껴지기는 마찬가지였다.

내가 나 자신의 느낌, 그 밑바닥이나 그 뒷전에, 자칫 제 모습을 드러내게 되기라도 할세라 조심하며 도사리고 있는 나 자신의 다른 얼굴 하나를 비로소 알아보게 된 것은, 지하철에서 아내와 나란히 자리에 앉아, 맞은편 유리창에 비친 나 자신의 희미한 모습을 물끄러미 바라보고 있다가였다. 아무리 달리 생각해 보려 해도 슬픔보다는 홀가분함이 더 확실했다. 슬픔은 명분에 지나지 않는데 견줘, 홀가분함은 실질적이었다.

누가 떠난 빈자리. 그런 표현을 흔히 들어 본 바 있는데, 어머니가 떠남으로써 생긴 그 빈자리는 허전함이 아니라 내가 비로소 자유를 누릴 수 있게 된 공간으로 여겨졌다. 버겁게 짊어지고 있던 무거운 짐 하나를 겨우 내려놓은 듯하기까지 했다. 그런 소감은 어머니 생전, 나 자신의 고약한 심보를 곧이곧대로 되새겨 보게 했다.

'개만도 못하다'는 표현이 회상되었다. 개가 인간보다 못하다고 생각한 적은 한 번도 없지만, 그냥 그 표현을 액면 그대로 빌려 보기로 하자면, 내가 개만도 못한 명색 인간 같았다. 그런데도 홀가분함은 그대로였다. 약간의 겸연쩍음이 일기는 했다. 내가 인지하고 있는 나의 인생은 조금씩 조금씩 더 누추해져 가는 중이었다.

'더럽게 늙어 가고 있다.'

누이동생의 악담 중에는 그런 것도 있었다. 그것은 부정할 수 없는 사실이었다. 누이동생은 단지 부정할 수 없는 사실을 자신이 느낀 그대로 거침없이 탁, 묘사한 것뿐이었다. 나는 정말 더럽게 늙어

가는 중이었다.

그 드문 외출로부터 집에 돌아오자, 나는 또 겸연쩍음보다는 홀가분함 쪽에 서서 잽싸게 아내와 이마를 맞댔다. 며느리로부터 받은 여비 봉투를 어떻게든 며느리가 뜻하는 대로 써야 했다. 두말할 것도 없이 아버지 허락을 받아 내는 것이 가장 큰 과제였다. '할아버님은 고모님 댁에 며칠 가 계시면 되잖아요?' 며느리는 봉투를 내밀며 그렇게 말했고 나도 동감했지만, 그게 쉬운 일이 아니었다. 아버지는 우리 집이 아닌, 다른 자식들 집에서 밤을 지낸 적이 당신 생애를 통틀어 단 하루도 없었다.

나 자신도 물론 조금이나마 돌아다니고 싶었지만, 그보다는 아내에게 더러 바람이나마 쏘여 주는 남편이고 싶은 소망, 컸다. 어머니, 아버지가 문경 생활을 정리하고 우리 집으로 온 뒤, 우리 부부는 여행은 고사하고 함께 바깥나들이를 한 적마저 단 한 번도 없었다. 표현 꼭 그대로 징역살이였다. 그런 세월이 거의 8년이었다.

나는 얼마만큼 무리를 해서라도 이 여행을 성사시키고 싶었다. 아버지와의 교섭에 누가 나설 것인가. 우리 부부가 이마를 맞댄 첫째 의제였다. 그 대목에서, 언제나 그랬듯, 나는 아내에게 미루었다.

나 자신이 평가하는 내 성격은, 죽자고 참으려 하기에 그 결과 면에서 좀 달라 보일 수는 있지만, 그 생김새는 아버지와 그다지 다를 바 없이 격했다. 더구나 아버지를 마주 대하는 한, 말하자면 소년 시절 이후 내내 켜켜이 쌓인 구원(舊怨)과 상대방을 면박 주는 아버지의 화법에 대한 면역성 결핍 때문에 대화를 이어 나간다는 것 자체가 쉽지 않았다. 이런 나의 증세는 더 못 맞겠다는 선언 뒤, 일종의 '해방된 노예'가 된 다음부터 구체적인 게 되었고, 어머니에 대한 마지막 폭행 뒤에는 아예 극단적인 상태였다. 아버지 얼굴을 마주 대한다는 그 자체가 도화선에 불을 댕기는 꼴이 되기 십상이었다.

아내는 어쩔 수 없어 하며 내키지 않는 발걸음으로 아버지 앞으로 나아갔다. 아내는 다소간이나마 낙관적이었다. 그 낙관의 근거는 그 이전 며칠 동안 두 사람 사이에 유지된 좋은 관계였다. 늘 그렇듯, 그것은 아내의 오산이었다. 아내의 낙관은 초장에서 간단명료하게 부서졌다. 아버지는 언명했다.

「다른 집은 불편해서 갈 수 없다. 나는 여기가 편하니까 여기 있겠다. 그러니까 너들 어디 가려면 그냥 다녀오너라.」

「아버님, 집에 혼자 계시게 하고 저희들이 어떻게 여행을 갑니까?」

「그래만 가지 마라.」

절대 권력의 단호한 행사, 그게 끝이었다.

면박을 당한 셈인 아내는 얼굴이 허옇게 되어 되돌아 나와 그 협상 결렬 과정을 설명했다. 그 설명을 하는 아내도 비슷한 소감이었을 듯한데, 그 시간, 나를 까다로운 모습으로 압박하는 의문 하나가 있었다. 그렇다면 몇 해를 더 징역살이해야 짧은 나들이나마 할 수 있게 된단 말인가?

아버지가 이 세상을 떠날 때를 기다리기로 할 경우, 그게 어느 세월이 될는지는 예측해 볼 수 없었다. 어머니는 몸 움직임이 어려운 상태에서 우리 부부가 보살피기 시작했는데도 거의 8년을 버텨 냈다. 그런데 아버지는 아직 정정하고, 또 족보를 통해 보자면 평균 수명이 요즘과는 견줄 수도 없던 시절이었는데도 윗대들은 거의 모두가 고희를 넘겼다. 만일 10년을 더 견뎌 내야 한다면 그때 나는 나이 일흔에 턱걸이를 시작하게 된다.

나이 일흔, 그때는 여행은 고사하고 내 몸 하나를 타인의 도움 없이 건사해 내기에 버거울지도 모를 나이다. 더구나 사랑도 느낄 수 없는, 그보다는 거의 매 순간순간마다 의문을 금할 수 없게 하여 무시로 폭행 충동마저 느끼게 하는 그 사람 하나를 '모시기' 위해 부부의 일생을 온통 다 바쳐야만 하는가?

그래야만 하는가?

그게 이른바 '미덕'인가?

비정한, 가혹한, 그러면서도 포기할 수 없는 질문이었다.

그래 봤자 답은 불가능했다.

흐!

나는 고작 그렇게 헛김을 내뿜고 있기나 했다. '흐!'는 집안 풍파에 대해 내가 느끼는 야릇한 희극성의 한 표현이었다. 물론 자조였다.

흐, 집안 꼴좋군!

그리고 내 꼴도!

아내는 잔뜩 볼멘 표정인 채였다.

내가 드린 그 봉투가 그런 화의 근원이 되었던가?

에효! ㅠ.ㅠ

「여행, 왜 안 가세요?」

내가 물었을 때, 시어머니는 대답했다.

「그 돈 갖구 맛난 거 사먹었다. 고생하며 돌아다니는 것보다 집에서 편안하게 맛있는 거 해먹는 게 더 좋지 않니?」

에효! ㅠ.ㅠ

그럼에도 불구하고 노인에 대한 동정심과 성의를, 최소한의 것이나마 포기하지 않으려는 아내의 심기를 건드릴 일은 이어졌다. 아버지와의 교섭이 그렇게 부서지고 난 이틀 뒤였다. 아내가 저녁 찬거리를 사기 위해 집 가까이 있는 슈퍼마켓에 나가던 길에 언뜻 보니까 상현의 흰빛 소나타가 지나가고 있었고, 상현이 운전하는 그 차에는 상숙과 아버지가 타고 있었다. 그들이 가는 길은 상숙이 우리 집에 올 때마다 우리 부부 가운데 하나가 문경으로 돌아가는 상숙을 강변역 앞, 동서울버스터미널까지 승용차로 태워 주기 위해 가던 바로 그 길이었다. 그러니까 아버지와 누이동생들은 우리 집 바로 이웃에 있는 상현의 집에서 그날 모였고, 이제 문경으로 돌아가는 상숙을 전송하기 위해 그렇게 가고 있는 것 같았다. 그 장면과 그 추측이 아내의 속을 편하게 만들 리 없었다. 아내로부터 그 이야기를 전해들은 내 속도 형편은 비슷했다.

다른 자식들이 아버지를 감싸고 돌 때, 더구나 아버지의 빤한 잘못이나 결여를 옹호하며 우리 부부를 공격할 때, 소년 시절 이후 아버지로부터 줄기차게 받아 온 그 각별한 미움부터, 아버지가 아무래도 내 아버지 같게 여겨지지 않았다. 더 나아가, 나와 아무런 인연도 없는 사람을 '아버지'라고 모시느라고 생똥을 싸대고 있는 듯한 생각마저 든다. 유전학적으로 보아 아버지 자식에 틀림없다는 확신에도 불구하고 그렇다. 그 시간에도 꼭 그랬다. 그 지향과 그 실천을 이해할 수 없는 게 아버지였다. 아버지가 또 무슨 생각을 하고 있으며 무슨 일을 벌일 것인가? 불안감이 일었다.

그다음 날이었다.

아버지는 저녁 밥상을 들고 들어간 아내에게 말했다.

「오늘 법원에 가서 고소 취하했다.」

자비를 베풀어 용서를 내리는 어조였다.

아내는 대꾸 없이 물러 나와 나에게 그 어조에 대한 자신의 소감을 표명했다. 아마 전날 모임에서 '그렇게들 결정하신 모양'이라는 추측과 함께. 볼멘 어조였다. 나의 내부에서는 어떻게 그런 결정에 이르게 되었을까 하는 의문과 어쨌거나 다행이다 하는 반김이 동시에 일었다. 물론 후자의 느낌이 훨씬 더 강렬했다. 그런데 아내는 내내 그렇게 볼멘 어조로 두어 마디를 더 내뱉었다.

「까짓 취하!」

법정에서라도 털어놓아 버리고 싶어 하던 응어리가 새삼 도진 듯한 투였다. 그때 나에게 다가오는 강렬한 느낌 하나가 있었다. 끝,이 아니라, 새로운 전개라는 예감이었다.

끝일 수가 없다.

다시 불안감이 불끈 고개를 들었다.

확신이었다.

오랜 경험에 의한.

그래서 오류가 있기 어려운.

내 확신을 뒷받침하는 소식 하나가 그다지 오래지 않아 들려왔다. 우리 부부의 여행 시도와 관련된 거였다. 그토록 어머니를 위하고 어머니의 별세를 애통해하는 것 같더니(정말 그랬던가?), 장례식을 끝내자마자 놀러 다닐 궁리부터 한다…….

그 소리는 나로서는 애써 감추려 하던 비밀을 들키고야 만 것처럼 가슴이 찔끔할 만큼 뒤가 켕기는 것이기는 했지만, 그 소리가 귓바퀴에 감긴 그 순간의 느낌은, 거의 8년 만에 이루어진 짧은 나들이 시도조차 이토록 매도의 대상이 되어서야 어떻게 하겠는가 하는 노여움이었다. 징역살이나 진배없는 우리 부부의 생활을 빤히 아는 그들이었다. 약간의 동정마저 불가능한 것인가? 왜? 어찌하여? 그러나 그것은 그래 봤자 시작에 지나지 않았다. 그 뒤에 바투 이어진 것은, 어머니의 마지막 상처를 찍은 사진이 주제였다. 그때 그 사진을 아버지 눈앞에 떨어뜨려 두었던 내 의도와는 딴판으로, 그 사진을 두고 아버지와 딸 사이에 어떤 대화가 오고 갔던가, 상숙은 그런 사진을 찍은 사람들을 욕했다. 증거로 삼기 위해 사진을 찍어, 구십 노인을 고발할 궁리나 하고 있었던 인간들!

우리 부부를 자극할 소식은 잇달아 들려왔다. 어머니가 떠나자마

자 옷가지들을 홀랑 내다 버렸다는 험구야, 그에 앞서 들은, 여행 시
도와 관련된 악담과 비슷한 곡조여서 오히려 심상한 느낌이었는데,
마치 이쪽의 인내심을 시험하기라도 하려는 것처럼 그다음에 이어
진 것은 아내를 예의 변화 이전의 원점으로 돌려놓을 만큼 치명적이
었다.

어느 날 아침나절, 아버지가 외출하고 난 뒤, 청소를 하러 사랑방
에 들어갔던 아내는 종이 한 장을 들고 나와 나에게 내밀었다. 호되
게 면박이라도 당한 듯한 얼굴이었다.

아버지는 편지를 쓸 때 우선 초안을 만들어 몇 차례 고친 다음에
정서하는데, 그건 초안이었고, 상숙에게 보내는 그 편지 내용 중에
는 이런 구절이 있었다.

'아이고아이고, 애통하다. 일 년 열두 달, 삼시 세끼 그 잘난 죽만
먹여 놓고 그래도 잘했다 하니, 아이고아이고, 애통하다…….'

그 종이는 침대 위에 펼쳐져 있었다 했다. 그러고 보면 그것은 아
내와 나에게 일부러 보이기 위한 것이었던 것 같았다. 연거푼 면박
이었다.

'웃는 얼굴에 침 뱉으랴'라든가, '웃는 얼굴에 침 못 뱉는다'라는 속
설이 있고, 또 적어도 상식의 세계에서라면 거의 모두 이 속설을 수
긍한다. 그러나 상식이 도무지 맥을 추지 못하는 아버지의 경우에는
이 속설도 마찬가지였다. 마음에 들지 않는 큰며느리가 절을 하려
하자, '이제 너는 절을 하지 마라' 하여 그 인연을 사실상 거부한 바
있는 아버지는 웃는 얼굴에 침을 뱉는 것은 물론, 기세 좋게 뺨을 후

려칠 수도 있는 사람이었다.

아내는 그래도 그 장면에서는 몹시 노여워하는 표정이었을 뿐, 아무 말도 하지 않았다. 그런데 그 며칠 뒤, 상숙이 나에게 보내 온 편지를 읽고 난 다음에는 달라졌다. 아버지 편지를 받고 쓴 듯한 상숙의 편지는 아버지의 선창에 맞장구를 치고 나선 것은 물론, 아버지보다 오히려 한술을 더 뜨고 있었다. 노인들 밥상을 노인들 방으로 따로 차려 냈던 것을, '자기네만 식탁에서 오순도순 즐기기 위한, 그리고 어머니 시중을 아버지에게 들게 하기 위한' 농간이나 음모였던 것으로 거침없이 몰아붙인 게 그것이었다. 그것은 어머니의 기동이 차츰 더 불편해지면서, 바퀴가 달린 안락의자에 어머니를 실어 주방 식탁까지 모셔 오는 일이 더 힘들어졌을 뿐만 아니라, 어머니 자신에게도 더 고통스러운 게 되어, 결국 끼니때마다 밥상 하나를 따로 차려야 하는 수고를 무릅쓰고 우리 부부가 선택했던 방법이었다. 조목조목 기상천외의 돌출들이었고, 구경하는 사람들 입장에서만 보기로 한다면, 풍경은 차츰 더 재미있어지고 있는 것 같았다.

결국 아버지와 아내의 관계를 결정적으로 박살 내 버린 폭탄이 된 그 폭언들은 두고두고 생각해 봐도 이해할 수 없었다. 아버지야 그렇다 치고라도 상숙은 사리분별이 사뭇 분명한, 적어도 분명하려고 애쓰는 사람이었다. 그런데 정말 어찌 그럴 수 있을까?

맹목적 노여움이 사람을 어떻게 가둬 버리는가, 허다하게 들은 적은 있지만, 나로서는 의문스러워할 수밖에 없었다. 답을 구해 볼 수 없는 의문이었다. 나는 누이동생들에게 물어보고 싶었다. 만일 자네

시부모가 자네에게, 내 아내에게 자네 부모들과 같은 존재였다면, 자네들은 어땠겠는가, 하고. 또 자네 남편이 자네를 폭행했고, 자네 자식이 분개하여 자네가 그 폭행으로 말미암아 입은 상처를 사진 찍었다면, 그 남편을 탓하겠는가, 그 자식을 탓하겠는가, 하고. 그리고 그 대답을 꼭 들어 보고 싶었다. 그 대답을 꼭 들어 보아야 한다고 생각했다. 그러나, 하고 나는 나 자신을 들여다보며 반문한다. 어떻게? 하고. 대답은 불가능했다. 침묵할 수밖에 없었고, 침묵했다. 그 까닭이야 무엇이든, 내가 그들을 그렇게 몰아간 것이 아닌가 하고 자책하며.

시아버지는 말씀이 없는 편이다. 더러 우스개를 하기도 하지만 그것은 자신의 말씀 없음이 타인에게 끼칠 불편을 의식하여 그렇게나마 입을 떼보려는 것 같기나 했다. 시어머니가 답답해, 말 좀 하고 삽시다 하면, 학교에서 아이들 가르치느라고 말을 많이 하니까 집에서라도 입 좀 쉬게 해야지, 입이 불쌍하잖아 하더라 했다. 학교를 그만둔 뒤에 말씀이 더 적어진 시아버지를 시어머니가 다시 다그쳤을 때, 시아버지는 선생질할 때 말도 안 되는 소리 하도 떠들었더니 이제는 말이 바닥났어 하더라 했다. 내가 여느 때 그런 생각을 구체적으로 했던가 확실하지 않은데, 시아버지는 희끄무레한 어둠 속에 늘 잠겨 있는 듯했다. 나는 이제, 바로 그 어둠 속에 들어와 있는 것 같았다. 그런데 그 어둠은 희끄무레하지 않았다. 캄캄했고, 무거웠다. 나 자신마저 숨 쉬기가 거북할 만큼.

어머니에 대한 아내의 정성은 자신이 신봉하는 종교적 신념의 실천이기도 했다. 훌륭한 사람들은 아무 인연도 없는 노인네들을 위해 일삼아 봉사도 다니는데……. 그런 소리를 되풀이하는 아내는 시어머니이기 이전에, 인생 말년 고통을 당하고 있는 가련한 한 인간에 대한 애정으로써, 어머니를 자신의 어린 자식 간수하듯 했고, 어머니는 또 그런 아내에게 아기처럼 절대적으로 의지했다.

먹는 것부터 배설까지 일일이 보살펴 주어야 하는 처지였으니까 그럴 수밖에 없었겠지만, 이를테면 아내가 어머니 목욕을 시킬 때, 아내 목소리가 욕실 밖으로까지 새 나오곤 했는데, 그 마디마디는 시어머니에 대한 며느리의 것이 아니라 아기에 대한 엄마의 것이었다. '에이, 그래만 어떻게 해. 가만히 있어야지. 요게만 조금 더 하고. 시원하지. 에이, 이제 다 됐다, 다 됐어, 에이, 수고했다, 수고했어……' 똥이나 오줌을 싸거나 지렸다 하여 아내가 어머니를 '야단'칠 때 보면 더 했다. '또 쌌어? 이야기를 해야지 이게 뭐야? 꿉꿉하지도 않아? 알았어. 괜찮아. 사람은 애기 때 똥 싸고 다 늙어 똥 싸고, 그러는 거야. 걱정마. 나도 말년에는 그렇게 될 텐데 뭘. 그게 인간이야. 알았지?'

그런저런 대화를 듣게 될 때마다 나는 손가락 끝으로 콧등을 누르며 고개를 돌리려 들곤 해야 했다.

아내가 친정 제사에라도 가면 어머니는 벌써 그날 저녁부터 '에미 언제 오노?' 하고 나에게 물었고, 이틀째가 되면 묻는 그 목소리에 울먹임이 섞이곤 했다. '떠난 지 몇 시간 됐다고 벌써부터 그렇게 보채?' 내가 놀리듯 그렇게 물으면, 어머니는 '보고 싶은 걸 어예노?' 하고 대답하곤 했는데, 한번은 이런 속내를 털어놓았다.

'가서, 안 오까바 그랜다.'

뜻밖의 상상이었다.

'왜 그런 생각을 해?'

내가 묻자, 어머니는 턱을 축 늘어뜨린 표정이 되어 대꾸했다. '어느 건 똥 싸는 시에미 같다고, 친정어마이도 아닌 내가 이래 돼 있으니 얼매나 귀찮겠노? 그러이 인제 가만 다씨는 오잖지, 자꾸 그런 생각이 든다.' 나는 또 목이 메어 오려 하는 걸 가까스로 참고 우스개조로 얼버무리려 했다. '안 오만 내하고 살지 머. 까짓것 무슨 걱정이라. 그 사람 하는 거 내라고 못할까 봐?' 어머니의 턱은 더 축 늘어졌다. '너는 어떨지 몰라도 나는 에미 없으만 못 산다.' 어머니는 조금 뒤에 한 음절을 더 덧붙였다. '참말이다.'

친정 나들이로부터 돌아온 아내가 내게 그 이야기를 전해 듣고는 어머니에게 말했다. '어머님, 가끔씩은 어머님이 귀찮다는 생각이 들기는 하지만, 죄송해요, 그런 생각을 해서. 그런 생각 안 하려고 그래도 그런 생각이 들어요. 제가 나쁜 여잔가 봐요……. 하지만 저도 어머님 사랑하고 어머님 이렇게나마 도와드릴 수 있는 거, 기뻐요. 저도 친정에 가도 어머님 생각 때문에 하루라도 빨리 오려고 해요. 그러니까 그런 생각하지 마세요.' 그러자 어머니는 아내를 한동안 바라보다가 또 울먹이는 표정이 되어 말했다. '고맙다, 참말로.'

그 일이 있은 얼마 뒤에 어머니가 아내에게 물었다. '에미야, 니, 성당에서 쓰는 거 머라, 본명, 그래 본명이 뭐노?' '왜요, 어머님?' '니 본명을 알아야 냉중에 니가 천국에 오만 내가 찾을 수 있을 기 아니라.'

'저 같은 사람 뭐할라고 찾아요. 거기 가시면 더 좋은 사람도 썼을 텐데요.' '더 좋은 사람이 썼기나 말기나, 내한테는 니밖에 없다. 니가 싫다고 하만 어옐 수 없겠지만, 니만 갠찮다고 한다만 나는 저시상에 가서도 니한테 의지해 같이 살고 싶다. 그래고 혹시 아나. 거게서 내가 내 병 곤치고 난 담에는 내가 너를 도와줄 수 있을지…….'

아내에 대한 어머니의 사랑도 극진했다. 나에게 하는 단골 잔소리가 '에미는 어진 사람이다. 에미 같은 사람 없다. 에미한테 잘해 조라'였고, 아내가 대학 입학시험에 합격했을 때는, 아예 모른 척하는 아버지나 형제들과는 달리, 눈물을 글썽거리며 '장학금'까지 주어 칭찬했으며 아내의 생일도 어떤 형태로든 챙겨 주었다. 우리 집 내용을 아는 이들은 흔히 '고부간이 아니라 모녀간 같다'고 했지만, 나는 어머니와 아내 사이만큼 그 교감이 각별히 정겨운 모녀도 본 적이 없다. 물론 부자간보다는 덜하지만 모녀간도 의무나 관습 이상으로 자별한 경우를 만나는 것은 쉽지 않았다.

적어도 나에게, 어머니와 아내의 관계는, 그때마다 나로 하여금 뭉클한 감동을 느끼게 하는 한 폭의 그림과 같았다. 허다한 인간관계에서 실패한 내가 인간 그 자체나 인간끼리의 관계에 대해 긍정하는 마음을 품어 보게 된 것은 바로 그들이 보여 주는 풍경 때문이었다.

그런데 어머니가 떠난 뒤, 다른 사람도 아닌 근친들이 아내를 향해 퍼부은 비난은, 어머니, 그 불쌍한 노인네를 조목조목 애만 먹이다가 마침내는 죽만 먹여 죽인 악독한 며느리였다. 아내는 속이 뒤집혔다. 그런데도 명색 남편인 나는 마치 불치의 악습이라도 되는 것처럼 입을 꾹 다물고 있기나 했다. 이윽고 아내의 입이 열렸다.

「세상에, 인생 말년에 죽 먹게 되지 않는 사람이 어디 있고, 그 죽 이나마 잡숫게 하기 위해 내가 얼마나 애를 먹었는데. 그리고 내가 그런 고생하고 있을 때, 아버님이나 고모들은 도대체 뭘 했는데? 어머님 자식 넷 가운데 어머님 말년 여러 해 동안 손이나마 거들어 준 자식이 누군데? 내가 어머님 똥오줌 수발 다하고 있을 때 자기 들은 뭘 했는데? 그런데 이제 와서 그런 소리를 해? 세상에 그런 염치들이 어디 있어? 어머님, 마지막까지도 주먹질해 놓고, 돌아가 신 다음에는 애고애고 애통하다? 애통이 도대체 무슨 뜻인데?」

겨냥하듯 나를 똑바로 바라보며 그렇게 외칠 때 아내의 얼굴은 실 제로 푸르스름하게 변했다. 그랬다. 그것은 다른 대상이 아닌, 명색 남편인 나를 향한 항변이고 도전이었다. 그리고 나로서도 대꾸할 말 이 있기 어려운 그 몇 마디 공격적 발언으로써, 혼자가 된 노인을 어 떻게든 측은하게 바라보려던 아내의 안간힘은 끝장났다. 내친김이 었던가. 아내는 그쯤에서도 더 나아갔다.

「죽도록 해봐야 좋은 소리 못 듣는데, 내가 왜? 이제는 아버님 수발 못하겠어. 내가 왜? 다른 자식들한테, 이제는 감독자나 감시자 노릇 그만하고 단 하루씩이라도 좀 모셔 보라고 해. 그토록 훌륭한 사람 들이 왜 감독자나 감시자 노릇만 해? 그런 배역을 누가 정했어?」

못을 박는 듯한 말투였다.

그런데도 나는 역시 입을 꾹 다물고 있기나 했다. 길이라고는 그 것밖에 없다는 것처럼. 아내의 발언이 현실에서 날 선 모습을 드러

내기 시작하는데도 그랬다. 섣불리 건드리고 나설 일이 아닌 것 같
았다. 총체적 파국에 맞닥뜨리게 되고야 말 것 같은 위기감이 느껴
지기까지 했다. 나는 잠자코 바라보는 수밖에 없었다.

아내의 발언이 가장 구체적으로 실천된 것은 밥상이었다. 노인의
밥상이 차츰차츰 더 소홀해지기 시작했다. 그 밥상에서 숭늉이 사라
진 것이 예가 될 수 있다. 노인이 버리지 못한 묵은 습관들 가운데
하나가 숭늉이었다. 숭늉이 마련되어 있으면 그걸 일부러 소리 내
마시며 아주 만족해하는 반면에, 어쩌다가 숭늉 대신 냉수를 마셔야
할 경우에는 쩝 소리를 내며 아주 못마땅해하는 표정을 일부러 지어
보이곤 했다. 그것은 다음 끼니때는 숭늉을 꼭 대령하라는 명시적
명령과 같았다. 그래서 아내는 끼니때마다 바닥이 두툼한 냄비에다
가 밥을 깔고 가스레인지 위에 올려놓아 밥이 바닥에 구수한 맛을
낼 만큼 적당히 눌어붙게 하여 누룽지를 만들고, 다시 거기에 물을
부어 끓여 숭늉을 만들어 바치곤 했다.

그런 시절이 옛날이었다. 이제는 아내로부터 그런 정성은 기대해
볼 수도 없는 게 되었다. 비단 숭늉만은 아니었다. 성품과 식성이
비례하는 것 같지는 않은데, 아버지는 식성이 까다로운 편이었다.
한국인으로서 김치를 싫어하는 것부터 그랬다. 아버지는 사람에 대
한 호오(好惡)의 분별이 분명하듯 음식에 대해서도 마찬가지였다.
자신의 입맛에 맞지 않으면 그 음식을 장만한 사람이 앞에 있는데
도 젓가락도 대지 않았고, 심지어는 금을 긋듯 분명하게 반찬 접시
나 국그릇을 밀어내 놓기도 했다. 그래서 아내는 노인의 입맛에 맞

는 음식을 따로 마련하곤 했다. 그런데 이제는 그것도 어림없는 게 되었다. 심지어는 젓가락도 대지 않은 그 반찬을 그다음 밥상에 그대로 올려놓기도 했다.

「이제는 죄책감도 안 느껴져.」

내가 묻거나 한 것도 아니었는데, 아내는 어느 날 그런 말을 하기까지 했다. 내가 보기에 그것은 사실 묘사라기보다는, 죄책감 따위는 결코 느끼지 않겠다는 다짐이나 오기의 표현으로써 나를 향한 연거푼 도전 같았다. 내내 그렇게 입을 꾹 다물고만 있는 나를 어떻게든 건드려 보고 싶어 안달하는 듯해 보이기도 했다.

얼마간의 시간이 지나가면서, 나는 노인의 밥상 풍경에 대해 이야기해야 한다는 생각을 해보기 시작했다. 그것은 아내의 도전에 대한 응전은 물론 아니었고, 노인에 대한 민망스러움이나 그에 따른 죄책감도 가장 중요한 이유는 아니었다.

아내에게도 못되다, 못되었다, 그렇게 생각되는 면이 분명히 있고, 굳이 결함을 하나하나 손꼽아 보자면 열 손가락 가지고도 모자란다. 그러나, 절대 선은 없다, 불가능하다, 허물없는 인간은 없다, 불가능하다. 명색 인간의 그런 인간적 한계를 일단 전제하고 보기로 한다면, 한 인간을 판단하기에는 결코 짧다 할 수 없을 만큼 긴 세월 동안 내가 그야말로 속속들이 지켜보아 온 아내는, 역시 '어진 사람'이었고 긍정적 인간이었다.

아버지 밥상 풍경은 나의 그런 인식에 대한 적극적 부정이었고 배반이었다. 무한 폭압이나 학대에 대한 무한 인종이나 굴복은 결코

미덕이 아니라고 믿고 있고, 그동안 아내가 바쳐 온 헌신과 인내만
으로도 이미 한 인간으로서 감내해 낼 수 있는 한계를 넘어선 것이
라고 헤아리면서도 그랬다. 아내에게 더 헌신하고 더 인내할 것을
요구하는 것은 결국 위선을 강요하는 폭력에 지나지 않는다고 주저
함을 느끼면서도 마찬가지였다. 나는 아내가 마지막까지도 어진, 그
리고 긍정적 생애를 살아가기를 간절하게 바랐다.

　말을 하지 않으면 안 된다고 생각했다. 근원이야 무엇이든, 그것은
당신의 잘못이라고 찍어 지적하여 잘못을 바로잡도록 해야 한다고
생각했다. 그런 생각은 아주 절실했다. 몇 번이나 거의 입을 떼는 단
계까지 나아가기도 했다.

　그러나 아무리 애를 써도 마침내 입을 떼, 절실한 그 심정을 표현하
는 데까지 나아가게 되지는 않았다. 이 경우에도 언어에 대한 무섬증
은 어김없이 발동되었다. 섣불리 건드리고 나설 일이 아닌 것 같았
다. 그것은 민감한 문제였다. 매우 민감한 문제였다. 아버지로 인한
이 최악의 갈등 국면에 대응하는 방법에 대한 의견 차이는 이 상황의
초장부터 있었다. 그 미묘한 차이 때문에 이미 금이 간 것이나 다름
없는 아내와의 관계를 극단적으로 몰고 갈 수도 있다는 것을 각오하
지 않고는 입을 뗄 수 없었다. 언어로써 전할 수 있는 것은 아무것도
없다. 나는 기껏 언어에 대한 기왕의 불신을 한 번 더 되새겨 보고 있
기나 했다. 나의 그런 속내가 아내의 눈에 지내보일 수 없었다.

　「나도 할 만큼 했어.」

　역시 묻거나 했던 것도 아닌데, 아내는 어느 날 나를 바르게 바라

보며 그렇게 말했다. 오금 박기 같았다. 나는 역시 아무 말도 할 수
없었다. 죽자고 입을 꾹 다물고 있기나 하는 게 고작이었다. 그런데
도 아내의 분은 풀리지 않았다. 그것은 어쩌면 내가 내내 그렇게 미
련퉁이처럼 입을 꾹 다물고 있기만 했기 때문일는지도 모른다. 어느
날, 아내는 드디어 마치 일부러 싸움이라도 걸어 보고 싶다는 것처럼
나를 똑바로 쳐다보며 외쳤다.

「아버님한테 자식이 당신밖에 없어요?」

아내는 나의 인중을 똑바로 겨냥하고 있었다. 이래도 입 꾹 다물
고 있겠어! 그렇게 외치고 있는 것 같았다. 나는 느닷없이 명치를 치
받친 느낌이었다. '할아버지한테 자식이 아빠밖에 없어?'라는 아이
들의 소리를 아내를 통해 처음으로 들은 것은 아내에 대한 아버지의
폭언과 폭행이 아이들 시야에서마저 감행되면서부터였다.

양편 모두, 나로서는 대꾸할 수 없는 항변이었다. 갈 데 없이 안팎
곱사등이가 된 나는, 단지 아내의 독기 오른 그 눈매와 그 입매를 몹
시 낯설어하며 내내 그렇게 입을 꾹 다물고 있기나 했다. 애써 보았
지만 할 말이 없기는 마찬가지였다. 마침내 박살 나고야 말 듯한 위
기감만 높아져 가고 있을 뿐이었다. 그런데 아내는 그쯤에서도 물러
서려 들지 않았다. 기어코 나를 터뜨려 버리고야 말겠다는 작정을
하기라도 한 것 같았다. 며칠 뒤, 또 하나의 화살이 나의 인중을 향해
기습적으로 날아왔다.

「더도 말고 방배동 아주버님 하는 대로만 하세요!」

한 여자의 남편으로서 나는 말랑말랑하지도, 호락호락하지도 않

다. 그럴 수 없다. 나는 이슬람 국가를 젖혀 두고 보자면 세계 최강의 가부장제 사회라는 한국에서도 가장 늦게 열리고 있다는 경상도 북부 지방에서 잔뼈가 굵었다. 두고두고 되풀이하여 경험하게 되는 바이지만, 어릴 적부터 몸에 밴 습관이란 쉽게 고쳐지지 않는다. 말랑말랑할 수도, 호락호락할 수도 없다. 과거의 케케묵은 습속을 벗어나지 못하고 있다고, 나는 아버지를 비난하지만, 그런 면에서 나도 꼭 마찬가지여서, 밖에 나가서는 대개는 얻어터지고 다니기나 하면서도 일단 집에 돌아왔다 하면 나는 갑자기 권위주의적이 되어 단연 군림하려 든다. 그런데 이런 버릇을 조금 더 분석적으로 보기로 하자면 사실은 가부장적 습속도 아니다. 왜냐하면 나는 자식들 앞에서는 거의 죽어지내는 형편이기 때문이다. 이런 현상을 설명하기는 그다지 어렵지 않다. 자식들은 내 방법을 비판하고 저항하지만 아내는 비판도 저항도 사실상 없다.

이래저래 아내에 대한 나의 군림은 몹시 겸연쩍은 것일 수밖에 없기에 어떻게든 나를 숙여 보려고 일부러 애쓰는데도, 참 다행스럽게도 폭행까지 나아간 적은 없지만 폭언은 드물지 않았다. 아내도 이런 질서에 길들여져 있어서, 내가 타당한 이유도 없이 두 눈을 부릅떠 보여도 지레 겁을 집어먹고 슬금슬금 물러서는 쪽이 된다. 그것이 나와 아내 사이에 이루어져 있는 불평등 질서다. 아내가 쉽지 않은 시집살이를 견뎌 온 것은 그런 불평등 질서에 굴복한 결과일 수 있다. 그러니까 아내의 시집살이 쪽에서 볼 때, 최대의 폭압자는 바로 나였고 아내는 나의 폭압에 굴종했다. 부끄럽기 짝이 없는 노릇이지만 이 진술은 사실이다.

그런데 그 순간의 아내는 수십 년 동안 지켜져 온 기왕의 그런 질서 따위로부터 이미 벗어나 있었다. 조건 반사적인 역정이 내 눈빛을 곤두서게 했는데도 아내는 거침없이 더 나아가고 있었다. 나의 그 눈빛을 똑바로 겨냥하여 되바라보며.

「받을 거 다 받은 장남이 그러는데, 받은 거라고는 미움밖에 없는 당신이 무슨 죽을죄를 졌다고 입 꾹 다문 채 당하고만 있는 거예요! 나 모르는 무슨 죄라도 지었어요? 억울하지도 않아요? 나이 육십이 낼모렌데, 아직도 맞고 있는 거, 정말 억울하지도 않아요? 그래서 얻은 게 뭐예요! 가정을 위해서라구요? 아이들 장래를 생각해서라구요? 그래서 그 가정과 그 아이들을 위해 당신, 무엇을 이룩했어요? 한번 대답해 봐요.」

드디어 이 여자마저 제정신을 잃어가는군. 탄식이 저절로 나왔다. 아내의 못된 면모가 연거푸 드러나고 있는 듯했다. 감정의 포로가 된 상태에서 누구도 제정신일 수 없다. 형을 사표 삼아 본받으라고? 아, 그것은, 모든 상상력으로도 상상해 볼 수 없을 만큼 지독한 공격이었다. 아무리 독이 올랐다기로서니 이런 말까지 내뱉다니! 내뺄 구멍도 마련해 주지 않은 채 마구 다그쳐 대는 아내에 대한 노여움이 치솟았다. 눈자위가 달아오르기까지 했다. 아내가 내 약점을 잽싸게 잡아 낚아채, 여느 때 덧쌓아 둔 감정풀이를 하고 있는 듯한 느낌마저 들었다. 내 숨결이 마침내 가빠졌다. 내 인내력이라는 게 따지고 보자면 별것도 아니었다. 폭발 직전이었다. 그다음이야 어떻게 되든 한바탕 해버리고 싶었다. 그래야 할 듯했다. 아무리 용을 쓴다 해도 참아 낼 수 없을 것 같았다.

그런 내 속내가 얼굴에 나타나지 않을 리 없었다. 그런데도 나를 바라보는 아내의 눈길에는 역시 주저도, 거침도 없었다. 지난 세월에 나를 향한 발악 상태가 없었던 바는 아니지만 이토록 완강했던 적은 결코 없었다. 아내는 전의에 불타고 있는 듯했다. 모든 각오가 이미 되어 있는 것 같아 보이기도 했다.

겁이 많다고나 할까. 아니면 뒤가 무르다고나 할까……. 나는 상대방이 강하게 나오면 우선 겁부터 집어먹는다. 여느 때 아주 하찮게 여기던 상대라 할지라도 일단 덤벼들면, 나는 겁을 집어먹어 물러서게 되고야 만다. 지난날에도 어쩌다가 아내가 발악 상태가 될 때, 결국은 미적미적 도망치는 꼴이 되곤 했는데, 그 장면에서도 어느덧 그렇게 되어 버렸다. 그럴 경우에 나는 도망칠 명분을 서둘러 찾게 된다. 무슨 말이든, 이쪽의 자존심을 대충이나마 보호하면서 상대방의 결기를 누그러뜨리는 몇 마디를 찾아보아야 했다.

그런데 나로서는 아무리 애를 써도 그럴 만한 대꾸거리를 생각해 낼 수 없었다. 말 못하는 선생 없다. 그런 속설은 맞다 할 수밖에 없다. 말을 못하고 임기응변에 능하지 못해서는 아이들을 맡아 가르칠 수 없기 때문이다. 요즘으로 치자면 '적어도 5분마다 한 번씩은' 웃기는 재주까지 겸비해야 그 판에서 살아남을 수 있다. 나도 30년 동안이나 명색 교사였다. 능변은 아니라 할지라도 말에 궁할 수는 없다.

그런데 작은 것이나마 할 말, 할 만한 말을 찾아낼 수 없었다. 나를 그토록 마구잡이로 다그쳐 대는 아내에 대한 노여움을 어쨌거나 억제하고 보기로 한다면, 아내의 그 발언에서 티 하나를 잡아내는 것마저 쉽지 않았다. 나 자신, 형을, 그리고 형이 누리는 홀가분한 자유를 부러워한 적이 여러 차례였다. 일찌감치 아버지와 결별을 감행한 게 형의 선견지명 같았고, 장남에 대한 미련을 떨쳐 버리지 못하고 드문드문 찾아오는 아버지를 단호히 내쫓아 버리는 게, 실질적으로 가정을 보호하는 진정한 용기 같아 보이기까지 했다. 그리고 또, 장남의 그런 배척이 아버지로 하여금 일종의 위기감을 느껴, 자신에 대한 성찰을 할 수밖에 없도록 한 순기능도 부정할 수 없는 입장이었다.

그동안 나의 인내나 헌신이 (그것을 만일 인내나 헌신이라 할 수 있다면) 말짱 헛것이었다는 후회는 이미 오래전에 시작되고 있는 판이기도 했다. 그러나 나는 안다. 내게는 폭행을 견뎌 내려 애쓰는 미련은 있어도 아버지를 포기해 배척할 만큼의 독기는 없다는 것을. 그것이 내 운명이라는 것을. 그때, 내 얼굴에 떠오른 표정이 어떤 것이었던가. 아내는 갑자기 풀 죽은 표정이 되어 말했다.

「미안해요. 이건 내 진심이 아니에요. 나, 정말은 당신 훌륭하다고 생각하고 있어요. 그래서 어떻게든 당신 뜻 따르려고 애써 왔어요.」

울먹이는 목소리였다. 나에게 낯익은 표정이고 낯익은 목소리였다.

그러나 나는 안다.

양편 모두 아내의 진심이라는 것을.

양편 모두 나 자신의 심정이기도 했으므로.

그리고 나는 또 안다.

아버지로 말미암아 잃은 것은 형제들이나 조카들과의 관계만은 아니라는 것을. 아내나 자식들과의 관계마저 금이 가고 있다는 것을. 부모나 형제와의 관계야 어떻게 되든, 남편이나 아비 노릇만은 잘해 보고 싶었지만, 그것마저 말짱 헛게 되어 버리고야 말았다는 것을.

무엇보다도 쓰라렸다. 나의 궁극적 집착은 아내와 자식들이었다. 명색 생명체로서 아마도 당연한 본능이겠지만, 나는 아내와 자식들로 이루어진 그 공동체만은 힘이 닿는 한, 최선의 상태로 만들어 보고 싶었다. 그렇게 될 수만 있다면, 운명이라는 만만한 핑계에 기대어, 내가 바쳐 온 모든 희생과 내가 감내해 온 모든 인내는 값진 게 될 수 있다고 생각했다. 그런데 이제 자식들에 이어 아내에게마저 나의 그 희생과 그 인내는 기껏 해봐야 미적지근한 것으로, 이것도 저것도 아닌 것이라는 비난이나 받고 있게 되었다. 그리고 그 비난 앞에서 나는 속수무책이었다. 왜냐하면 그것은 사실이었으므로. 자식들과 아내에게 표현할 수도 없는 고통을 준 것밖에는, 무엇을 이룩하기는커녕 오히려 상황을 더 나쁘게 만들어 오기나 했다는 것은 어떻게도 부정할 수 없는 사실이었으므로.

결국 내 나름의 모든 희생이나 인내에도 불구하고 부모와 형제들로부터 좋은 소리를 들을 수 없었듯, 아내와 자식들로부터마저 결코 좋은 소리를 들을 수 없게 되었다는 데에 각오를 새삼스레 해야 했다. 그리고 또, 나에게 내 아버지와는 달리, 내 자식들에게 내가 나쁜 기억의 대상이 되도록 해서는 안 된다는 것이 나의 절실한 지향 가운데 하나였는데, 그 지향은 옳았을는지도 모르겠으나 그 결과는 결국 실패였다.

한마디로 뭉뚱그려 정말 말짱 헛짓만 되풀이해 왔다는 것을 수긍하지 않으면 안 되는 그 시간, 쓰라렸다. 쓰라렸고 암담했다. 운명이라는 만만한 핑계도 쓸모가 없었다. 모든 것을 작파하고 싶은 충동은 그 어느 때보다 더 격렬했다. 그러나 내키는 대로 작파할 수도 없었다. 그것이 내가 인식하고 있는 나 자신의, 참 빌어먹을 운명이었다.

그때 나는 문득 하나의 생각에 매달리기 시작했다. 집을 따로 얻어 아버지만 모시고 나가 살자……. 우선 반짝 다가온 생각만으로는, 아내나 자식과 마찬가지로, 아버지도 역시 포기할 수는 없다는 종래 고민을 해결해 주는 차선책은 될 듯했다. 그렇게 한다면 첫째, 애꿎은 아내와 아이들에게 고통을 주지 않아도 될 것이고, 둘째, 나 자신이 안팎곱사등이로서의 난감한 고통을 느끼지 않아도 될 것이고, 셋째, 아버지의 체신 문제를 걱정하지 않아도 될 것이고……. 그렇게 한동안 손꼽아 나가던 나는 갑자기 시무룩해져 버렸다. 그게 그토록 간단한 문제가 아니었다. 더구나 어머니의 마지막 상처로 말미암은 극단적 노여움을 채 지워 버리지 못하고 있는 한, 나로서는 아버지를 단 하루나마 견뎌 내기도 어려웠다. 그것은 그야말로 폭약에 이어져 있는 도화선에 불을 댕기는 꼴이었다. 나는 그토록 너그러운 사람이 아니었다. 그런데 집을 얻어 따로 모신다고? 나는 스스로를 한껏 가소로워했다.

어머니 생전에 어머니와 나는 어머니 사후의 일을 함께 근심했다. 어머니의 구심이나 중재자로서의 기능 덕분에 집안의 갈등은 그때마다 그럭저럭하게나마 미봉될 수 있었다. 문제는 어머니가 떠난 이후였다.

'어예노. 내 맘대로 되는 거라면 너 아부지 수명하고 내 수명하고 보태 둘로 나놔 꼭 같은 날 떠나면 좋겠다. 카지만 그기 어데 맘대로 되노. 참말로 어예노.'

그때 어머니가 '내 떠난 다음에라도 너들 형제간, 그래고 아부지하고, 모도 잘 지내도록 노력해야 한다'는 유지(遺志)와 함께, 나에게 준 금낭(錦囊)의 계교가 있었다.

'내 떠나고 나서 아부지 때문에 답답은 일 생기거든, 영남 에미하고 이논해라. 영남 에미, 가가 잘 처리해 줄 기다.'

그런데 상숙은 어느덧 대화마저 불가능한 상대가 되어 있었다. 아닌 게 아니라 답답했다. 지난해 천직으로 생각하던 교직을 비명에 떠나야 했던 뒤 그럭저럭 견딜 만하던 사회적 소외감이 차츰 더 심해져 가고 있는 판에, 때 이르다 싶게 인생 황혼녘 우울까지 겹쳐졌다. 불면증을 부추기는 전립선 고장까지 생긴 것은 엎친 데 덮친 격이었다. 병원에 다녀 봐도 효과가 없었다. 이래저래 답답해 미칠 지경이었다. 그런데도 내 입에서 나오는 '흐!' 소리는 멈추어지지 않고 있었다.

한 번 더 공존 불가 선언을 한 그날 저녁에도 아내는 밥상을 들고 노인 앞에 나아갔다. 아내의 그 모습은 비장해 보였다.

나는 물론 안다. 아내가 노예로서의 수고를 바쳐 왔다는 것을. 그럴 수밖에 없었다. 끼니때마다 차려 내야 하는 밥상이 아내에게 마음 내키는 것이 될 수 없었다. 그런데도 결국은 남편 되는 나와의 관계를 포기하지 않는 한, 어쩔 수 없다는 체념으로 끼니때마다 밥상을 꼬박꼬박 차려 바칠 수밖에 없었다. 그것은 곧 노예적 굴종이었다.

그 시간에도 마찬가지였다. 그 밥상이 마음 내키는 게 될 리 없었다. 결국은 남편과 아이들에 대한 포기할 수 없는 집착 때문에 모든 노여움과 굴욕을 죽을힘을 다해 참아 내려고 애쓰는 것뿐이었다. 아, 내가, 내게 아내 되는 사람과, 내게 자식 되는 사람들에게 참으로 못할 짓을 강요하고 있구나! 착잡할 수밖에 없는 심정으로 아내의 그 모습을 바라보던 나는 조금 뒤 식탁에서 마주 앉게 되었을 때, 마침내 말했다.

「아버지 밥상, 앞으로 내가 들겠소.」

사실은 인생 말년 불구 상태에 대한 예방, 그런 궁리에서 나는 거의 날마다 오후 한때, 집 가까이 있는 초등학교 운동장에 나가 여남은 바퀴씩 달리는데, 그것은 그날 오후 운동장을 돌면서 궁리에 궁리를 거듭하던 끝에 얻어 낸 잠정적 결론들 가운데 하나였다. 그럴 수밖에 없을 듯했다. 이쯤에서도 더, 아내에게 굴종을 요구해서는 안 될 것 같았다.

아내는 두 눈이 뽀꼼해졌다.

「내가 그 소리 해서 화났어요?」

「아니오.」

나는 아내의 눈길을 바르게 마주 받았다.

「나, 당신에게 화내는 거 아니오.」

그다음에 나는 머뭇거렸다. 더는 못 맞겠다는 선언이 그랬던 것처럼, 아버지의 자의를 다스리기 위한 전략적 선택이라는, 그래야 할 것 같다는, 이쪽에도 배알이 있다는 것을 시위라도 해두어야 할 것 같다는, 자식에게 사랑의 매가 필요하듯 어른에게도 그 비슷한 채찍질이 필요하다고 생각한다는……, 역시 예의 잠정적 결론들 가운데 일부인 그런저런 생각들을 표현할 수 없었다.

잠시 뒤, 나는 마침내 표현하려는 뜻을 포기하고 눈길을 돌려 숟가락질을 시작했다. 밥이 모래 같았다. 우울한 식탁이 될 수밖에 없었다. 그나마 아내는 중간에서 숟가락을 지우고 자리에서 일어났다. 나는 그래도 내 몫의 밥을 끝까지 꾸역꾸역 씹어 먹고 있었다. 밥이 위장에까지 이르지 못한 채, 식도를 차곡차곡 메워 나가는 것 같았다. 답답했다. 답답해 미칠 지경이었다.

별안간 거칠거칠하고 우렁우렁한 목소리 하나가 울려오기 시작했다.

'보스, 당신이 먹는 것으로 당신이 무엇을 하는가를 말하시오. 그러면 당신이 어떤 인간인가를 내가 이야기해 주겠소.'

내가 나 자신의 인간적 가치에 대해 의문을 느낄 때, 거의 어김없이 떠오르는, 니코스 카잔차키스의 소설 《그리스인 조르바》의 한 구절이었다.

내 입 안에서 우적우적 씹히고 있는 밥이, 그리고 그 밥을 우적우적 씹고 있는 나 자신의 턱주가리가 갑자기 특별하게 인식되기 시작한다. 내 아랫니는 닳을 대로 닳아, 잇몸과 거의 같은 높이가 되어 있

다. 사람의 몸에서 가장 단단하다는 이가 그토록 닳아빠지도록, 그동
안 그 이로 우적우적 씹어 이 세상 먹을거리들을 허다하게 축내 가
며 무엇을 해왔는가? 작은 것이나마 버젓하게 내세울 수 있는 게 없
을까? 깊이, 샅샅이, 속속들이, 공들여, 생각해 본다. 답은 쉽사리 만
들어지지 않고, 씹히는 밥과 그 밥을 씹는 턱주가리만 차츰 더 특별
해지고 있다.

한껏 늘어진 표정으로 되씹기나 줄기차게 되풀이하는 소가 생각
나고, 주인이 먹이를 가지고 다가가면 요란스레 꿀꿀거리며 덤벼드
는 돼지가 시야에 떠오른다. 그리고 그렇게 살다가 도살장으로 끌려
들어가는 그 짐승들 쪽으로 연상은 이어져 나간다. 비감이 감돈다.
씹히는 그 밥에 또 눈물이 섞이게 될 것 같다. 밥을 먹을 때 더러 느
껴지는 슬픔…….

나는 마침내 '항보옥' 하고 외치는 심정이 되어 숟가락을 지우고
자리에서 일어나 냉장고로 다가가 문을 열고, 마시다 둔 소주병을
꺼내, 서재로 들어가 컴퓨터를 켜고 바둑 사이트를 찾아, 상대를 골
라 바둑을 두기 시작하며, 조그만 유리 술잔에 소주를 따라 홀짝홀짝
마셨다. 우리 가족만은 아니니까. 갈등 없는 가족은 쉽지 않으니까.
노인을 모시는 가정 치고 분란 없는 가정은 없다니까. 하여튼 집집
마다 남모를 사연 한 꼭지씩은 있는 법이니까……. 그렇게 자위해
보려 하지만 그렇다고 달래질 가슴은 아니었다.

몹시 외롭다는 느낌과 매우 슬프다는 느낌이 한데 뒤섞이며 마음
에 고이기 시작한다. 마음이니 하는 게 실재하느냐, 실재한다면 그

게 어디에 있느냐 하는 논란을 귀에 걸친 적이 있는 듯한데, 나의 지각(知覺)대로라면 마음은 왼편 가슴, 심장 언저리에 있고, 외롭다거나 슬프다는 마음의 느낌은 물질적 무게를 간직하고 있다. 이를테면 내가 슬픔이나 쓸쓸함을 느낄 때, 어떤 갈등에 사로잡혀 있을 때, 나의 그 마음은 조금 흐린 가을날 저녁 어스름 무렵의 이내 빛깔로 무거워지면서 더러는 숨 쉬기마저 거북해진다. 그럴 경우, 운명은 어김없이 출동한다. '그게 내 운명인걸 뭐.'

나에게 '운명'이 있다면, 아내에게는 '사는 게 그런 거지 뭐'라는 '체념'이 있다. 아내는 자주 그 말을 하며 입술 언저리에 서글프게 일그러진 웃음 한줄기를 떠올려 머금는다. 그런 건가? 정말 그런 건가? 답이 쉽지 않은 의문이 되풀이되는데, 심금에 익은 또 하나의 소리가, 거나한 술기운마저 섞여 벙긋 웃는 모습으로 뒤따른다. 반세기 전에 이미 세상을 떠난 김상용의 시 〈남으로 창을 내겠소〉의 끝 연이었다. '왜 사냐건/웃지요.' 나는 새삼스레 무거워진 자신의 마음 하나를 또 그런 방법으로 해결을 기도한다. 그러나 물론, 그래 봤자였다.

나눠야 하고, 나눌 수 있는 것을 나누지 못하거나, 나누지 않는 가족을 가족이라 할 수 있을까? 이 글을 읽어 나가면서 비로소 알게 된 것이지만, 그 무렵, 내가 더러 보거나 들었던 것은 실제의 작은 부분뿐이었다. 남편도 나와 형편이 비슷했다. 명색 가족이었지만 우리 부부는 가족에 대하여 사실상 아무것도 모르고 있었다.

2부 오렌지 빛 로프

아버지를 포기할 수 없다.

그래서는 안 된다.

명색 제 아버지를 포기한 채, 제 자식들과 행복한 삶을 어찌 꿈이나마 꾸어 볼 수 있겠는가.

내가 실로 죽을힘을 다해 버텨 온, 어떻게든 버텨 내려 애써 온, 어떻게든 버텨 내야 한다는 다짐을 되풀이해 온, 그 절실한 신념을 포기할 궁리를, 모진 마음먹고 한 번 더 해보려 들 수밖에 없게끔 했던, 참 이상스러운 사건이 또 터진 것은 다음해 5월 초였다. 이번에는 전기장판이 주역이었다. 상숙을 통해 발표된 원색적 비난대로라면 '아버지가 몸이 편찮으셔서 병원에라도 가보려는데 의료 보험 카드를 안 줘서 못 가신다'가 되었던 이른바 '의료 보험 카드 사건'과, 케이블 텔레비전 회사에서 나온 기사의 조작 잘못으로 2, 3일 동안 텔레비전이 나오지 않게 되자 '이제는 텔레비전도 못 보게 한다'로 둔갑하여 한바탕 소란을 일으켰던 이른바 '텔레비전 사건'이 대엿새 간격으로 이 집안을 소란스레 뒤흔든 지 채 두어 주도 지나가지 않은 때였다.

마치 내 인내력을 시험해 보기라도 하려는 것 같았다. 그런데 아버지로 말미암아 일어나는 일들이 거의 모두 그렇듯, 그것도 장면 하나하나를 따지고 보자면, 정서 반응 구조에 따라서는 배꼽을 잡고 숨 넘어갈 듯 웃어젖히고도 남을 만큼 희극적이었다. 그러나 당하는 입장에서는, 적어도 당하는 그 시간에는 당장 혀를 칵 깨물어 버리고 싶을 만큼 심각한 것이 아닐 수 없었다.

그날 늦은 밤, 나는 거실에서 텔레비전 주말 영화 프로그램을 통해 〈샤인〉이라는 영화를 보고 있었다. 벌써 너더댓 번이나 보아 거의 모든 장면과 대사를 외울 수 있는 영화였다. 부모 자식 사이의 갈등을 주제로 한 영화를 볼 때마다 늘 그렇듯, 나는 나도 모르게 영화 속 아버지와 아들을 보며, 아버지로서의 내 모습과 아들로서의 내 모습에 대비시켜 꼼꼼히 견줘 보게 된다. 그 시간에도 마찬가지였다. 자식에 대한 그 아버지의 독단과 전횡과 그에 따른 무자비한 폭행은 되풀이하여 볼수록 더 끔찍하게 여겨졌다. 남의 일 같아 보이지 않았다. 남의 일 같아 보일 수가 없었다.

제 방문을 열고 나온 둘째 민수가 전화기를 들고 와서 불쑥, 내밀었다. 나는 텔레비전 아래, 비디오 플레이어에 붙어 있는 시계를 보았다. 12시 5분 전이었다. 백수가 된 뒤부터 세상과 거의 담을 쌓다시피 지내는 처지였다. 또 누가 죽었다는 소식인가? 그 시간, 나를 찾는 전화라면 그런 것밖에 없었다. 나의 묻는 눈빛에 민수는 소리 없이 '문경 큰고모'라는 입모습만 만들어 보였다. 아이의 표정에도 이미 그렇게 나타나 있었지만 기분 좋은 소리를 듣게 될 것 같지는 않았다. 기분 좋은 소리를 기대해 볼 수 있는 상대도 아니었다. 더구나 깊은 밤이었다. 마음 내키지 않았다. 그렇다고 받지 않을 수도 없었다.

나는 헤드폰을 벗으며 전화기를 받아 귀에 댔다. 텔레비전 화면에서는 아버지 피터가 아들 데이비드를 마구잡이로 두들겨 패고, 데이비드는 어머니와 누이동생을 부둥켜안고 두려움에 떠는 장면이 절박하게 펼쳐지고 있었다. 텔레비전 소리가 들려오지 않았지만 나는 그 장면에서 그 아버지가 미친 듯이 부르짖는 소리를 그대로 들을 수 있었다. '너는 내 자식이다. 아비만큼 너를 사랑하는 사람은 없다. 아비를 미워하지 마라. 그러면 후회한다.' 그것은 바로 아버지가 나를 두들겨 팰 때마다 되풀이하던 소리와 비슷한 문장, 비슷한 울림, 비슷한 빛깔이었다. 눈동자가 튀어나올 듯이 부릅뜬 눈을 중심으로 한, 차갑게 굳은 그 표정마저 비슷했다.

동서양을 막론하고, 그 사회를 지배하는 문화의 빛깔이나 냄새나 울림이나 생김에 관계없이, 자기 자식에 대한 지극한 사랑의 실천을 위해, 자식의 인생을 간섭하지 않으면 안 된다는 신념을 굳건하게 간직하고 있는 아비들은 뜻밖으로 많다. 자기 자식을 죽을힘마저 다해 가며 두들겨 패는 그 힘든 노역을 마다하지 않는 것도 그 신념 덕분이다. 피터도 그런 아비들 가운데 하나였다. 실화를 바탕으로 한 〈샤인)의 아버지와 아들은 결국은 바로 그 신념으로 말미암아, 양편 모두 극단적으로 불행한 인생을 살아가게 된다. 아들은 미쳐 버렸고, 아버지는 그토록 '사랑하던' 그 아들로부터 버림받았다는 배신감에 치를 떨며 적막한 말년을 보내던 끝에 비참한 죽음을 맞이하게 된다…….

「오빠!」

상숙은 이미 격앙 상태였다. 내가 뭐라 대꾸할 틈도 없이 그다음 대목이 튀어나왔다.

「이럴 수가 있어!」

밤이기 때문인가, 새재 너머 먼 도시로부터 걸려 온 시외 전화가 아니라 바로 턱밑에서 걸려 온 전화를 받고 있는 듯했다. 확성기에 귀를 들이대고 있는 것 같은 느낌이 들기도 했다.

나는 상대방의 감정이 치솟아 소용돌이칠수록 몸을 더 사리려 들게 된다. 마주 목청을 돋워 득이 될 게 없다. 그것은 허다한 실험 끝에 얻어진 확고한 경험방(經驗方) 가운데 하나였다. 더구나 그 기승전결이 아무래도 어이없어 보이기만 하는 평지풍파가 줄기차게 이어지고 있는 판국이었다. 이번에는 또 무슨 엉뚱한 제목이 느닷없이 튀어나와 듣는 사람을 기막히게 할 것인가? 내가 몹시 궁금해하며 숨결마저 낮추고 있는데 상대방의 이야기는 이어졌다.

「할 말은 많은데, 우선 한 가지만 이야기합시다. 아버지가 방이 추워서 보일러공을 불러왔는데 쫓아 보내 버리고, 그래서 전기장판을 깔았더니 그 장판을 감춰 버리는 바람에 밤에 추워서 잠을 못

주무신다고 하니, 세상에 이럴 수가 있어! 그까짓 돈 몇 푼 들어간다고. 전기장판 하나 써봐야 한 달에 전기료 3천 원이면 뒤집어써. 아, 3천 원이 아니라 3만 원이라도 노인이 쓰신다면 쓰시게 해야지, 세상에 이럴 수가 있어!」

운명에 기대지 않고는 설명될 수도 없을 또 하나의 날벼락이 우르르 천둥소리를 내며 쏟아져 내리고 있었다. 그런데 상숙의 목소리는 매 음절마다 높아져서 마침내는 제대로 알아들을 수도 없는 상태가 되었다. 여느 때보다 늦은 편인 밤 10시쯤 집에 돌아온 아버지가 그날 문경에 다녀온 듯하다는 게 아내의 짐작이었는데, 결국 아버지의 이번 행차가 또 엉뚱한 사건을 일으키는 근원이 된 것 같았다. 아버지의 요즘 자취는 언제나 그랬다.

나는 그 시간, 상숙의 소리를 듣고 있을 조카애들을 생각하고 있었다. 그 아이들이 받을 수밖에 없을 상처에 대하여. 자신들이 살아갈 세상에 대해 아이들이 부정적인 눈을 갖게 되는 것은 어른들에 대한 실망 때문이라는 주장을 듣고 깊이 동감한 적이 있다. 교직 시절, 문제 학생들을 지도하며 허다하게 경험한 것이기도 했다. 더구나 가까운 집안 어른들에 대한 실망이야 더 말할 나위도 없을 터였다.

아마도 내가 교사였다는 것, 교사였기에 얼마만큼이나마 아이들을 이해하는 입장일 수 있었다는 것, 결국은 그런 조건들 때문이었을 듯한데, 얼마 전까지만 해도 두 누이동생의 아이들에게 '작은 외숙'은 저희 부모에게도 하지 않는 이야기를 의논 삼아 털어놓을 만큼 그럭저럭 괜찮은 집안 어른이었다. 그런데 누이동생들은 되풀이하여 나에 대한 저주 수준의 악담을 그 아이들이 있는 자리에서마저 삼가지 않았다. 아이들이 받을 상처에 대한 털어 내 버릴 수 없는 근심에서 내가 넌지시 그런 뜻을 비쳤을 때 상숙은 또록또록한 어조로 말했다. '아이들도 사실을 알아야 해! 아이들도 알 권리가 있어! 아이들도 다 컸어!'

어느 모로 보나 이전의 상숙이 아니었다. 그래서 상숙의 아이들이 알게 되는 '사실'은 상숙이 주장하는 '사실'이 되고, 그것은 결국 그 아이들에게 지독한 상처거리가 될 수밖에 없었다. 느닷없이 돌출한 이 전기장판 이야기도 마찬가지였다. 나는 동생의 소리를 멈추게 하고 싶었다. 당장 달려가 입이라도 틀어막고 싶었다. 그리고 네게 명색 오라비 되는 사람을 한 달에 돈 3천 원 때문에 제 아비의 잠자리를 춥게 만드는 인간으로 네 자식들에게 인지시켜, 네 자식들이나 너 자신에게 덕 될 게 뭐가 있느냐고 외치고 싶었다.

그런데 내가 끼어들 틈이 없었다. 내가 서둘러 입을 틀어막는 다급한 심정으로 한마디를 잽싸게 끼워 넣으려 하면 상숙의 목소리는 그보다 훨씬 더 잽싸게 높아졌다. '그건 사실이 아니야' 하면, '사실이 아니기는 뭐가 아냐!' 했고, '아버지의 오해나 거짓말……' 하고 시작하려 하면 '뭐가 오해고 뭐가 거짓말이야!' 하고 속사포처럼 쏘아댔다.

측은해 보일 수밖에 없는 모습으로 자기 집을 찾아온 노인의 입에서 그런 이야기들이 나왔으니까 사실 확인 이전에 우선 속이 상할 수밖에 없고, 그러다 보니까 깊은 밤에 전화를 걸어 그렇게 악담이라도 퍼부으려 들게 된 것이리라……. 그렇게 더듬어 보며, 어찌해 볼 수 없다는 심정에서 잠자코 숨을 죽이고 있는데, 드디어 상숙의 결구가 발사되었다.

「하이튼 지금 당장 전기장판 내드려. 나는 젊은데도 추워서 전기장판 깔고 자는데, 구십 노인이 오죽하겠어! 그리고 내 더 할 말은 편지로 할 테니까, 하이튼 오빠, 반성해! 반성하라구!」

하도 높여, 그 끝이 여러 갈래로 갈라져 파르르 떨리는 외침이 울린 다음 전화는 뚝, 끊어졌다. 말 한마디마저 제대로 끼워 넣어 보지도 못한 채 하도 호되게 당하던 끝인지라 귀가 먹먹하기까지 했다. 둘째와, 잠자리에 들어갔던 아내까지 거실로 나와 나를 바라보고 있었다. 아내도 그렇지만 둘째는 이미 볼이 잔뜩 부어오른 상태였다.

「뭐야? 무슨 소리야?」

아내는 어느덧 치솟아 있는 짜증을 억제하려 애쓰는 빛이 되어 물었다.

「가서 주무쇼. 백날 이야기해 봐야…….」

「무슨 일인가 알아야 자든가 말든가 할 거 아냐?」

아내의 목소리에 날 선 결기가 실리기 시작했다.

나는 일단 물러서 보기로 했다.

아버지의 경우, 스치는 한 줄기 의혹이 확신이 되는 것은 그야말로 순식간이다. 그 확신은 거침없이 표명된다. 그때마다 도둑을 앞으로 잡다가 낭패를 당하는 식의 참혹한 실수는 정해진 순서나 마찬가지였다. 아버지가 되풀이하는 또 하나의 좌우명인 '말은 느리게, 행동은 민첩하게〔訥言敏行〕'는 그런 실수에 대한 성찰 때문일 터인데, 그런데도 실수는 일생 동안 실로 줄기차게 되풀이된다. 타고난 성품이란 정말 어쩔 수 없는 것일는지도 모른다. 그러므로 그야말로 알아봤자였지만 그래도 알아보기는 알아봐야 할 것 같았다. 왜냐하면 모든 것을 포기하지 않는 한, 어쨌거나 벌어진 판은 수습해야 했고 수습을 위해서는 우선 그 원인을 알아야 할 것이기 때문이다.

'보일러공을 쫓아 보내 버리고'는 짐작해 볼 수 있을 것 같았다. 지난해 초겨울이었다. 아버지는 외출에서 돌아오면서 아파트 관리실의 보일러 기사를 뒤에 달고 왔다. 웬일로? 내가 의아스러워하고 있는데, 투박한 인상의 보일러 기사는 다짜고짜 거실로 들어와 중앙난방식 난방 밸브 박스를 열어 보고 나서 곧 도로 닫은 다음 다시 현관으로 내려가 신발을 신기 시작했다.

나는 문 밖으로 그 사람을 따라 나가며 물었다. '무슨 일인가요?' '할아버지가 당신 방만 춥게 해놨다고 와서 봐달라고…… . 그런데 각 방으로 가는 배관의 밸브들은 다 열려 있었어요. 남 바쁜데 괜히…… .' 그 사람은 거친 표정으로 투덜거리며 엘리베이터 안으로 들어갔다. '아, 이거 미안합니다.' 나는 그 사람을 향해 허리를 굽혀 보였다. 그 뒤 며칠 동안 알게 된 것이었는데, 노인은 경비실과 아파트 관리 사무소를 두루 돌아다니며 같은 불만을 표명했다. 아들과 며느리에 대한 비방 행각이었다. 그러자 관리 사무소에서는 기관실의 보일러 기사를 불러 노인과 함께 현장에 나가 보도록 한 거였다. 그러니까 그 장면이 '보일러공을 쫓아 보내 버리고'로 둔갑한 것 같

은데, 그렇다면 '전기장판을 감춰 놓고'는 어느 대목인가? 내 이야기
를 들은 아내는 어이없어하는 표정부터 지어 보였다.

「청소하고 나서 이불이랑 전기장판이랑 모두 개서 침대 위에 포개
놓았는데 무슨 소리야.」

아내는 당장 노인 방으로 쫓아 들어갈 태세였다.

「그만두쇼.」

「전기장판 당장 내드리라고 했다면서?」

「그만두라니깐!」

내가 고압적으로 목소리를 조금 높이자 둘째가 먼저 반응을 보여
팽 소리를 내며 돌아서서 제 방으로 들어갔다. 문이 거칠게 닫히는
소리가 내 가슴을 쿵 쳤다. 자격지심일 수도 있겠지만, 그 소리는 집
안 풍파에 대응하는 내 처신에 대한 또 하나의 항의 같았다.

「아이구, 세상에, 감추기는 뭘 감춰. 그리고 다 여름에 전기장판은
무슨 전기장판이야, 아이구, 세상에……。」

아내가 투덜거리며 지어 보이는 아예 신물 난다는 표정도, 내 눈
에는 오금 박기로 읽혀졌다. 안팎곱사둥이로서의 난감함을 한 번 더
느껴야 하는 시간이었다.

'갈치 이야기'가 생각났다. 내가 교직에 있던 시절의 일이었다. 몇
해 선배가 되는 교사 하나가 어느 날 기가 딱 막힌다는 표정이 되어
나를 붙잡고 하소연했다. '갈치를 사다가 저희들끼리만 먹고 나는 구
경도 시키지 않는다.' 한집에서 모시고 있는 자기 아버지가 보낸, 이
런 내용의 편지를 받고 일제 공세를 취한 누이동생들과, 이불을 뒤집

어쓰고 누워 버린 자기 아내 사이에서 겪게 되는 난감함에 대한 거였다. 누이동생 하나는 주캐나다 한국 대사관 영사의 아내인데, 비싼 돈이 들어가는 국제 전화로 자기 아내를 향해 장장 40여 분 동안이나 악담을 퍼부었다 했다. 그런 류의 풍파가 어제오늘의 일이 아니라 하면서 그 선배는 몹시 절박해했지만 나로서는 도무지 믿어지지 않았다. 그 선배의 아버지는 중학교 교장까지 지낸, 말하자면 '지각 있는 어른'이었고, 영사급 고급 외교관의 아내라는 것으로 보아 그 누이동생도 상당한 교육을 받은 사람 같았다. 아무리 둘러 생각해 봐도 그런 사람들이, 설령 그게 사실이라 할지라도 그런 소리를 냈을 것 같지는 않았다. 그 선배는 아득한 표정이 되었다. '아무도 믿어 주지 않습니다. 사실 제정신이라면 누가 그 이야기를 믿겠습니까? 그 바람에 더 환장하겠습니다.'

아닌 게 아니라 나는 그 시간, 환장하고도 남을 듯한 상태였다. 그 사실을 아무도 믿어 주지 않을 사건이 잇달고 있다는 것 때문만은 아니었다. 누구에게 하소연조차 해볼 수 없었다. 제 얼굴에 침 뱉기는 오히려 약과였다. 구경하는 사람에게 남의 집 불이란 클수록 더 볼 만한 것일 수밖에 없었다. 아마도 '갈치 이야기'에 대해 내가 그랬을 듯하게, 우리 집안 이야기란 듣는 사람에게는 파적거리에 지나지 않았고, 그런 목적이라면 더 한심한 것일수록 더 들을 만할 거였다. 저런, 하고, 딱해하는 것은 겉치레뿐이라는 것을 읽어 내는 일은 어렵지 않았다. 그리고 또 부모 자식 간의 갈등에서는 역시 자식이 거의 무조건 매도의 대상이 된다. 그게 우리네 '고유의 미덕'이었다. 벙

어리 냉가슴 앓듯 한다. 그런 표현이 있지만, 내가 처한 입장이란 그 야말로 벙어리 냉가슴 앓기였다.

나는 또 도망치기라도 하려는 것처럼 텔레비전 쪽으로 눈길을 돌렸다. 〈샤인〉은 막바지에 접어들고 있었다. 데이비드는 길리언과 결혼했고, 생애 첫 연주회를 감동적으로 성공시켰고, 아버지 피터의 무덤을 찾아갔고……, 그리고 그들 부부는 피터의 무덤을 참배한 다음 수많은 묘비들 사이를 걸어가며 아득히 사라져 가는 사이에 영화는 끝난다. 나는 데이비드가 그 장면 다음에서나마 모든 것을 이해할 것처럼 품이 넓어 보이는 그 여자, 길리언과 함께 행복한 생애를 살아갈 수 있게 되기를 바랐다.

자문 하나가 반짝 고개를 들었다.

그가 과연 행복할 수 있을까?

아무래도 제정신이 아닌 듯한 상태에서 데이비드는 언뜻 행복해 보이지만, 그게 과연 행복일까? 행복이라 할 수 있을까? 선뜻 고개가 끄덕거려지지 않았다.

내 연상은 조금 더 나아간다. 데이비드에 대한 피터의, 그리고 형에 대한 아버지의 익애와 그 결과가 견줘졌다. 데이비드와 형은 그 아버지의 남다른 익애에 의해 마침내는 망가진 생애를 살아가게 되었다는 면에서는 비슷한데, 어느 편이 자기 아버지에 의해 더 많이 파괴당했다 할 수 있을까? 현실적인 면에서 보자면 형은 자기 아내와 아이들로 구성된 가정을 확보하고 있는데 견줘 데이비드는 아무것도 없다. 그렇다고 하여 형이 낫다고 생각되지는 않았다. 타고난 재능 면에서 보자면 형은 아무것도 이루어 내지 못한 데 견줘 데이비드는 뒤늦기는 했지만 첫 연주회에서 청중이 그와 함께 흘린 눈물로 본다면, 성공했다 할 수도 있을 듯했다. 그런데 역시 그렇다고 하여 데이비드가 낫다고 할 수는 없을 것 같았다.

그런 야릇한 저울질 끝에 내가 다다른 비교적 확실한 결론 하나는, 문화적 토양이나 전통에 관계없이 '아버지'라는 존재는 그 자식에 대해 생태적 문제점을 안고 있는 것 같다는 것이다. 비단 데이비드의 아버지나 내 아버지만의 일은 아니었다. 주변을 둘러보면 그 자식에게, 특히 아들 되는 사람에게, 긍정적인 아버지는 많지 않다. 왜 그럴까? 왜 그럴 수밖에 없는 것일까? 그렇다면 나는 셋이나 되는 내 아들들에게 어떤 존재이며, 어떤 존재일 수 있을까? 나의 의문은 그렇게 끝도 없이 이어져 나가고 있었다. 암담했다.

'가족에 대한 우리의 전통적 의식이나 인식, 제도는 가족 모두를 피곤하게 한다. 개인주의 사조가 더 일반화되어 가면서 이런 현상은 더 심화될 수밖에 없다. 대안은 쉽지 않다. 전통은 쉽사리 바뀔 수 있는 게 아니기 때문이다.'

어느 글에선가 읽은 이 대목이 문득 생각난다.

그렇다면 그 피곤은 감수할 수밖에 없는 것인가?

의문이다.

의문인 채 남겨 둘 수밖에 없는가?

난감한 느낌.

나는 고개를 갸웃거려 보며 또 시아버지의 고백 쪽으로 눈길을 옮긴다.

그날 밤은 나에게 또 하나의 잠 못 이루는 밤이 되어야 했다. 잠을 이룰 수가 없었다. 아버지가 적어도 어머니에 대한 마지막 폭행만은 참회해 주기를 바라고 있었던가? 그랬을는지도 모른다. 왜냐하면 그 폭행 일주일 뒤에 어머니가 운명했으니까. '무릇 인간이라면' 적어도 참회, 그 비슷한 무엇이라도 있을 수밖에 없을 것 같았으므로. 그런데 아버지는 참회는커녕 오히려 이전보다 더 적극적으로 집안 풍파나 일으키고 다녔다. 아버지에 대한 노여움은 더 적극적인 게 될 수밖에 없었고, 더불어 어머니의 마지막 상처에 대해서는 어떤 형태로든 좀 따져 보아야겠다는 모진 다짐도 되살아나 되풀이될 수밖에 없었다.

그러나 그야말로 그래 봤자였다.

그 모진 다짐의 상대는 다른 사람이 아니라 바로 내 아버지였다. 그 사람을 상대로 따져 볼 수도 없었고 그 사람을 고발하거나 할 수도 없는 일이었다. 그렇다고 그 일을 잊게 되지도 않았다. 더러는 아닌 게 아니라 치가 떨리기까지 했다. 그래도 그 '치'를 악물고 참는 수밖에 없었다. 그리고 또 어떻게든 잘 모셔야 했다. 아버지에 대한 자식의 사랑이 아니라 용에 대한 마을 사람들의 두려움이었다. 그 심술궂은 용으로부터 엉뚱한 해코지를 당하지 않기 위해서는 어떻게든 그 용을 잘 모셔야 했다. 그렇게 안간힘 쓰다 보면 결국은 포기나 체념에 의해 또 그럭저럭 시간을 줄여 나가게 되곤 했다. 내가 살아 내지 않으면 안 되는 그 시간들을. 그런데 아버지의 어떤 자취가 또 거센 풍파를 일으킬 때는 묵은 병이 도지듯, 그 노여움이 생생하게 되살아났다.

그 밤에도 꼭 그랬다.

상상만으로는 나는 이미 아버지에 대해 폭행을 감행하고 있었다. 어쩌면 그 이상이었을는지도 모른다. 수억에 달한다는 온몸의 세포는 총궐기 상태였다. 나는 패륜이라는 사회적 지탄을 향해 코웃음을 흩날리고 있기나 했다. 잠을 이룬다는 것은 아예 불가능했다. 바깥에서 차량들 달리는 소리가 소란스러워지기 시작할 무렵에야 겨우 잠, 비슷한 상태에 빠져 들어간 것은 아마도 피로 때문이었을 듯한데, 나는 그 비몽사몽간에 또 아버지와 드잡이를 벌여 대고 있어야 했다. 내가 그 칙칙한 흉몽으로부터 깨어난 것은 아마도 관성 때문이었을 것이다. 노인의 밥상 시중을 들기로 한 뒤부터 늘 일어나야 하는 그 시간이 되면 내 눈은 그렇게 저절로 떠졌다. 주방으로부터 덜거덕거리는 소리가 들려오고 있었다. 일어나야 했다. 앉은뱅이 화장대 위에 있는 시계를 보았다. 아버지 밥상 시중을 들어야 할 시간이었다.

아버지 밥상 시중을 들겠다는 내 자청에 대해 아내는 누가 하나 마찬가지라며, 내가 할 바에야 차라리 자신이 하는 게 낫다고 우겼다. 그러나 나는 이렇게 된 판국에서까지 아내에게 결코 마음 내키지 않는 것일 그 짓을 계속하도록 내버려 두고 싶지 않았다.

사랑하지 않는 사람들을 위해 밥상을 차려야 할 때 여자는 노예일 수밖에 없고, 사랑하지 않는 사람을 위해 몸을 열어야 할 때 여자는 창녀일 수밖에 없다.

어느 책에선가 읽은 이런 구절을 잊지 못하는 나는 아내를 노예나 창녀가 되도록 해서는 안 된다는 생각을 되풀이해 왔다. 그러나 적어도 이때까지는, 아내는 노예일 수밖에 없었다. 왜냐하면 아버지의 절대 권력이 행사되는 체제 아래에서 겉꾸밈으로나마 평화가 유지되기 위해서는 그 치하에 있는 사람들은 노예가 되지 않으면 안 되기 때문이었다. 으뜸 노예이던 어머니에게 아버지는 그대로 하늘이었다. 아버지에 대한 비판이 전제된 상현의 신랄한 진단이었지만, 어머니의 그런 숭배는 아버지의 나쁜 버릇을 조장했다.

내가 상현의 진단에 맞장구쳐 항의처럼 그런 이야기를 할 경우, 어머니의 대답은 정해져 있었다.

'그래만 어예노. 어느 한쪽이라도 져야지. 둘 다 이길라고 하만 집안 꼴이 머가 되노?'

'왜, 언제나 어머니만 지세요?'

'그래만 어예노. 아부지는 질라고 안 하는데? 아부지가 어떤 양반인데 남한테 질라고 하시겠노?'

그것으로 모자간의 대화는 더 나아갈 수 없었다. 어머니는 더 나아가 자기 자식들과 며느리들에게 노예가 될 것을 강요했다. '그래도 아부진데.' 이것이 어머니가 내세우는 조건이었다. 거기서 조금 더 나아가면 어머니는 몹시 노여워했다.

'그래도 아부진데.'

그것은 절대적이었다.

비판은 물론 단서마저 용납될 수 없었다.

아내는 그런 율법을 포기하지 않는 어머니의 마음에 쏙 드는 며느리 노릇을 해왔다. 노예일 수밖에 없었다. 그러나 이제 더 이상은 안 된다. 나는 그렇게 다짐하며 기어코 노인의 밥상 시중을 들기 시작했고, 더 나아가 마음 내키지 않는 문안 인사 따위는 하지 않아도 좋다고 아내에게 이야기했다. 그러자 아내는 기다렸던 것처럼 아침 문안 인사며, 아버지가 들고날 때 내다보는 것마저 집어치워 버렸다. 그 바람에 아내와 아버지는 한집에 있으면서도 사실상 얼굴을 보지 않는 상태가 되었다. '무릇 인간이라면'으로부터 비롯된 이른바 '도리'라는, 그 허울을 무고한 사람이나 잡는 족쇄나 차꼬로서 혐오하는 나는 뒤늦게나마 적어도 그 족쇄와 차꼬로부터 아내를 해방시켜 주고 싶었다. 꼭 그래야 한다고 생각했다.

뒷골이 몹시 무거웠고 어지럼증이 일었다. 단골 꾀병 증세는 아닐 듯했다. 모든 것을 단호하게 무릅쓰는 마음으로 일어나다가 나는 실제로 휘청했다. 단순한 불면이 아니었다. 나는 밤새 고문 상태였다. 내 상대는 사람이 아니라 패륜이라는 방패를 앞세운 이른바 도덕이었다. 도덕. 도덕이 나를 고문했다. 참 기막히게도, 이 세상에서 단 하루도 실천된 적이 없다는 유교적 도덕은 나로서는 그 크기도 짐작해 볼 수 없을 만큼 거대한 체계였으며, 당연히 무적이었고, 전능했다. 그 도덕의 고문 앞에서 나는 속수무책이었다. 녹초가 될 만큼 지칠 수밖에 없었다. 두 손으로 방바닥을 짚어 잠시 동안 뇌의 평정을 도모한 뒤에 천천히 몸을 일으켜 세우고 옷을 갈아입었다. 아버지 밥상 시중을 들고 나서 또 눕든가 하자……. 나는 좀 비장해졌지만 곧 마치 시치미를 뚝 떼기라도 한 듯한 얼굴이 되어 방문을 열고 거실로 나갔다. 잠을 이루지 못하기는 아내도 비슷한 형편이었던 것 같았다. 부석부석한 얼굴이었고 화가 아직 풀리지 않은 표정이었다. 역시 자격지심 때문일 수도 있겠지만, 나는 그 시간, 아내로부터 적의를 느꼈다.

그랬기에 사랑방에서 우렁우렁 울려 나오는 텔레비전 소리는 귀에 더 거슬렸다. 아버지는 또 하나의 심술을 멋지게 성공시킨 용의 포만감에 기분 좋게 잠겨 있는 것 같았다. 나는 사랑방에 쳐들어가 텔레비전 소리를 죽이는 것으로부터 시작하여 용의 역린이라도 냅다 건드려 버리고 싶었다. 양편 관자놀이가 달아올랐다. 결이 오를 때 이는 단골 증세였다.

그러나 나는 아내가 차려 놓은 밥상을 들고 공손한 걸음걸이로 사랑방으로 들어가 아버지 앞에 놓으며 노인의 표정을 힐끔 살펴본 게 고작이었다. 포만감을 역겨워해서는 안 된다. 포만감에 잠겨 있는 바람에 잠깐이나마 누릴 수 있게 된 평화를 다행스러워해야 한다. 건드려 덕 볼 게 없다. 나는 용과 서로 맞서 버티고 있는 마을 사람들의 조심스러운 마음새가 되어 그렇게 나 자신에게 일렀다. 아버지는 지난밤의 일은 이미 까맣게 잊은 듯한 표정이 되어 밥상을 조금 당기고 숟가락을 들어 국물을 한 모금 떠 마시는 것부터 시작하여, 자신의 가련한 신민(臣民)이 끄기 어려운 불충의 마음을 어떻게든 끄려 애쓰며 지어 바친 음식을 들기 시작했다.

나는 그 방에서 물러 나와 비로소 참고 있던 긴 숨을 내쉬었다. 이렇게 해서 또 하나의 상황을 끝냈다, 하고 생각하며. 이제 또 당분간이나마 평화를 누릴 수 있겠지, 하는 서글픈 기대를 하며.

그런데 아내에게는 '또 하나의 상황을 끝냈다'가 아니었다. 내가 내내 그렇게 무거운 뒷골의 증세에 순종하여 안방에 들어가 자리에 눕는 대신, 아침을 먹는다고 먹고, 사랑방에서 밥상을 내온 다음 거실 소파에 엉거주춤 앉아 건성으로 신문을 뒤적거리며, 아내와 둘째의 기분을 대충이나마 수습해 줄 방법을 궁리하고 있는데, 아내는 주방에서 나타나 사랑방으로 향하고 있었다.

대뜸 신경이 곤두세워진 내가 곁눈 시야로 보자니까, 아내는 뭔가 옹근 다짐을 되풀이하고 있는 듯한 걸음새였다. 한바탕 부딪치고야 말 듯했다. 말리고 싶었다. 말려야 한다고 생각했다. 그런데 말릴 수 없다. 나는 그렇게 나 자신에게 일렀다. 아내의 주권에 대한 민주적 고려 때문이 아니라, 말릴 경우에 일게 될지도 모를 부부 갈등에 대한 두려움 때문이었다. 부부 갈등은, 그 폭발은, 나로서는 가장 두려워해야 할 것들 가운데 하나였다. 이런 판국에 부부 싸움까지 벌이게 된다면 그야말로 정말 가관일 것이므로.

아내의 모습이 내 시야를 벗어나 사라졌다. 곧 사랑방으로부터 내가 잘 알아들을 수 없는 두어 마디 대화가 흘러나왔고, 이어 아내가 내 곁눈 시야에 다시 나타났다. 이제는 아내를 바라보아야 할 것 같았다. 나는 신문으로부터 눈을 떼고 고개를 들어 아내를 바라보았다. 그래 봤자 그 짧은 시간 동안, 아내의 얼굴은 이미 시퍼레져 있었다. 또 숨이 막히고도 남을 말씀을 자신의 청각에 받들어 모시게 된

게 틀림없어 보였다.

「왜?」

나는 물어봤자 하는 심정이면서도 그렇게 반응을 보일 수밖에 없었다. 아내가 물어 주기를 기다리는 것 같아 보였으므로.

「전기장판 이야기를 꺼냈더니, 전기장판이라니? 무슨 말이냐? 내가 언제 전기장판 썼냐? 그러시네. 아이구, 참…….」

아버지의 그 몇 마디 말씀은 아내의 전의를 단박에 꺾어 버릴 만큼 강력했던 것 같았다.

「……그러신다구 돌아서 나오면 어떻게 하쇼. 그래도 말씀을 드려야지. 오해를 오해 그대로 놔둘 수는 없지 않소.」

더러 경험하게 되는 바이지만, 마음에도 없는 말이 입 밖으로 나간다. 그 시간에도 그랬다.

「그러시는데 뭐라구 해? 그렇게 말씀하시는 어른을 향해 내가 뭐라구 해?」

당신 아버지, 어째서 만날 저 꼴이야! 저 꼴을 언제까지 보고 있을 거야? 언제까지 보고 있으라는 거야? 아내가 이렇게 들이대는 듯했다. 내뺄 구멍조차 없는 궁지에 몰린 듯한 난감함이 나를 또 형편없이 오그라뜨렸다.

단지 아내의 그런 공박에 대응하기 위해서라도 움직여 보아야 할 것 같았다. '더도 말고 방배동 아주버님 하는 대로만 하세요!'라는 그 기상천외한 오금 박기가 또 발동될는지도 모를 일이었다. 그런데 움직여지지 않았다. 움직일 수가 없었다. 이제는 고정관념처럼 되어 버린, 언어의 효용에 대한 의문 때문만은 아니었다. 아버지를 상대로 할 경우, 내가 입을 열면 켜켜이 쌓여 마구 들끓는 묵은 감정들을 다스려 내지 못해 격한 발언을 하게 되고, 그것은 틀림없이 후회로 이어진다. 허다한 실패를 바친 경험치였기에 이 공정에는 예외나 오류가 있기 어려웠다. 최선책은 침묵이었다. 오랜 경험을 통해 체득한 '비방'인 그것이 집안 풍파에 대응하는 유일한 전략이었다. 어금니를 하도 악물어 아래턱뼈가 아프도록, 죽자고 참아 내야 했다. 그밖에는 그야말로 속수무책이었다. 움직일 수가 없었다.

그런데 아내의 노려보는 눈길은 내 눈동자 언저리에 붙박여 있는 채였다. 내 속내를, 격랑뿐 아니라 작은 일렁거림까지를, 낱낱이, 샅샅이, 속속들이, 헤아리고 있는 듯했다. 그리고 더 나아가 마구 다그치듯 채찍질하고 있는 것 같았다. 짜증이 일었다. 미안해할지언정 짜증을 내서는 안 된다고 생각하는데도 짜증은 부쩍 가팔라졌다. 뜨거운 덩어리 하나가 목젖 언저리에서 육중하게 꿈틀거리기 시작했다. 어쩌면 이상스러운 부부 싸움이라도 기어코 시작되고야 말 것 같은 순간이었다.

그때 둘째가 제 방으로부터 갑자기 모습을 드러내 사랑방을 향했다. 거친 걸음새였다. 쟤가 왜? 서둘러 말리고 싶었지만, 나는 그런 자신을 또 꾹 눌러 앉혔다. 역시 아이의 주권에 대한 민주적 고려 때문이 아니라 말릴 권리나 염치가 결여된 데 대한 심각한 자각 증세가 나로 하여금 그렇게 할 수밖에 없게 했다.

할아버지와 손자 사이에 무슨 말들이 오고 갔던가? 아버지는 그래도 손자들은 좀 어려워한다. 아마 그런 효과가 또 있었던가 보았다. 조금 뒤에 둘째는 사랑방에서 나와 무선 전화기를 들고 사랑방으로 다시 들어갔다. 내가 둘째의 눈자위에 얼룩져 있던 눈물 기운에 대한 미안함을 곱씹어 보고 있는데 노인의 목소리가 들려왔다.

「전기장판 여게 있다. 내가 오해를 했다. 미안하다.」

둘째가 그렇게 요구를 했고 그래서 아버지가 상숙에게 해명 전화를 하는 것 같았다. 둘째는 다시 사랑방에서 나와 전화기를 제자리에 놓은 다음에 팽 소리가 나는 뒷모습을 보이며 제 방으로 들어갔다. 아내의 콧구멍에서 거친 숨결이 푹푹 내뿜어지고 있었다. 역시 자격지심일 수도 있겠지만, 내 느낌에 그것은 답답함의 표현이기보다는 나의 불민함에 대한 타박이나 아예 야유 같았다. '언제까지 저 꼴을 보고 있을 거야'라든가, '당신 아버지, 어째 저 꼴이야?'라는. 나로서는 할 말이 있기 어려웠다. 비단 그 장면에서만은 아니었다.

어머니 사후에, 아버지와 동생들은 상숙이 올라와 상현의 집에서 만나거나, 상현과 아버지가, 때로는 아버지 홀로 문경으로 내려가 상숙의 집에서 모이곤 했다. 그런데 그런 만남은 우리 부부에게 알려지게 될 수밖에 없었다. 처음처럼 그 자취가 우리 집 누군가의 눈에 띄는 경우가 아니라면, 그런 모임으로부터 우리 부부를 향한 어떤 공격이 시작되기 때문이었다. 그러니까 우리 부부의 '비행'을 아버지가 동생들에게 고자질하는 기회가 되는 셈인 그런 모임이 있었다 하면 그다음에는 상숙으로부터 전화로든, 편지로든 악담이 날아왔다.

상숙은 우리 부부와 적대 관계로 대치하고 있는 상대 진영의 대변인 격이었다. 아버지는 한집에 있고, 상현도 우리 집에서 걸어 10여 분 거리 저쪽에 살고 있었지만, 그들의 의견은 그렇게 멀찌감치 돌아 문경의 상숙을 통해 전해져 왔다. 그 모든 상황의 주역은 아버지였다. 그런데도 아버지는 우리 집에 돌아와서는 시치미를 뚝 뗀 채, 그렇게 해서 벌어진 상황을 바라보고 있기만 했다. 아버지는 마치 그런 상황을 소일 삼아 즐기기라도 하는 듯 보였다. 그랬기에 더구나 아내로서는 속이 더 뒤집힐 수밖에 없었다.

그런저런 장면에서 우선 치밀어 올라오는 부아대로라면 단지 그 부아 풀이를 위해서라도 한판 벌여 버리고 싶은 충동은 억제하기 어려울 정도였다. 그런데도 나는 그렇게 턱뼈에 힘을 밀어 넣은 채 죽자고 입을 다물고 있기나 하는 게 고작이었다. 입을 열어 봐야 이쪽 부아만 더 치밀어 오르게 되기 때문이었고, 또 어머니의 당부대로라면 '어느 쪽이든 져야지, 양쪽 다 이길라고 하만 집안 꼴이 뭐가 되노'였기 때문이었고, 또 그것들보다 더 중요한 것은 예의 폭행 충동에 대한 두려움 때문이었다.

만일 아버지에 대한 폭행 충동을 억제하는 데 실패하게 된다면 그것은 그대로 끝장을 뜻한다. 생존을 포기하지 않는 한, 최소한 그 선은 어떻게든 지켜 내야 했다. 그래서 나는 그때마다 참으려 했고, 더불어 아내의 부아도 여러 전술로 억눌러 버리려 들곤 했는데, 둘째까지 끼어들게 된 그 장면에서는 최소한 노인에게 다가가 뭐든 항변하는 시늉이나마 지어 보여야 할 듯했다. '의료 보험 카드 사건'이나 '텔레비전 사건' 때만 해도, 홀로, 그 자조조의 '흐!' 소리나 내고 있던 나를 향해 아내는 아무 말도 하지 않았지만, 그다음 며칠 동안 내가 느낄 만큼은 침묵시위를 벌였다. 확전(擴戰)은 두려워해야 마땅할 것이었지만 이제는 예상되는 모든 두려움을 무릅쓰고 아내와 아들에게 정말 약간의 성의나마 보여야 할 것 같았다.

나는 결코 감정을 헝클어뜨리거나 하지 않으리라 굳게 다짐했다. 그러면서도 사랑방으로 들어가는 내 마음새는 '마침내 진격'하고 있는 것처럼 비장했다. 바퀴가 달린 안락의자에 깊숙이 앉아 텔레비전을 보고 있던 아버지는 나를 향해 물론 눈길조차 돌려 주지 않았다. 아버지가 자신의 오해로 말미암아 인 풍파에 대해 조금이나마 면구스러워하고 있을 것을 기대했던가. 더구나 손자까지 무대에 등장했으니까 그럴 수밖에 없으리라. 내가 잠재적으로나마 그런 기대를 했을 가능성은 컸고, 그것이 오랜만에 마침내 진격을 감행할 수 있었던 심정적 근거일 수도 있었다.

그러나 그것은 역시 나의 오산이었다. 아버지는 편안해 보이기나 할 뿐이었다. 면구스러워함은 이제 내 몫이 되어야 했다. 사랑방의 텔레비전은 언제나 소리가 높다. 거실에서도 그 소리를 가려 알아들을 수 있을 만큼. 텔레비전 소리가 다른 사람들을 방해하지 않도록 하기 위해 우리 가족들은 아이들이 어린 시절부터 헤드폰을 이용하고 있는 처지이기에 그 소리는 더 크게 들릴 수밖에 없었다. 소리 좀 줄여 주세요 하는 몇 차례 간청은 끝장에는 '늙은이 테레비도 못 보게 한다'는 공격적 험담으로 되돌아왔다. 그 시간에도 텔레비전 소리는 대화가 어려울 정도였다. 나는 우선 텔레비전 소리를 조금 줄였다. 그래도 아버지가 눈길을 돌려 주지 않기는 마찬가지였다. 실패가 확정되어 있는 셈이었다. 그런데도 나는 미리 구상하여 퇴고를 거듭한 문장을 입술 밖으로 내밀었다.

「자식들이 싸움을 해도 말리셔야 될 텐데, 이런 식으로 자꾸 싸움을 붙이고 다니시면 어떻게 합니까?」

그 몇 마디 말을 하기 위해서도 나로서는 죽을힘을 다해 치솟는 속을 억눌러야 했다. 아버지는 곧 대꾸했다. 눈길은 그대로 텔레비전 화면에 머물러 둔 채였다.

「나는 내가 느낀 그대로 이야기했을 뿐이다.」

조금도 마음 켕겨하지 않는 어조였다. 그 몇 마디는 역시 나의 전의를 단박에 꺾어 버리고도 남을 만큼 강력했다. 나는 급소를 치받친 듯한 느낌이었다. 그다음에 무슨 말을 해야 할까. 생각해 낼 수 없었다. 아버지는 곧 리모컨을 들어 텔레비전 소리를 부쩍 높였다. 끝났으니 나가라. 그렇게 명령하고 있는 듯한 그 시간에 아버지는 어김없이 심술궂은 용의 모습이었다. 그 모습 위에 어머니의 마지막 모습이 겹쳐졌다. 볼에 해삼 모양의 시퍼런 상처가 새겨져 있는 바로 그 모습이었다. 나는 그 모습을 떠올릴 때마다 피가 역류함을 느낀다. 세월이 흘러가도 지워지지 않을 노여움이었다. 영원히 지워질 수 없을 듯했다. 이번에는 내 얼굴이 시퍼레져야 할 차례였다. 그 시간, 내가 다시 입을 연다면, 아무리 억제한다 해도 욕설에 가까운 것들밖에는 달리 발사될 게 없었다. 또 내가 그 지점에서 한 발이나마 더 나아갈 경우, 상상만으로도 끔찍한, 예의 폭행 충동에 치받치게 되기 십상이었다.

상숙의 지적에 의해 섬뜩하게 자각된 나의 잔인성은 차츰 더해지고 있었다. 다른 대상도 아닌 바로 내 아버지에 대하여. 지난날 내가 폭행당한 것을 알게 될 때마다 상현이 분개한 표정으로 내뱉곤 하던 그 소리, '오빠도 마주 때려! 죽지 않을 만큼만 패! 그래야 버릇을 고치지! 엄마나 오빠가 맞고만 있으니까 아버지 버릇을 고치지 못하는 거야!' 나는 그 소리를 끔찍스러워하기만 했다. 그런데 마주 폭행하고 싶은 충동은 날이 갈수록 더 치열해졌고, 마침내 그 패륜의 폭행은 시작되고야 말 듯했다.

아버지니까 어쨌거나 존경하고 사랑해야 한다는 '고유의 미덕'을 사수하려 애쓸수록, 그리고 또, '아이들의 미래를 포기하지 않는 한, 그것이 잘된 것이든, 잘못된 것이든 기왕의 질서는 존중할 수밖에 없지 않아? 그리고 그것을 부정하기로 할 경우, 가정의 평화라는 것은 불가능한 걸 어떻게 해?' 하고 자신을 타이르려 할수록, 그런 충동은 오히려 더 가팔라져 가는 형편이었다. 그리하여 마침내는 폭행을 기어코 감행하게 되고야 말 듯했다. 이런 극심한 위기감은 어머니 사후에 아버지와 상숙 자매의 합작 공격이 되풀이되고, 더불어 어머니에 대한 마지막 폭행으로 말미암은 예의 노여움이 날이 갈수록 오히려 더 벌게지면서 차츰 더 높아지는 중이어서 요즘 거의 막바지에 이른 것 같았다. 그리고 그 순간, 나는 사실 지난 세월 그 어느 때보다 더 격렬한 폭행 충동을 느끼고 있었다.

그런데 나의 이른바 이성은 적어도 아직은 시퍼렜다. 어쩌면 그것은 이성이 아니라 단지 상전을 향해 눈꺼풀을 추켜올리는 것조차 조심스러워하는 노예근성 때문이었을는지도 모른다. '무릇'에 속속들이 길들여져 있는 인간의.

폭행은 물론 폭언도, 사소한 불손마저, 어쨌든 피해야 한다. 어떻게든 파국은 막아야 한다. 역시 아이들을 잊어서는 안 된다. 그 아이들의 미래를 포기해서는 안 된다. 그것들은 그래 봤자 퇴각을 위한 빤한 핑곗거리에 지나지 않는 것이었을는지도 모른다.

나는 악문 아래윗니에 새삼 힘을 밀어 넣으며 사랑방에서 물러 나왔다. 아버지가 끙 하는 소리로 내 뒤통수를 지짐질했다. 그것은 '이놈, 내가 참고 있는 거다!'라는 경고였다. 사실이었다. 전 같으면 단지 자신의 언행에 대해 감히 의문을 표명했다는 것만으로도 아버지의 노여움과 그에 따른 폭행은 이미 시작되었어야 했다. 아버지는 어쩌면 마음 내키면 언제라도 두들겨 팰 수 있었던 지난날을 자신의 좋았던 시절로 회상하고 있을는지도 모를 일이었다.

아내는 거실 한복판에 서 있었다. 팔짱을 낀 채였다. 방 안에서 오고 간 대화를 이미 들은 듯했다. 천적을 만난 고슴도치처럼 잔뜩 도사린 자세였고 뾰끔한 눈빛에 시퍼런 얼굴이었다. 건드리면 팽 소리라도 날 듯했다. 이 집안은 언제나 살짝 건드리기만 해도 어떤 형태로든 터질 듯한 상태였다. 구심이었고, 중재자였던 어머니가 떠난 뒤부터 내내 그랬다. 그것은 어머니가 염려했던 꼭 그대로였다.

아버지를 포기해야 한다. 아내나 아이들에게까지 고통을 강요할 권리는 없다. 나는 아내의 그 얼굴과, 닫힌 채 있는 둘째의 방문을 바라보며 또 그 생각을 되풀이했다. 모진 결심이었다.

패륜. 섬뜩한 느낌이 등줄기를 훑으며 지나갔다. 도덕이 칼날을 번득였다. 그런데 역시 그래 봤자였다. 덜미를 낚아채듯 금세 뒤이어지는 반문. 어떻게? 대안이 없는데, 어떻게? 아내의 표현대로라면 '장남을 포함한 다른 세 자식은 생색내듯 잔소리나 하고 있을 뿐, 단 하룻밤을 모실 생각도' 없는데, 정말 어떻게?

그리고 또 거기에 바투 잇대어지는 상투적인 또 하나의 가혹한 반문. 폭력 남편을 용납해서는 안 된다는 것은 지금쯤은 시대적 대세가 되었고, 폭력 아버지에 대한 규탄도 만만치 않다. 그렇다면 폭력 남편이나 아버지에 못지않게 속을 썩여 대는 자식들의 존재도 흔한데, 그런 자식들에 대한 대응은 어떤가? 그런 자식을 용납할 수 없다는, 그러므로 포기해야 한다는 논리는 극히 드물지 않은가? 부모로서 자식들을 양육해 내야 하는 의무와 책임이 있기 때문에? 그렇다면 자식으로서 부모는?

대꾸가 불가능한 자문이었다. 줄기차게 되풀이되고 있는. 그럴 때마다 나를 사로잡는 것은, 수렁에 빠져 꼼짝도 할 수 없는 듯한, 꼭 그런 느낌이었다. 나는 아내의 눈길을 피해 서재로 들어가, 인터넷 바둑 사이트를 불러내 바둑을 두기 시작했다. 학교를 떠나야 했던 처음에는 넘어진 김에 쉬어 가자는 식으로 그럭저럭 견딜 만하더니 어느 날부터였던가, 밝은 낮이 거북살스럽다든가, 분주한 거리에 나가면 괜히 주눅이 든다든가, 남아 있는 생애가 아득하게 멀어 보인다든가, 집에 걸려온 전화는 한사코 받지 않게 된다든가 하는, 이른바 백수 증세가 차츰 더 심해져 가고 있었다. 이참 저참 답답하기 그지 없는 세월이었다.

아버지 생신이 다가오고 있었다. 다른 이유를 모두 젖혀 두고, 단지 아이들 눈치만 본다 할지라도 집안 최고 어른의 생신 구색은 마땅히 갖춰 놓아야 했다. 그런데 지난해까지만 해도 장남네를 제외하고는 모두 모일 수 있었고, 그것으로나마 그럭저럭 그날 하루를 기쁜 듯이 꾸며 땜질할 수 있었으나 올해는 그것마저 불가능하게 되었다.

그래도 '전기장판 사건'이 있기 전까지는, 나는 아내와 의논도 하지 않은 채 노인의 생신을 핑계 삼아 누이동생들과 그 아래 아이들을 불러 모아 눈가림으로나마 화해의 형식을 꾸며 볼까 하는 궁리를 해보고 있었다. 그런데 갑자기 불거져 나온 그 엉뚱한 사건으로 말미암아 그것은 아예 말도 꺼내 볼 수 없는 게 되었다.

난감했다.

그렇다고 이 집에 사는 사람들끼리만 모인다는 것도 우스웠고, 아내와 아버지가 서로 얼굴을 보지 않는 상태였기에 사실은 그것마저 불가능했다. 할아버지를 불편하게 바라보는 아이들까지 염두에 두기로 할 경우, 더욱더 그랬다. 그렇다고 노인의 생신을 그냥 보낸다는 것도 물론 온당한 선택이 될 수는 없었다.

실로 난감했다.

대안은 생각나지 않았다.

퇴로가 막힌 막다른 골목이었다.

어쩔 수 없었다. 나는 아내로 하여금 예정되어 있던 친정 나들이를 조금 앞당기도록 했다. 생신상을 차릴 수 없을 바에야 그게 더 나은 구도가 될 것 같았다. 아내의 친정 형제들은 우리 형제들에 견준다면 하늘과 땅의 차이가 날 만큼 우애가 도타운데, 도타운 그 우애를 더 도탑게 하기 위해 그들이 1년에 한 번씩 따로 모이는 날로 잡아 둔 게 그 며칠 뒤였다. 그래서 아내는 조금 앞당겨 아버지 생신 이틀 전날, 물론 그렇게 떠나는 것을 몹시 찜찜해하면서도, 이번 모임 장소인 제주의 둘째 언니 집으로 떠났다. 화목한 가정, 특히 우애 있는 형제간을 부러워하는 나는 형제들과 어울려 놀기 위해 떠나는 아내의 뒷모습을 보면서도 그랬다. 나로서는 평생 건드려 볼 수도 없는 행복을 아내는 이미 품에 안고 있는 것 같았다. 부러웠다.

아내가 떠난 그날 오후에 나는, 상숙이 지난번 전화에서 예고한 편지를 받았다. 봉투부터 섬뜩했다. 수신인 표시가 '이상준 귀하'나 '이상준 씨'가 아니라 그냥 '이상준'이었다. 형식상의 존칭조차 붙일 수도 없는 정도가 되어 있는 듯했다. 상대방의 명시적 적의를 느끼지 않으려야 않을 수 없는 그 봉투를 열고 펼쳐 보게 된 편지의 부분 부분에서도 나는 섬뜩함을 되풀이하여 느낄 수밖에 없었다.

우선 '오빠'와 '당신'이라는 호칭이 뒤섞여 있는 것부터 논리적 질서를 찾아보기 어려운 문장으로 구성된 상숙의 그 편지는, 그동안 아버지를 통해 들은 우리 부부의 '패륜'과 그에 대한 지탄을 총망라한 것이었는데, '전기장판 사건'은 자신의 오해였다는 아버지의 전화는

‘자식까지 동원한 당신들의 협박’에 의한 것이었다는 확신의 표명부터, 역시 마디마디 악담이고 저주였다.

괜찮은 재능에 좋은 교육을 받은 상숙은, 집안 풍파의 한 축이 되기 전까지만 해도 칭찬할 만한 품성을 지닌 사람이었다. 적어도 얼마 전까지만 해도 상숙의 이런 모습을 상상해 볼 수도 없었다. 남편으로 말미암은 그 말 못할 고통이 상숙을 사려 깊은 사람으로 만든 듯하다는 추측에서, 고통으로부터 얻는 것도 있다는 생각을 해보았을 정도였다. 그런데 상숙은 변해 버렸다. 그 편지부터 그랬다. 상숙은 우리 4남매 가운데 유일하게 아버지의 필재(筆才)를 물려받아서 글씨가 좋은데, 편지를 쓴 그 글씨는 이전과 꼭 마찬가지로 달필이라 할 만큼 아주 잘 쓴 바로 그 글씨였는데도, 내용과 표현 때문인지 이전과는 딴판으로 달리 날이 새파래 보였다.

그날의 난감함이 회상된다. 시할아버지 생신을 앞두고 시어머니가 집을 비웠다는 것부터 예사로운 상황이 아니었다. 아무런 설명도 없었다. 생신상 차림은 고사하고 시할아버지와 시아버지, 둘째 시동생만 남아 있게 된 그 풍경을 잠자코 바라보고 있을 수도 없었고, 그렇다고 끼어들려 해볼 수도 없었다. 나는 명색 맏며느리였다. 내 난감함에 대해 동갑내기 남편은 말했다.

「다른 말씀 없으시면 그냥 있자, 뭐.」

그럴 수밖에 없기도 했다.

아버지 생신날, 나는 5시에 맞춰 놓은 자명종 시계 소리를 듣고 자리에서 일어나 주방에 들어갔다. 뭐든 요리 한두 가지를 장만해 볼 작정이었다. 냉장고의 냉동 칸에 몇 종류의 고기가 있는 것은 이미 보아 두었다. 그런데 아무리 찾아도 마늘이 눈에 띄지 않았다. 나는 통마늘을 찾아 앞뒤 베란다를 뒤지다가 우선 손에 잡힌 양파를 대신 쓰기로 했다. 그게 마늘 효과를 낼 수 있을까 알지 못한 채. 그렇게 해서 쇠고기와 돼지고기를 재료로 한 요리 각각 한 접시씩과 참치 구이 한 접시를 장만했다. 참치 구이는 괜찮아 보였지만 고기 요리 는 양편 모두 제 맛이 나지 않았고, 특히 돼지고기 요리에서는 누린 내 같은 게 느껴졌다.

그러나 대안은 없었다. 아내가 끓여 놓고 간 게 마침 미역국이어 서 그나마 다행이었다. 결국 그러구러하게 얽어 꿰어 나는 명색 생 신 아침상을 차려 들고 사랑방으로 들어갔다. 아버지는 그날이 당신 생신인 것을 아는지 모르는지, 여느 날이나 마찬가지로 그저 그런 표 정으로 밥상을 받았다. 물론 아내가 집을 비운 것도 모를 터였다. 그 때 나는 그만 눈시울이 울컥 뜨거워져 버렸다. 그 시간, 내 눈에 비친 아버지의 면모는, 타고난 그 성품이 나쁘다는 것을 알고, 또 그 성격 으로 말미암아 허다한 실수를 저질러 왔다는 것을 통절히 후회하면 서도 그 성격을 끝내 이겨 내지 못한 채, 자신과 가까운 사람들을 속 속들이 괴롭히고나 있는 불쌍한 늙은이에 지나지 않았다.

그림 하나가 더 겹쳐진다. 궁핍이 대세이던 그 시절에 어떻게든 가족의 생계를 이어 가기 위해 세상과 힘겨운 싸움을 벌여야 했던 아버지의 지난날 모습이었다. 소유 계층과 노동 계층이 따로 있던

시절에 소유 계층으로 태어나, 스스로 노동하지 않고는 살아갈 수 없
는 시대를 어떻게든 살아 내야 했지만, 아버지에게 생존을 위한 재화
를 획득할 수 있는 노동 능력은 없는 것이나 마찬가지였다. 육체적
인 것보다는 정신적 능력이 더 문제였을는지도 모른다. 아버지와 비
슷한 처지에 있는 대부분의 사람들은 새로운 시대에 잘 적응해 갔지
만, 아마도 남다른 성품 탓이었을 듯한데, 아버지는 그렇지 못한 축
이었다. 애쓴다고 애썼지만 시행착오는 되풀이되었다. 그러다 보니
생계를 위해 그야말로 악전고투할 수밖에 없었고, 그 바람에 그 성
품은 더 강퍅해질 수밖에 없었을 것이다. 여러모로 보아 측은하기
짝이 없었다. 그런 늙은이를 이해하기는커녕 오히려 미움에 사로잡
혀 적의나 표명하고 있는 나 자신이 가증스러워 보였다.

그런데 그것이 그 시간 내 느낌의 모두가 아니었다. 노인은 집안
을 산산이, 알뜰하게 바숴뜨리면서 당신 자녀들 넷과 그 아래에서 자
라고 있는 열두 명의 손자, 손녀들로 하여금 피붙이들끼리 서로 미워
하며 살아갈 수밖에 없게 만든 사람이었고, 그리고 또 어머니, 그 가
련한 여자를 마지막까지도 폭행한 사람이었다. 그 경위야 어떻든, 또
어떤 변명을 둘러대든 그 악업의 결과물들은 너무나도 엄연했다. 그
런데도 반성은커녕 오히려 그 악업이 마치 성업이라도 되는 것처럼
제 자식, 제 손자, 손녀들에게 고통 주는 일을 되풀이하고 있었다.

나 자신을 나무라려고 들다 보면, 아버지의 그런 면모에 대한 의문
과 노여움이 마치 서둘러 반발이라도 하듯 어김없이 고개를 든다.
아버지에 대한 서로 어긋나는 그 느낌은 양편 모두 격렬했다.

이틀 전에 받아 읽은 상숙의 편지. 어쨌거나 피붙이라는 것을 부정하지 않는다면 도저히 쓸 수 없는 표현들로 가득 채워져 있던 그 살벌한 그림이 생생하게 되새겨졌다. 착한 상숙을 그렇게 몰아간 것도 결국은 아버지였다.

또 양편 관자놀이가 달아올랐다. 마구 소리라도 질러 버리고 싶었다. 그러나 작은 소리마저 조심해야 하는 형편이었다. 둘째가 제 방에서 자고 있었다. 단지 나타나 알은체를 하지 않는 것이 제 아비의 난감한 심정을 도와주는 것이라는 헤아림으로 아무것도 모른 체, 깊은 잠에 취해 있는 체하고 있을는지도 모를 일이었다. 갈등 국면에 접어들게 되는 한, 이 집에 사는 사람들은 언제나 그랬다. 그저 그렇게, 무표정하게, 서로서로 알면서도 모른 체, 그저 그렇게 그 국면을 지나가야 했고 지나 보내야 했다. 이 가족의 모든 구성원에게 난감한 그날 하루를 어떻게든 그저 그렇게 넘겨야 했다. 다음해 오늘은 어떤 풍경일 수 있을까? 그런 근심도 접어 둔 채, 단지 오늘 하루만은 그저 그렇게 넘겨야 했다. 넘겨 보내야 했다. 그럴 수밖에 없었다.

그러나 내 심정은 쉽사리 가라앉아 주지 않았다. 내 속에서 소용돌이치던 아버지에 대한 측은함과 노여움은 시간이 지나갈수록 노여움 쪽이 더 커져만 갔다. 아침상을 치우고 난 조금 뒤였다. 아내가 전화를 걸어왔다. 나는 내가 치러 낸 그 서글픈 아침 풍경을 숨긴 채, 그저 그렇게 얼버무렸다.

그사이에 아버지는 여느 날보다 조금 이르게 행장을 차려 밖으로 나갔다. 다시 조금 더 지나 제 방에서 나온 둘째는 세수를 하고 나서 아침밥을 먹을 생각도 하지 않은 채, 저 나갔다 오겠습니다 하고 시무룩한 어조로 인사한 뒤 현관 밖으로 사라졌다. 이제 나는 혼자가 되었다. 더불어 내 마음에서 요동치는 소용돌이는 더 거세어졌다. 그래 봤자 터뜨려 보기는커녕 풀어 놓아 볼 수조차 없는 노여움이었다. 그런데 그 시간, 내가 느끼는 노여움의 대상은 아버지가 아니라 언제나 무력감에 사로잡혀 꼼짝도 못하고 있는 바로 나 자신이었다. 아예 사라지고 싶다는, 그 길밖에 없다는, 그 충동이 또 나의 내부에서 격랑을 일으키기 시작했다. 또 하나의 소용돌이였다. 소용돌이들의 각축. 온통 소용돌이 판이었다.

비단 어머니만은 아니었다. 아내의 부재 상태로 말미암은 공허감은 나에게도 힘들었다. 때로는 견뎌 내기 어려울 때도 있었다. 당면한 상황이 이렇다 보니 더욱더 그랬다. 소용돌이는 좀처럼 가라앉아 주지 않았다. '좌불안석'이라는 표현, 정말 그랬다. 그래도 아내가 없는 그 며칠 동안 그나마 내게 위안이 되었던 것이 있었는데 어느 케이블 방송에서 다섯 차례로 나눠 방송한 드라마 〈요한 슈트라우스〉였다.

드라마는 가족 갈등에 초점이 맞춰져 있는 듯했는데, 요한 슈트라우스 일가는 부부 사이, 부모와 자식 사이, 형제 사이, 수숙(嫂叔) 사이의 지독한 갈등과 불화로 말미암아 온 집안이 아예 폭삭 망했다. 명색 가족끼리 저토록 할퀴고 물어뜯다니! 그토록 아름다운 음악을 만든 그의 집안이 저런 꼴이었다니! 저런 상태에서 어떻게 그런 음악을 만들 수 있었을까! 그런 탄식이 되풀이되었다. 정말 지독했다.

정말 지독한 그 난장판을 눈여겨보며 위안을 얻는 내 심보를 가소로 워하면서도 나는 날마다 오후 2시부터 시작되는 그 시간을 젖혀 둘 수 없었다. 비단 이 경우만은 아니었다. 화목한 가정은 내 속을 불편하게 몰아가는 데 견줘, 가족 간 갈등으로 말미암아 시달리는 가정은 내게 격려가 된다. 화목할수록 내 속은 더 불편하고, 그 갈등이 더 지독할수록 내가 받는 격려는 더 커진다. 개 눈에 무엇만 보인다는 식인가 알 수 없으나, 이 세상에는 후자의 경우가 더 많다. 훨씬 더 많다. 그 격려 덕분에 아직까지 살아남아 있는 것일는지도 모르겠다. 나는 아무래도 거룩한 인간은 아닌 것 같다.

공교롭다고나 할까, 그 며칠 동안 나의 의지가 되어 준 〈요한 슈트라우스〉가 끝나던 날 저녁나절에 아내가 친정 나들이에서 돌아왔다. 하지만 나는 아내에게 상숙에게서 온 편지에 대해 이야기하지 않았다. 그런 이야기를 할 경우 예상되는 아내의 반응은 빤했다. 나는 빤하게 예상되는 그 반응에 대한 대응을 준비해 둘 수 없었다. 알 만한 사람들이 금실 좋다고들 하는 우리 부부도, 적어도 아버지로부터 비롯되는 집안 풍파에 얽혀 드는 한 어떻게도 한마음 한뜻이 될 수 없었다. 우리 부부 사이에 세워져 있는 장벽은 미묘했다. 없는 듯하면서도 어느 순간엔가 우뚝하게 두드러지게 되곤 했다. 그런데도 우리 부부는 그런 장벽은 없는 것처럼 꾸미려 들었기에 그 장벽의 의미는 더 미묘해졌다. 나는 자주 버거움을 느껴야 했다. 더러는 아예 포기하고 싶은 격렬한 충동에 사로잡히게 될 만큼.

아내가 친정 나들이에서 돌아온 그 주의 토요일이었다. 점심을 함께 하게 된 며느리가 식탁에 앉아 나를 돌아다보며 말했다.

「아버지, 할아버지가 되실 것 같아요.」

나는 그 말의 뜻을 이내 알아차리지 못했다.

「인혜, 오늘 병원에 다녀왔대요.」

아내가 거들어 주었다.

비로소 그림이 잡혔다. 박사 과정을 끝낸 다음에 아기를 가질 예정이라는 그 계획이 실현되고 있는 듯했다. 자신이 기른 아이가 자라 다른 생명의 어버이가 된다 했을 때 모든 어버이들이 그런 것일까, 잘 모르겠는데, '할아버지가 될 것 같아요'라는 며느리 말이 무슨 뜻인가를 알아차리는 순간, 나는 대뜸 좀 울컥 솟는 심정이 되었다. 나는 반찬 쪽으로 눈길을 돌려 표정을 감추며 말했다.

「그렇다면 '할아버지가 될 것 같아요'가 아니라, '할아버지가 됩니다'가 맞는 표현 아니니? 인혜, 네 문법이 좀 이상스럽구나.」

우스개조는 울컥 솟은 속내를 감추기 위한 내 나름의 기교였다.

며느리는 배시시 웃는 입매가 되어 식탁 가까이 있는 김치 냉장고 위에 놓아둔 핸드백을 당겨 가로세로 7센티미터쯤이나 될 조그만 종이 쪼가리 하나를 꺼내 내밀었다.

「요게 아기래요.」

초음파 사진이라 했는데, 며느리는 전체적으로 검은 그림 가운데 조금 밝은 부분을 가리켰다.

「6.3밀리래요.」

며느리는 무척 기뻐하는 낯빛이었다.

「6.3밀리이?」

굳이 새겨 보기로 하자면 그것은 전혀 놀라워할 일이 아니었는데도 나는 놀라운 느낌이었다. 그나마 밀리미터를 천(千)으로 나눈 미크론 단위에서 적어도 수천 곱절은 어느덧 자란 것이겠지만, 아, 저 조그만 얼룩 같은 게 생명의 흔적이란 말이지? 나는 그때 또 울컥했다. 생명의 시작, 그렇게 해서 이어져 나가게 될 인간의 역사…….

며느리의 회임 소식을 그렇게 접하고 보니까 세상 풍경이 딴판으로 달라 보였다. 할아버지가 된다는 것 때문이 아니었다. 새로 태어날 그 생명에게마저 물려지게 될, 그럴 수밖에 없을, 이 집안의 이토록 컴컴한 그늘. 상상만으로도 섬뜩했다. '아, 안 된다. 그보다 더 못할 짓은 없다. 그보다 더 큰 죄악은 없다. 아, 정말 안 된다!' 주먹이 저절로 불끈 쥐어지기까지 했다.

그래 봤자였다. 대안은 없었다. 이 집안에서 살아가고 있는 사람들 가운데 하나가 되어 기왕의 갈등 구조에 끼어들어 허덕거릴 수밖에 없는 것, 그것이 그 아이의 운명이었다. 그럴까? 정말 그럴 수밖에 없는 것일까? 그날 오후, 운동장에 나갈 때까지도, 그리고 달리기를 하는 동안에도 그 소리를 되풀이했다. '아 정말, 그것만은 안 된다…….' 역시 그래 봤자였다. 돌파구도, 도망칠 길도 없었다. 그런데도 그 소리는 줄기차게 되풀이되고 있었다. '아 정말, 그것만은 안 된다…….'

시계는, 달력은 언제나 의연하고 초연하다.

빛깔도, 표정도, 변덕도 없다.

빛깔도, 표정도, 변덕도 없는 그 의연함, 그 초연함이 나를 향한 조롱이나 야유 같다.

저토록 무심할 수 있다니!

더러 노여움마저 느껴진다.

며느리 회임 소식을 듣고 나서 달포쯤이 지난 어느 날이었다. 저녁나절, 아내가 집 가까이 있는 가게에 나가는 바람에 잠깐 집을 비운 사이, 전화벨이 울렸고, 내가 그 전화를 받았을 때, 상대방은 거두절미한 채, '내가 지금 문경에 있는데 낼모레 올라가마' 하고 말했다. 아버지였다.

그것은 아버지와 한집에서 살기 시작한 뒤 친척 상례에 하룻밤씩, 두 차례 다녀온 것을 젖혀 두고 본다면 처음 있는 일이었다. 우리 집 이외의 자식 집에서 하룻밤이나마 잠을 자는 것만으로도 아버지 생애에 처음이었다. 마치 무슨 사건처럼 생각되기도 했고, 그러다 보니 그것이 갑자기 어떤 숨통 트일 만한 일이 될 듯하기도 했다. 그런데 아내가 돌아왔을 때쯤, 나는 이미 나 자신을 너끈하게 가라앉혀 두고 있었다.

「아버지 전화……, 문경에 계신데, 낼모레 올라오시겠다고…….」

나는 보고 있던 텔레비전 화면에 눈길을 그대로 둔 채 마치 예사로운 일을 전하듯 그렇게 사실만 이야기했다. 무슨 반응이든 있어야만 자연스러울 듯한데, 아내도 '그래요?' 하는 정도의 대꾸도 없이 주방으로 들어갔다. 그뿐, 우리 부부는 그 일에 대해서는 입도 떼려 들지 않았다. 야릇한 생략이었다. 그 바람에 그 주제가 조금이나마 더 특별해지는 것 같았다.

다음 날 아침나절이었다. 전화벨이 울리자 아내가 안방에서 받아 이야기하다가 한참 뒤에 서재에 있는 내게 그 전화를 받게 했다. 며느리였다.

「저녁 사드릴 테니까 나오세요.」

그렇게만 말했다. 며느리의 식사 초대야 있을 법한 일이지만, 점심이 아니라 저녁이라는 건 예외적이었다. 노인들이 서울로 올라온 뒤, 부부가 함께 외출했던 적은 지난번에 베트남 식당에서 점심을 먹고 영화 〈전쟁과 사랑〉을 보던 그때 딱 한 번뿐, 더구나 저녁 외출은 상상을 해본 적도 없었다. 그런데 저녁 식사 초대였다. 아내가 지난 저녁에 자식들에게 아버지의 부재를 이야기한 게 틀림없어 보였다. 그런데 며느리도 그 대목은 건드리지 않았다. 나는 되풀이하여 이어지는 그 생략에 대한 서글픔을 내색하지 않으려 하며, 그러자, 하고 대답했다.

약속 시간인 오후 7시에 우리 부부가 약속 장소인 시청 앞 프라자호텔 로비에 들어섰을 때, 며느리가 다가와 아내에게 봉투를 내밀었다.

「예약해 뒀으니까 두 분이서 오붓하게 즐기세요.」

그러면서 활짝 웃어 보인 다음에 손을 까딱까딱 흔들어 보이며 밖으로 나갔다. 아내와는 어떤 이야기가 이미 있었던 듯했다. 나는 속으로 고개를 홰홰 내저어 보며 잠자코 아내를 따라 엘리베이터를 탔다. 아내는 맨 위층 단추를 눌렀다. '토파즈'라는 이름의 양식당이었다. 아름다운 보석보다는 섬뜩한 피비린내를 풍기던, 알프레드 히치콕의 영화가 먼저 연상되었다. 몇 사람이 비정하게 죽임당하던 그 영화는 다 보고 나서도 내용을 석연하게 이해할 수 없을 만큼 복잡했다. 그 복잡함은 내가 머물고 있는 세상의 속내와 견줘졌다. 나는 나 자신이 살고 있는 세상을 단 한 번도 석연하게 이해해 본 적이 없다.

우리는 창가 자리에 안내되었다. 광화문 쪽, 청와대까지, 날이 차츰 저물어 가는 도시 풍경이 한눈에 내려다보였다. 밀폐된 유리벽 안쪽이어서 소음이 지워져 있었기에 그 풍경은 고즈넉해 보이기까지 했다. 아무리 바라보아도 치열한, 무시무시한, 섬뜩한, 묵직한, 살기 띤……, 내가 도시에서 싫어하는, 무서워하기까지 하는, 그런 것들은 느껴지지 않았다.

호텔 뷔페는 더러 가본 적이 있지만, 고급 호텔 양식당에 그렇게 앉게 되는 일은 우리 부부에게 드물었다. 주문 과정도, 나오는 대로 여러 방법으로 입에 넣는 것도, 나에게는 조금씩 불편했다. 그런데 세상에 대한 해석부터 단순한 편인 아내는 어느덧 집안 풍경 따위는 털어 내 버리고, 새로운 것을 불편해 하기보다는 즐기는 마음이 되어, 자기가 먹고 있는 음식을 요리조리 살피며 음식 재료와 조리법에 대한 자기 의견을 이야기했다. 음식에 관심이 많은 아내는 밖에서 새로운 음식을 보게 되면 집에 돌아와 스스로 만들어 보곤 하는데, 아마 이번에도 그런 종류의 관심이 발동된 것 같았다.

창밖으로 도시의 야경이 살아나면서 나는 조금씩 더 불편을 느꼈지만, 그래도 아내의 기분에 호응하려고 애썼다. 그런데 이번에는 불편함을 넘어서서 은근히 불안한 느낌마저 일었다. 어쩐지 분에 넘치는 호사를 하고 있는 듯한 느낌이었고, 그러다 보니 그 오랜만의 자유가 꼭 무슨 재앙의 전조 같기만 했다. 그리고 그 느낌은 그다지 오래지 않아 현실이 되어 나타났다. 또 하나의 비수였다.

아버지가 문경 나들이로부터 돌아온 이틀 뒤, 아내가 장보기를 하러 나간 다음이었다. 나는 상숙이 빠른우편으로 보낸 또 하나의 편지를 받았다. 편지가 아니라 또 하나의 폭탄 같았다. 그만큼 당했으면 만성이 될 법도 한데, 상숙의 편지나 전화를 받게 될 때 우선 가슴에 먹장구름이 드리워지기부터 한다. 열어 보고 싶지 않았다.

나는 상숙에 대한 측은함이 미움으로 바뀌는 것을 두려워하고 있었다. 나에게 상숙이나 상현은, 자식들이나 마찬가지로 미워할 수 없는, 미워해서는 정말 안 되는, 미워할 수도 없는, 미워하게 되지도 않는, 상대방이 미운 짓을 할수록 안쓰러움과 더불어 애틋한 정은 오히려 더 깊어지는 대상들이었다. 또 남편으로 말미암아 내내 그렇게 악전고투를 계속하고 있는 상숙만으로 보자면 마음으로나마 어떻게든 위안과 격려의 근원이 되어 주어야 했다.

그러나 열어 볼 수밖에 없었다. 열어 보아야 했다. 혹시라도 그 안에 물에 빠진 자가 움켜쥘 지푸라기라도 들어 있을는지도 모를 일이기도 했다. 나는 그런 요행수에 대한 기대를 핑계 삼아 상숙의 편지를 열었다. 하지만 지푸라기가 아니라 역시 폭탄이었다. 더구나 메가톤급이었다. 그 메가톤급 폭탄을 위해 아버지가 전례 없이 사흘 동안이나 문경에 머물러야 했던 것 같았다.

그럴 만한 자리에 있는 몇 사람이 나를 제거해 버리기로 작심했던, 내 교직 생활 마지막 장면을 젖혀 두고 본다면, 나는 이때까지 타인에게 노여움의 대상이 되었던 적이 별로 없다. 그보다는 타인에게는 좀 고지식하고, 좀 미적지근하고, 그래서 좀 답답하기는 하지만, 그럭저럭 괜찮은 인간으로 평가받아 온 편이었다. 그런데 아버지와 형제들은 나를 머리에 떠올리는 것만으로도 미움을 참을 수 없는 상태가 되어 있었다.

상숙이 보내오는 편지의 마디마디에서 그런 흔적은 하도 뚜렷하여 결코 지내보게 되지 않았다. 상숙은 또, 혹시라도 이쪽에서 지내보게 되기라도 할세라 마디마디 방점을 찍어 두는 식으로 문장을 만들고 있었다. 상숙도 아닌 게 아니라 잔인해졌다. 상숙은 천성이 착했고 독실한 신앙인으로서 박애를 실천하는 사람이었다. 우애에 대해서도 각별한 인식을 간직하고 있었다. '형제를 사랑하지 않으면서 나를 사랑한다 말하지 말라. 눈에 보이는 형제를 사랑하지 않으면서 눈에 보이지 않는 나를 어찌 사랑할 수 있겠느냐', 그렇게 기억되는 성경 구절을 인용해 보이면서, 자기 교우들 가운데 자기 형제들과 불화한 이들을 비판한 적도 여러 차례였다.

그런데 상숙은 다른 대상도 아닌 제 피붙이 명색 오라비를 향해 저주 수준의 악담을 거침없이 내쏟고 있었다. 골육상쟁, 동족상잔이 과연 어떻게 가능할 수 있었던가 하는 해묵은 의문에 대한 답을 비로소 얻게 된 듯했다.

그 편지도 그랬다. 예의 저주조 악담으로 구성되어 있는 그 편지에는 매우 특별한 비수가 들어 있었다. 우리 부부가 그동안 아버지를 얼마나 냉대했던가를 조목조목 논고한 다음, 당신 같은 사람들에게 아버지를 맡겨 둘 수 없다. 내가 모시겠다. 아버지를 모시기 위해서는 방 하나 더 있는 집을 구해야겠다. 필요한 비용을 대라. 만일 이 요구를 거절할 경우, 당신을 인간이 아니라 규정하고 '우리 4남매와 그 아이들까지' 모두 모이게 하여 당신을 창피 주겠다……. 그 아래에 구체적인 액수와 거래 은행의 온라인 계좌 번호까지 적혀 있었다. 그때 나에게 우선 다가온 의문은 상숙의 참 엉뚱해 보이는 그 협박조가 아니라 그 구체적 제안 내용이었다. 뜻밖이었다. 아버지와 의논된 게 아닌, 상숙의 일방적 제안 같기만 했다.

아버지가 상숙네 집으로 옮겨 앉는 것은 쉬운 일이 아니었다. 내 이해로는 그랬다. 첫째 이유는 딸네 집이라는 것 때문이었다. 큰아들네가 아니라 작은아들네 집에 있다는 것만으로도 남들에게 면목 없어 하여 상대방이 묻는 것이 아닌데도 구구한 변명을 늘어놓곤 하는 아버지였다. 아버지에게 체면은 내가 상상해 볼 수 있는 것보다 훨씬 더 거셌다. 그것은 아마도 유교 문화적 관습에 깊이 젖어 있는 아버지 세대의 공통적 심리 현상일 듯했다.

내가 짐작해 보는 둘째 이유는, 어쩌면 이것이 더 본질적인 것일는지도 모르겠는데, 맞벌이를 하는 상숙네에 견준다면 부부 양편 모두 언제나 집에 있어 어쨌거나 몸종 노릇을 하고 있는 우리 집이 더 만만할 수밖에 없다. 더구나 까다로운 아버지의 식성을 염두에 두고 본다면 더욱더 그랬다. 지난날, 아버지가 아내를 좋게 여긴 이유들 가운데는 아내의 음식이 자신의 입맛에 맞는다는 것도 있었다. 따로 살던 시절에 어머니는 흔히 이런 말씀을 하곤 했다. '너 아부지는 입맛이 없으만 너 집에 가야겠다고, 거게 가서 에미가 해주는 음식 좀 잡숫고 와야겠다고 그래신다.' 이전에 견준다면 밥상이 이만저만 소홀해진 게 아니지만 그래도 아버지의 식성을 맞추는 데는 상숙이 아내에 견줘지기 어려웠다.

그런데 상숙의 그 제안이 아무래도 상숙의 일방적 장난질 같지는 않았다. 아버지가 예외적으로 문경에서 잠까지 자고 온 게 바로 이틀 전이기 때문이었다. 그날, 내가 아내와 프라자호텔에서 오랜만에 호화로운 저녁을 즐긴다고 즐기고 있던 그 시간에, 아버지와 상숙과, 그리고 어쩌면 상현도 함께 이런 의논을 했을 듯했고, 이제 그 결과를 대변인인 상숙을 통해 그렇게 발표하는 것 같았다.

그렇다면 아버지가 이 안에 동의한 듯했다. 그 이유는 무엇일까? 그런데 상숙의 이 어설픈 협박조는 어떻게 이해해야 할까? 그리고 다른 대상도 아닌 누이동생으로부터 갖은 악담을 듣던 끝에 이제는 협박까지 당하게 된 나 자신은 또 어떻게 바라보아야 할까? 그리고 또, 창피를 주겠다고? 아이들까지 모아 놓은 자리에서 나에게 줄 창피의 제목은 도대체 무엇일까?

그날, 장보기를 하고 돌아와서 그 편지를 읽은 아내의 낯빛은 또 시퍼렇게 솟아올랐다.

「참 같잖네. 도대체 이게 대체 뭐야? 아버님을 모시겠다는 거야, 아버님을 모시겠다는 핑계로 돈을 뜯어 내 보겠다는 거야? 우리가 이때까지 어머님, 아버님 모시는 동안 어느 자식이 땡전 한 푼 보태 준 적이 있어? 그런데 비용을 대라구? 더구나 이 희한한 협박이라니!」

아버지가 딸네 집으로 옮겨 앉으려 들 것인가 하는 것은 아내에게 의문이 아닌 듯했다.

아버지의 뜻에 대한 의문이야 젖혀 두고라도, 정말 상숙은 어떤 이해, 어떤 판단, 어떤 전망, 어떤 전략에서 협박거리도 안 되고 협박 같지도 않을 이런 글을 협박이랍시고 들이민 것인가? 편지를 열어 읽어 본 이래 내내 되풀이해 보고 있는 궁리지만 상숙이 도무지 이전의 상숙 같지 않았다. 되풀이하여 확인해 보게 되는 바이지만 상숙은 결코 이런 모습이 아니었다. 사람은 모른다고 하지만 나는 상숙을 얼마만큼은 안다 할 수 있는데, 상숙은 정말 괜찮은 사람이었다. 상숙으로부터 전해져 온 이전의 다른 소리들과 마찬가지로 대꾸할 수 없을 것 같았다. 나는 겨우 말했다.

「더 이야기해 봐야 제 얼굴에 침 뱉기다. 그만두자.」

그런데 둘째가 집에 돌아오면서 상황은 또 변해 버렸다. 아이들에게 보여 주지 않으려던 게 내 뜻이었다. 아이들에게 민망스럽기도 했지만, 아이들로 하여금 고모들에 대해 불편한 느낌을 갖도록 하는 것도 그 아이들 자신을 위해 온당해 보이지 않았다. 아내에게 그런 뜻도 비쳤다. 그런데 아내는 아마도 내 미적지근한 반응에 대한 불만에서, 하소연하듯 둘째에게 그 편지를 내민 것 같았다. 문제를 확산시켜 버리려는, 일종의 전략적 폭로 같아 보이기도 했다. 둘째는 대뜸 단호한 표정이 되었다.

「가시게 하세요!」

다른 말은 없었다. 둘째는 전화기를 들고 곧 제 방으로 사라졌다. 내가 멍청한 기분에 잠겨 있는데 첫째로부터 전화가 걸려 왔다. 둘째가 제 형에게 전화를 걸어 그 이야기를 한 것 같았다. 첫째도 낱말수는 조금 많아졌지만 둘째와 같은 의견이었다.

「아버지, 죄책감 같은 거 느끼실 이유가 없어요. 그동안 하신 것만으로도 충분해요. 보내 드리세요. 어머니 생각하셔서라도. 그건 할아버지를 위해서도 최선이에요.」

문장은 정연했지만 어조는 욱욱, 치받는 투였다.

나에 대한 반감의 명시적 표현이었다.

아이들에 대한 입장 차이 때문이겠지만, 아이들은 부모보다 조부모를 편하게 생각한다. 다 자란 뒤에마저 조부모 앞에서는 응석조가 된다. 그런데 아이들은 어느덧 제 할아버지를 불편해하는 쪽에서 한목소리가 되어 있었다. 아이들에게 결코 행복한 경험이 될 수 없을 거였다. 문제 풀이는 차츰 더 어려워지고 있는 것 같았다.

그날 저녁, 잠자리에 누워, 나는 아내 의견을 물었다.

아내는 곧 대꾸했다.

「그보다 더 많은 돈을 쓰고라도 해결하고 싶어.」

편지를 처음 읽은 이후 자식들과 이야기하는 동안, 아내의 생각이 그렇게 정리된 듯했다. 어떻게든 털어 내 버리고 싶은 생각밖에 없는 것 같았다. 그동안 아내와 자식들이 나에 대해 느꼈던 불만이 그런 식으로 집약되어 표현되는 것 같아 보이기도 했다. 갈 데 없는 안팎곱사등이로서 내 입장이 한 번 더 두드러지는 시간이었다. 그런데 그것이 그 시간, 나의 고심 모두는 아니었다.

어떻게든 털어 내 버리고 싶은 마음은 나 자신도 마찬가지였다. 아버지가 소리 소문 없이 사라져 주기를, 그래서 상상만으로도 불유쾌한 갈등 국면으로부터 어쨌거나 해방되어, 하고 싶은 일들을 마음껏 하며 살아갈 수 있게 되기를 소망해 온 지는 이미 오래였다. 이제 그럴 수 있는 가능성이 생긴 셈이었다. 희망 같은 게 느껴졌다. 우습고 서글프지만, 그것은 사실이었다. 모처럼 만이었다. 그런데 그것 역시, 그 시간 나의 고심 모두는 아니었다. '희망 같은' 느낌, 그 맞은 편 언덕에는 결국 제 아버지를 포기하게끔까지 된 나 자신의 초라한, 추한, 추악한, 뻔뻔스러운, 파렴치한, 오그라진, 망가진, 허물어진 모습들이 널브러져 있었다. 다면 갈등. 갈등들의 드잡이판이었다. 나는 내 속마음, 그 복잡한 켯속을 숨긴 채, 또 물었다.

「막내 의견은 어떨까?」

「우리 식구 누구라도 마찬가지야.」

포항 막내에게까지 이미 전화를 걸어 본 듯했는데, 아내의 그 단정적 표현은 그동안 내가 없는 곳에서 아내와 자식들 사이에 어떤 이야기들이 오고 갔는가를 짐작해 보게 했다. 그 단정적 어조와 '우리 식구'라는, 아무래도 나 자신은 배제당한 듯한 그 표현은 나에 대한 매정하고 단호한 경고 같았다.

아마 그쯤부터였을 것 같다. 내 배알이 마침내 배배 꼬이기 시작했다. 아내나 자식들이 배척하는 사람은 바로 내 아버지였다. 내 아버지에 대한 배척을 다른 대상도 아닌 바로 내 앞에서 그토록 노골적으로 표현할 수는 없을 듯했다. 나에 대한 최소한의 배려만이라도 있다면 그래서는 안 될 것 같았다. 시간이 지나갈수록 배알의 요동은 더 까다로워져 갔다. 아버지를 내가 싫어하고 미워하는 것과, 내 아내나 자식들이 싫어하고 미워하는 것을 바라보는 것은 달랐다. 생트집이라도 잡아 한바탕 벌이게 되기라도 할 듯했다. 그러나, 하고, 나는 어둠을 응시하며 죽을힘을 다해 자신을 억눌렀다.

그러나 나는 안다.

섣부르게 터뜨려서는 안 된다는 것을.

내 아버지를 배척한다 하여 그들을 나무라서는 안 된다는 것을.

오히려 미안해해야 한다는 것을.

그리고 나는 또 안다.

자칫 잘못 터뜨렸다가는 그야말로 네 편, 내 편을 분별할 수 없는 난장판이 되어 버린다는 것을. 모든 것을 포기하지 않기로 하는 한, 그런 국면까지 나아가게 되어서는 안 된다는 것을…….

「아버지가 가려 하실까?」

나는 한동안이나 지난 다음에 겨우, 내 가슴에서 일고 있는 의문 하나를 그렇게 표명했다.

「아버님과 의논 없이 큰고모가 그런 이야기를 했겠어?」

아내는 거침없는 어조였다. 내 마음에 어떤 격랑이 일고 있는가 하는 것은 생각해 보려 들지도 않는 것 같았다. 상대방을 아예 막보기로 한 것 같아 보이기도 했다.

나로서는 더 말을 붙여 볼 수도 없었다.

나의 내부에서 서로 뒤엉켜 드잡이를 벌여 대고 있다고 한다면 갈등은 차츰 더 치열해지고 있었다. 나는 그 드잡이판을 마치 남의 일이라도 되는 것처럼 멀리 두고 바라보려 하며, 또 하나의 생각을 나 자신을 향해 차근차근 분석적으로 논증해 보이기 시작했다.

'무릇'으로부터 비롯된 허위의식에서든 혈친에 대한 진심의 애정에서든, 나는 아버지를 기쁘게, 행복하게 해주고 싶었다. 어머니에 대한 회한이 시간이 갈수록 차츰 더 무거워져 가고 있는 처지였기에 이런 바람은 더 간절했다. 그것은 어쩌면 아버지를 위해서보다는 나 자신을 위해서였을는지도 모른다. 화해하지 못한 채로 아버지를 작별하게 되었을 경우, 어머니에 대한 것보다 훨씬 더 무거운 회한에 평생 시달릴 수밖에 없을 것 같았기 때문이다. 그런데 아버지를 최소한이나마 기쁘게, 행복하게 해주기 위해서는 나 자신뿐 아니라 아내와 아이들까지, 아버지니까, 할아버지니까, 시아버지니까, 어쨌든 잘 모시도록 해야 한다는 기왕의 강령에 충실해야 한다. 그렇게 하기 위해서는 이 집안사람들은 하나같이 노인의 자의나 폭행마저 이때까지 그래 온 것처럼 고분고분 감수하고 있어야 한다. 그것을 거부하는 것은 노인을 기쁘게 해주는 행위가 아니기 때문이다. 그래야 하는데, 그럴 수 있을까?

답은 금세였다.

그렇게 할 수도, 그렇게 될 수도 없을 듯했고, 그렇게 하려 들어서도 안 될 것 같았다. 그것은 불가능한 목표였고 불가능해야 할 목표였다. 옳다 할 수 없는 어느 사람 하나를 행복하게 해주기 위하여 다른 사람들에게 불행을 강요하는 것은, 폭군 하나를 위해 만백성의 희생을 강요하는 것처럼, 결코 온당한 선택이 아니기 때문이었다.

그렇다면 답은 이미 정해져 있는 듯했다. 첫째의 말, '그건 할아버지를 위해서도 최선이에요.' 부정할 수 없을 것 같았다. 이 막다른 상황에서 벗어나는 방법으로도 역시 최선의 길이 될 것 같았다. 그뿐만이 아니었다. 우리 부부의 소망인 여행도 가능할 수 있는 구도이기도 했다. 그리고 또, 하나의 공간에 있으면서 서로 미움을 쌓아 올리고 있기보다는, 필연적으로 따르게 될 심적 부채감에도 불구하고, 따로 떨어져 사는 것이 더 나은 선택일 것 같았다. 그러노라면 미움보다는 그리움이 싹터 자라게 되는지도 모른다는, 그러다 보면 지우지 않아 봤자 하는 일종의 무력감에서 어떻게든 지우려고 애를 써도 좀처럼 지워지지 않는 어머니의 마지막 상처에 대한 기억도 어쩌면 지우게 될 수 있을는지도 모른다는 가능성마저 염두에 두어 본다면 더욱더 그랬다. 그뿐만도 아니었다. 어머니 사후, 가족 화합은 어머니의 유지이자, 어머니의 마지막 순간, 어머니의 그 몸을 내 품에 안고 있으면서 내가 어머니에게 바친 약속이기도 했다. 만일 영혼이 존재한다면, 허구한 날 당신 자식들이 아옹다옹하고 있는 이 꼴을 보고 어머니의 영혼이 얼마나 속상하시겠는가. 이제 누이동생들의 뜻에 의해 아버지 문제가 그렇게 해결된다면 비록 미봉일지라도 최소한 최악은 면한 셈이 된다. 그러니까 상숙을 통해 전해져 온 그 제안은, 여러 면모에서 차선책으로나마 받아들일 만해 보였다…….

나는 그쯤에서야, 내가 다면 갈등 가운데 '희망 같은' 그 느낌 쪽을 고르기 위해 논리를 제멋대로 짜 맞춰 가고 있다는 것을 알아차렸다. 그런데 그쪽 가능성을 기웃거려 보기로 할 경우, 내 마음에서 도저히 지워 버릴 수 없는 대목이 있었다. 상숙의 협박이었다. 설령 그것이 차선책이 아니라 최선책이라 할지라도 협박조를 용납해서는 안 될 것 같았다. 아무리 뒤집어 생각해 봐도 마찬가지였다. 정리되는 듯하던 생각은 한순간에 마구 뒤엉켜 버렸다.

이제 나에게 남아 있는 순서는 또 하나의 잠 못 이루는 밤뿐이었다. 머리가 납덩이 같았는데도 어둠 속을 응시하는 눈동자에서는 오히려 서리가 느껴졌다. 이제 어쨌든 잠이나 좀 자자 하고 눈을 감으면 속눈썹에 묻어 있는 서리가 눈동자를 찔렀다. 바로 눕지도 못하고, 엎드려 자지도 못하는 안팎곱사등이는 언제나 모로 오그리고 누워 선잠을 자야 된다는 이야기를 들은 듯하여, 에라, 그 흉내나 내어보자 하고 새우처럼 모로 오그리고 누워 보기도 했지만, 마찬가지였다. 결국 나는 아내의 잠을 방해하지 않도록 살그머니 방을 빠져나왔다.

그러나 나는 안다.

아내도 잠들지 못하고 있다는 것을.

나는 서재로 들어가 컴퓨터를 켰지만, 잠자리에서 빠져나오기 전에 어두운 허공을 응시하며 만들어 보았던 문장은 쉽사리 컴퓨터 화면에 옮겨지지 않았다. 막막한 벌판을 마주 대하고 있는 듯했다. 좋다, 그러나 협박조는 아무래도 안 되겠다. 그 이야기를 하려는 거였는데, 그것을 언어로 만들 수가 없었다. 가다가다 협박조까지 나온 마당에 이쪽에서 아무리 교묘한 언어를 궁리해 낸다 할지라도 그 뜻이 전해질 것 같지 않았기에 더 어려웠다. 붓방아를 찧는다. 그런 표현이 있었는데, 이 컴퓨터 시대에 그것을 대신할 수 있는 표현은 무엇일까? 내가 망설이는 사이에 컴퓨터 화면에는 만화 캐릭터인 '토토로'의 익살스러운 얼굴들만 떠올랐다 사라지기를 되풀이했다. 화면 보호기 노릇을 하는 그것이 한번 떠오르는 데 걸리는 물리적 시간은 30분이었다. 그러나 내가 느끼는 시간은 찰나가 아니라면 무한이었다. 나는 결국 밤을 다 새우고 나서 주방 쪽에서 아내가 아침 준비를 하는 소리로 달그락거릴 때까지 구상하고 있던 편지의 첫 줄도 시작하지 못했다. 이 판국에 정말 몇 줄 글이 무슨 쓸모가 있을 수 있을까? 가슴이 무거웠다.

나는 '항보옥' 하고 외치는 심정으로 컴퓨터를 끄고 현관으로 나가 신문을 가지고 들어와 거실 소파에 앉아 뒤적거리며 기다리다가, 아내가 아침상 준비를 끝냈다는 신호를 보내 오자 주방으로 갔다. 둘째가 주방에서 선 채로 뭔가를 먹고 있었다. 아이의 표정도 밝아 보이지 않았다. 고문 상태이기는 모든 식구에게 마찬가지였다. 이 가정은 이미 오래전에 포근한 보금자리로서의 기능을 잃었다. 모두가 고통을 느낄 수밖에 없는 갈등의 도가니였다. 특히 아이들에게 미안했다. 복원에 대해 생각했다. 아내의 의견에 따르는 게 순리일 듯했다. '그보다 더 많은 돈을 쓰고라도 해결하고 싶어.' 그런 결론에 이를 수밖에 없었던 '짠 손'의 고심을 존중해야 할 듯했다. 그래야 할 듯했다. 그것이 그래 봤자 도피에 지나지 않는다 할지라도 그 길을 고를 수밖에 없을 듯했다. 그러면서도 선뜻 그쪽을 향하게 되지는 않았다.

나는 이쪽저쪽으로 고개를 갸웃거려 보며 밥상을 들고 노인 방으로 갔다. 노인은 꼿꼿한 자세로 앉아 있었다. 그 얼굴을 향해 밥상을 냅다 팽개치고 싶은 충동이 일었다. 그러나 나는 밥상을 노인 앞에 공손하게 놓은 다음, 몸을 돌려 거실로 나왔다. 형기도 알 수 없는 징역살이는 내내 그렇게 이어지는 중이었다. 한숨이 저절로 내쉬어졌다.

나는 아침밥을 뜰 생각도 하지 않은 채 안방으로 들어가 그대로 펴진 채 있는 요 위에 흐너지듯 몸을 누이고 홑이불을 당겨 둘둘 뭉쳐 아랫배에 대고 그 위에 몸을 엇비슷이 엎드렸다. 온몸 세포를 낱낱이 짓누르는 무지근한 느낌만으로는 금세 곯아떨어져야 할 듯한데 그 세포 낱낱을 지배, 제어하고 있을 대뇌는 더 팽팽해졌다. 다시 '복원'에 대한 궁리로부터 여러 가지 생각들이 몰려왔다. 부질없어 하며 헤뜨려 버리려 해도 소용이 없었다. 숫자를 헤아려 봐도 마찬가지였다. 잠들려고, 잠 좀 자려고, 애쓰는 그 자체가 고문이었다.

그래도 나는 두 눈을 질끈 감고 있기만 했다. 안방 문이 열렸고, 아내의 목소리가 다가왔다.

「아침, 들어요.」

나를 향한 아내의 경어체는 뭔가 껄끄러운, 못마땅한, 공격하고 싶은……, 그런 심정의 표현이었다. 더구나 낮게 가라앉은 어조였다. 그 결이 좀 차갑고, 좀 날카로운 느낌일 수밖에 없었다.

나는 몸을 일으켜 아내를 향해 앉았다.

「정말 어떻게 하면 좋을까?」

대답이 없었다.

「당신 뜻, 그리고 아이들의 뜻도 물론, 이해하겠는데, 협박조를 용납해서는 안 될 듯해. 그 사람이 내 손아래가 아니라 손위라면, 까짓 모든 것 젖혀 둬 버릴 수 있을 것도 같아. 그런데 그 사람은 내 손아래 누이동생이야.」

아내가 비로소 대답했다.

「당신이 그토록 끔찍하게 동생이라고 생각하는 그 사람들에게 당신은 이미 오빠가 아니에요.」

아내는 단정적이었다.

그리고 아내는 곧 밖으로 나가 문을 닫았다.

찬바람이 느껴졌다.

대답은 나 스스로 만들어야 했다.

사고무친, 절실한 외로움이 파상적으로 몰려왔다.

서로 시치미를 뚝 뗀 것처럼 입을 꾹 다물고 있기만 했던 사흘이 지난 뒤, 나는 그 대답을 하기 시작했다. 그 사흘 사이에 나는 얼마만큼은 몽상의 세계에서 '희망 같은 그 느낌'에 사로잡혀 다소간이나마 황홀했다. 사실은 절박한 그 상황에서, 서글프고 우습지만 사실이었다. 새로 시작하고 싶었고 새로 시작할 수 있을 듯했고, 새로 시작해야만 할 것 같았다.

우선 서교동 그 집을 떠나고 싶었다. 자식들을 키우며 20년 넘게 살아오는 동안 정겨운 기억도 많건만 우선 두드러지는 것은 아버지와 드잡이를 벌인 흉몽 같은 기억밖에 남아 있지 않은 집이었다. 아버지와 아내가 사실상 서로 얼굴을 보지 않는 상태에서 어쩌다가 눈길을 부딪치게 되면 서로 황급히 몸을 피하던 집이었다. 그리고 어머니가 볼에 해삼 모양의 상처를 간직한 채 돌아가신 집이었다. 그 집을 떠나고 싶었다. 떠나, 어디든 새로 터를 잡아 다소나마 자유롭게 살아 보고 싶었다. 자식들과 부모에게 사실상 속박되어 언제나 억압을 느낄 수밖에 없던 생애였다. 뒤늦게나마 훨훨 날아 보고 싶었다. 이제 자식들도 우리 부부의 품을 떠나고 있는 판에 아버지로부터만 해방된다면 그런 생활이 가능할 것 같았다. 집을 줄여, 상숙이 요구한 돈을 주고, 남은 돈으로 늘 소망하던 여행도 다녀 보자는 이야기도 했다. 미래를 너무 걱정하지 말자는 이야기도. 가지고 있는 돈만큼만 살자는 이야기도.

사흘 동안 내내 얼음 빛이던 아내의 얼굴이 이내 환하게 밝아졌다. 자신이 기대하던 대답이 바로 그거였다는 것처럼. 우리는 그렇게 하여 대번에 다시 부부다운 부부가 되었다. 그런데 역시 의문스러운 게 하나 있었다. 아버지의 뜻이 그거였다. 상숙이 없는 말을 지어냈을 것 같지는 않았지만, 아무래도 아버지가 딸네 집으로 옮겨 앉는 것을 마음 내켜 하지 않을 듯했다.

「그런데 말요……」

나는 머뭇머뭇 그 의문을 표명했다.

아내는 대뜸 신랄한 낯빛이 되었다.

「아버님이 가시겠다고 했으니까 이 이야기가 시작됐을 거 아냐? 정 궁금하면 아버님께 여쭤 보면 될 거구……」

나도 그 생각을 해보지 않은 것은 아니었다. 그런데 더구나 이런 일을 가지고 아버지와 대화하고 싶지도 않았고 또 그럴 수도 없을 듯했다. '아버지, 상숙과 이런 의논을 하셨습니까?', '아버지, 문경으로 가시겠습니까?' 생각나는 여러 문장들을 입에 담아 보았으나 선뜻 고개가 끄덕거려지지는 않았다. 그거야말로 '무릇 인간으로서' 차마 입에 올릴 수 없는 문장 같았다. 상숙이 편지에 적어 둔 표현대로 그야말로 '조용히' 모든 것을 끝내는 게 상수다 싶을 뿐이었다.

내친김이었다. 다음 날, 우리 부부는 몇 군데 복덕방에 집을 내놓았다. 실질 금리가 오히려 마이너스라는 초저금리 제도의 영향으로 IMF 사태 이후 내리막길이었던 부동산 경기가 되살아나고 있는 판이어서 집은 내놓은 지 여드레 만에 팔려 버렸다. 나는 그 대목에서 아버지의 뜻을 직접 물어볼 생각을 기어코 다시 해보게 되었다. 아무래도 물어 확인해 보아야 할 듯했다. 집을 계약한 그날 저녁, 밥상을 내온 다음에 나는 사랑방에 다시 들어가, 집이 팔렸다는 보고를 먼저 하고 아버지 뜻을 물었다. 문경, 상숙의 집으로 거처를 옮기기로 하셨는가 하고. 아버지는 대뜸 시퍼런 표정이 되어 탁, 말했다.

「인제는 니 애비를 고만 내쫓기까지 할라고 그래나!」

「아니, 그런 게 아니고요, 지난번 영남 에미 편지에……..」

「영남 에미 편지고 머고, 나는 니가 내쫓아도 안 나갈 터이니 그런 궁리 아예 하지도 마라. 애비 내쫓고 어얄라고 그래노? 세상이 아무리 어떻다 해도 지 애비 내쫓는 법은 없다. 하늘이 무섭지도 않나!」

아버지는 거센 손짓으로 리모컨을 들어 텔레비전 소리를 부쩍 높여 버렸다. 그것으로 끝이었다. 집을 내놓고 나서 며칠 동안 집안에 감돌았던 희망적인, 역시 우습고 서글프지만 어쨌든, 그런 황홀한 분위기는 단 한순간에 박살 났다. 느닷없이 제 아버지를 내쫓으려는 패륜아가 되어 버린 나는 텔레비전 화면에 눈길을 붙박은 아버지의 옆모습을 노려보았다. 아버지는 까딱도 하지 않았다. 차가운 옆모습이었다. 언 땅에 서 있는 석상이 오히려 따뜻할 듯했다. 나는 가쁘치솟는 숨결을 억제하려고 애썼다. 더 나아가는 게 두려웠다. 나는 어금니가 으스러지도록 굳게 악물고 사랑방에서 물러 나오며 참고 있던 숨을 비로소 내쉬었다.

아내가 거실 소파에 팔짱을 긴 채 도사리고 앉아 있었다. 시퍼렜다. 사랑방에서 이루어진 대화를 이미 다 듣고 난 표정이었다. 지난 며칠 동안 한결 홀가분해하던 아내의 표정이 그 위에 겹쳐졌다. 부당한 요구마저 탓하려 들지 않은 채 겨우 얻어낸 홀가분함이었다. 아내의 그 표정을 마주 대하고 앉으려 들 수도 없었다. 그렇다고 달리 갈 곳도 없었다. 나는 주방으로 가서 냉장고에서 마시다 남겨 둔 소주병을 꺼내 들고 서재로 들어가 컴퓨터를 켜고, 컴퓨터가 밝아오는 사이에 소주 첫 잔을 따라 마셨다.

책상 위에는 지난 며칠 동안 인터넷을 검색하여 인쇄해 놓은 여행 정보들이 수북했다. 복덕방에 집을 내놓자마자 우리 부부는 서점에 가서 여행 정보가 담긴 책부터 몇 권 사서 밑줄을 그어 가며 열심히 읽고 있던 중이기도 했다. 지난 며칠 동안 심한 환각에 사로잡혀 있거나 헛되기 짝이 없는 꿈을 꾸고 있었던 것 같기만 했다. 이제 다시 형기도 알 수 없는 징역살이에 대한 각오를 하지 않으면 안 되는 그 시간, 그렇다면 나 자신의 생애는 도대체 뭐가 되는 거지 하고, 누구에게든 좀 물어나 보고 싶었다. 눈동자를 아무리 뒤룩거려 보아도 물어볼 만한 대상마저 눈에 띄지 않았다. ‘나는 언제나 혼자였다.’ 어찌 나만이랴. 나는 나 자신을 향해 나직하게 타협조가 되려고 애쓰며 문장을 고쳐 썼다. ‘존재와 관련되는 한, 인간은 언제나, 어쩔 수 없이 사고무친일 수밖에 없다!’ 컴퓨터 화면이 밝아졌다.

나는 몰려오는 생각들을 애써 밀쳐 두려 하며 인터넷 바둑을 연결하여 상대를 골라 바둑을 두기 시작했다. 승률이든 패율이든 7할 이상 될 때 한 급 오르든가, 내리든가 하니까 급수의 등락이 쉽지 않은데도, 3단에서도 한동안씩 머무르는 바둑이 어쩌다 보니 3급까지 밀렸지만 지는 경우가 더 많았다. 당연한 결과였다. 어떤 형태의 것이

든 집중은 불가능했다. 끝 모를 추락. 바둑도 인생도 거침없는 내리
막이었다. 불가항력인 것 같았다. 그럴 수밖에 없는 것일까, 자문해
보는 사이에 역시 당연한 것처럼 바둑은 또 엉망이 되어 가고 있었
다. 그 엉망을 그다지 마음 켕겨 하지 않는 상태에서 하여튼 바둑을
둔다고 두며 소주를 홀짝홀짝 마시다 보니 비로소 내 불찰이 뉘우쳐
졌다.

집을 팔고, 사고, 그런 것들은 하나하나가 중요한 일인데 그 전제
가 되는 일에 너무 소홀했다. 내가 현실에서 생애 내내 해온 일들이
거의 모두가 그랬다. 돌이킬 수 없는 실수를 이미 또 저질러 버린 듯
했다. 상숙이 거짓말을 한 게 아니라 아버지가 변덕을 부렸을 것 같
았다. 아버지는 언제든지 그럴 수 있는 사람이었다. 지난 수십 년 동
안 익히 경험한 바였다. 아버지 말씀을 표현 그대로 믿고 있다가는
낭패하기 일쑤였다. 그런 줄 알면서도 또 실수를 저질렀다.

아팠다.

울화가 치밀어 올랐다.

그러나 어쨌거나 집은 팔렸으니 이미 벌어진 판이었다. 난감했다.
우선 아내나 아이들 바라보기 면구스러웠다. 어떤 형태로든 아내와
자식들의 시야로부터 사라지고 싶었다. 집안 풍파로 말미암아 난감
함을 느끼게 될 때마다 밀려오는 그 절실한 충동이 온몸 세포를 고
문하기 시작했다. 바둑은 엉망이 되어 갈 수밖에 없었는데, 상대방은
그 엉망을 야죽야죽 즐기려 들었다.

나의 뇌리에 하나의 생각이 또 흘러가기 시작했다. 이미 여러 차

레 해본 적이 있는 생각이었다. 아버지와 함께 따로 나가 살자. 그게 적어도 차선책은 된다. 내게 운명이라 하여 내 아내나 내 자식들에게 같은 고통을 강요한다는 것은 부당하다. 횡포다. 그래서는 안 된다. 아버지와 단둘만의 공존은 위태롭지만 그래도 그 길밖에 없다. 이번에는 고개를 내젓게 되지 않았다. 다분히 다짐조였다. 나는 선택을 두려워한다. 특히 근친들과의 관계 쪽에서 그렇다. 모든 선택이 잘못이었던 것 같았다. 어깃장이나 자학이 아니었다. 그때마다 힘에 겨운, 실로 죽을힘을 다한 노력에도 불구하고 더 나쁜 것이 될 수는 없을 듯한 결과로 보아 그랬다. 그러므로 선택에 앞서 스스로 짜증을 느낄 만큼 머뭇거리게 된다. 그때도 그랬다. 그러나 아무리 뒤집어 궁리해 보아도 그 길밖에 없을 듯했다. 외길이다. 나는 다짐이라도 하듯 그렇게 생각하며 또 술 한 잔을 입으로 가져갔다. 손 하나가 다가와 그 술잔을 빼앗았다.

「나도 술 한잔 마셔 봅시다.」

아내는 그 방에 있는 또 하나의 의자에 앉았다.

「기왕 마시려면…….」

나는 그 얼굴로부터 슬며시 눈길을 피하며 이미 엉망이 되어 있는 바둑을 '기권'으로 끝낸 다음 컴퓨터까지 끄고 나서 주방으로 들어가 잔 하나를 더 챙기고, 다용도실에 들어가 술 한 병을 더 찾아 들고 다시 컴퓨터 앞으로 돌아왔다. 아내와의 대작은 드문 일이었다. 우리는 술 몇 잔을 나눴다. 그리고 내가 먼저 입을 열어, 면목 없다는 이야기는 젖혀 둔 채, 내 뇌리에 내내 그렇게 다짐조로 흐르고 있는

232

선택, 오래전부터 궁리해 오던 그 계획을 비로소 털어놓았다. 아버지를 내가 모시고 나가겠다. 당신은 아이들과 함께 지내라……. 그리고 말했다.

「어머니와의 약속이기도 하지만, 아버지를 마지막까지 모시는 거, 그게 내 운명이라고 생각해.」

아내도 어떤 궁리를 해보고 있었던 듯, 곧 입을 열었다.

「그건 안 돼.」 냉정한 표정이었고 단호한 어조였다. 「절대로 안 돼.」 이번에는 나무라는 눈빛이 되었다. 「아예 다 깨버리려고 하는 거야? 그게 어떻게 나를 위하는 길이 되고 아이들을 위하는 길이 될 수 있어. 나로서는 남편을, 아이들로서는 아버지를, 그렇게 내팽개쳐 놓고 어떻게 편할 수 있어? 그리고 또 만일 그랬을 경우, 세상 사람들이 나를 보고 뭐라고 하겠어?」

조목조목, 반박할 수 없는 이야기들이었다. 내가 대꾸할 말을 미처 찾아내지 못하고 있는데 아내가 다시 입을 열었다.

「당신에게 운명이라면 내게도 운명이야. 우린 부부야, 부부. 아버님, 내가 끝까지 모시겠어. 그게 내 운명이야. 그리고…… 난 할 수 있어.」 아내는 내 눈동자를 한동안이나 들여다보다가 조금 부드러운 표정, 낮춘 목소리가 되어 그다음을 이었다. 「사실은 오래전부터 생각해 왔어. 아버님 문제는 아버님과 나나, 고모들과 나의 관계가 아니라, 나 자신과 나의 관계라는 것을. 아버님이나 고모들이나 아주버님에 대한 야속함이나 노여움 때문에 나 자신과 당신을 괴롭혀서는 안 된다는 것을.」

나는 또 심금을 켜 치받친 느낌이 되었다. 안쓰러웠고 미안했다. 몹시. 그런데 아내에게는 아직도 할 말이 있었다.

「그리고 인혜 출산……, 내가 도와줄 수밖에 없어. 안사돈도 몸이 불편하시다 하고……. 그러니까 우리 몇 해 더 바쳐. 그렇게 하고도 우리에게 시간은 있어. 아직 멀었어.」

그다음에 아내의 마지막 말이 나왔다.

「내일 아침부터는 내가 아버님 밥상 들겠어.」

극적 반전 같았다.

나는 아무 말도 할 수 없었다. 멀건 기분이었다. 아내가 갑자기 우뚝해 보였다. 나는 아내의 그 눈길을 피하듯 술잔을 입술로 가져갔다.

10월 24일까지는 집을 비워 주어야 하는 형편이었기에 다음 날부터 우리 부부는 바빠야 했다. 아내는 주말 내내 인터넷 부동산 사이트를 뒤져 후보지를 골랐고, 월요일 일과가 시작되자 곧 움직이기 시작했다. 집을 줄이자는 당초 목적은 이제 물거품이 되었다. 아버지를 계속 모시기로 할 경우 지금과 마찬가지로 방이 네 개는 있어야 하고, 서교동 아파트를 판 돈으로 서울에서 구할 수 있는 그런 크기 아파트는 강북 변두리가 될 수밖에 없었다. 아버지가 한집에 있는 한, 예의 흉몽 같은 무엇은 이어질 수밖에 없지만 그래도 서교동으로부터는 될 수 있는 대로 멀리 떨어지고 싶었다.

백수가 된 뒤 언제나 늘어진 생활이나 하던 나는 아내를 따라, 모처럼 만에 아주 바삐, 정말 바쁜 사람들 사이에 섞여 돌아다녔다. 그리고 그날 오후 느지막하게, 4호선 미아역 근처에 이르렀을 때, 아내가 아주 마음에 들어 하는 집을 만났다. 새로 지은 아파트였고, 언제라도 입주할 수 있는 상태였기에 일정의 여유도 갖추고 있는 셈이었다. 달동네 재개발 지역이어서 값도 우리 형편에 맞았다. 나는 비교적 가깝게 산이 보일 만큼 탁 트인 전망이 마음에 들었기에 아내가 하는 대로 뒷전에서 바라보고 있기만 했다. 곧 최종적인 가격 협상에 이어 계약이 이루어졌다.

매수자는 '이상준'이 아니라 '한종님'이었다. 우리 집 경제 운용은 결혼 초부터 아내가 해왔으니까 집의 소유 명의가 누구인가 하는 것은 특별한 의미가 없었지만 나는 그렇게 해두고 싶었다. 아내에 대해 느끼고 있는 미안함이나 부채감의 표현들 가운데 하나였을는지도 모른다. 아침에 집을 보러 가자고 나서며 내가 '이제부터는 모든 것, 당신 명의로 해. 집, 전화, 컴퓨터 통신까지……' 하고 말했을 때, 아내는 물었다.

「왜?」

「내빼려고, 모든 것을 넘겨준 다음에…….」

「피이익!」

우스개조만은 아니었다. 내빼는 것, 사라지는 것, 탈출, 도망……, 그런 것들이 나로서는 숙원 사업이나 마찬가지였다. 생애, 거의 초장부터 가슴에 품어 별러 온. 두고두고 별러 온.

우리 부부는 계약을 끝내고 집으로 돌아와, 그동안 살아온 집에 이사 올 사람의 편의를 위해 조금 앞당겨 10월 18일로 이사 날짜를 정했다. 수리를 위해 일주일만 일찍 비워 주었으면 좋겠다던 것이 그쪽 사람들의 부탁이었다. 이삿짐 운송 회사와 약속을 하고 나자 이사를 위한 모든 준비가 끝난 셈이 되었다.

다음 날 아침이었다.

아내가 말했다.

「오랜만에 어머님이 꿈에 나타나셨어. 내가 빨래를 큰 고무 자배기 가득 담아 놓고 있는데, 어머님이 나타나서…… 하여튼 도와주려고 하시는 꿈이었어.」

그 장면에서 내가 어떤 표정이었던가. 아내는 좀 불만스러워하는 표정이 되어 말했다.

「영혼의 존재를 부정할 수 없어. 어머님은 뭐든 날 도와주려고 하셔. 나는 그걸 느껴.」

'문화나 민족에 관계없이 각종 무속(巫俗)을 포함한 민간 신앙은 그런 신앙 대상에라도 의지하지 않고는 자신을 버텨 낼 수 없을 만큼 착하고 약한 사람들의 마음으로부터 비롯되었다.' 언젠가 스치듯 들은 이 이야기가 때로 회상된다. 이를테면 아내가 영혼의 존재에 대한 이야기를 할 때다. 그 꿈 이야기를 할 때도 마찬가지였다. 나는 영혼의 존재를 부정하는 입장은 아니었지만 그렇다고 긍정하는 입장도 아니었다. 나는 내 표정이 아내의 기대치에 가까워질 수 있도록 적당히 얼버무려 보였다. 그러자 아내는 자신의 속을 조금 더 내보였다.

「아버님 밥상을 다시 들고 들어가기 시작한 다음부터 내 마음이 한결 편해졌어.」

내색하지는 않았으나 그것은 나로서는 콧등이 찡해지는 고백이었다. 이제는 죄책감도 안 느껴져. 아내는 마치 다짐이라도 하듯 이 말을 여러 차례 되풀이하기는 했지만, 나는 안다. 아내는 죄책감을 느끼지 않으려야 않을 수 없는 인간이었다. 그 말이 처음 느닷없이 튕겨 나왔을 때, 내가 그렇게 짐작했던 것처럼, 그것은 사실 묘사보다는 다짐이나 오기의 표현에 지나지 않았다.

내가 이해하는 아내는 독할 수 없는 여자였다. 독한 척할수록, 독해지려 할수록, 죄책감은 오히려 더 심해져서 깊은 밤이나 이른 새벽에 성모상 앞에 촛불을 밝히고 앉아 있는 경우가 더 잦아졌다. 그런 어느 날, 나는 아내가 일요일마다 성당에 가기는 해도 신부가 입에 넣어 주는 '떡'―예수님의 몸―을 자기 몸 안에 '모셔', 예수와 자신을 일체화시키는 의식인 영성체(領聖體)는 하지 않는다는 것을 알게 되었다. 왜, 하고 나는 물었다. 아내의 대답은 한동안이나 지난 다음에야 나왔다. '……고백 성사를 하지 않으면 영성체를 할 수 없어.' 몹시 머뭇거리는 어조였다.

나는 또 왜, 하고 물어볼 수는 없었다. 어느 신부가 쓴 책에서 읽은 것인데, 천주교 신자의 주요 의무 가운데 하나로서 신자들이 성당 고백소에서 고백하는 자신의 죄 가운데 대부분은, 자신의 마음에 켕기는 것들 가운데 가장 작은 것이라고 했다. 그렇게 자신이 경배하는 신 앞에서마저 솔직할 수 없는 게 인간이다. 인간의 자기 은폐 욕구는 그만큼 집요하다. 그런데 잠잘 때마저 열한 알짜리 작은 묵주를 손에 쥐고 있는 아내의 경우, 자신의 마음에 가장 크게 켕기는 것을 고백할 수 없는 한, 고백의 공간에 들어갈 수 없는 사람이었다. 그것이 내가 이해하는 아내였다. 그러니까 '이제는 죄책감도 안 느껴져'라고 더러 되풀이하던 말과는 달리 아내는 죄책감에 내내 줄기차게 시달려 온 거였다.

나는 콧등이 찡해진 심정을 감출 겸, 우스개조로 대꾸했다.

「요 담에 어머니가 또 나타나시거든 그렇게 좀 말씀드려 줘. 나한테도 좀 가보시라고. 내가 시샘한다고.」

우스개조였지만 내 진심이었다. 어머니의 부재가 나를 속속들이 이해해 주고 격려해 주는 유일한 의지의 상실이라는 것을 내가 알아차리게 된 것은 어머니가 떠나고 난 뒤였다. 아내와는 달랐다. 다를 수밖에 없었다. 혈친과 혼약에 의한 법적 관계라는, 대상에 대한 거리 차이 때문만은 아니었다. 내가 소년기 이후, 집안 풍파로 말미암아 시달려 온 내력, 그 내밀한 켯속까지를 속속들이 알고 있는 것은 어머니뿐이었다. '내, 다 안다. 참아라.' 어머니가 어루만져 주는 눈빛으로, 더러 건네주는 그 한마디에 나는 또 격정의 어느 순간 하나를 견뎌 내며 얼마 동안이나마 나를 버텨 낼 수 있는 힘을 얻었다. 나는 요즘 답답한 마음에서 어머니를 부르곤 한다. 어머니, 도와주세요. 그렇게 실제로 소리 내 외친 적도 있다. 남들은 꿈에도 나타난다는데 어머니는 왜 꿈에마저 나타나지 않느냐고 투정하는 것처럼 투덜댄 적도 있다. 그런데 아내의 꿈에 나타나 어린애처럼 칭얼거렸다는 어머니는 끝내 내 꿈에는 나타나 주지 않았다. 나는 또 호소한다.

어머니, 제발 좀 도와주세요. 제가 맞닥뜨려 있는 이 어려운 문제의 정답을 좀 주세요, 제발, 어머니!

그다음 장면에서 나는 홀로 실소를 머금어야 했다. 서교동 집을 팔자 할 때부터, 나에게는 아내에게도 이야기하지 않은 꿍꿍이셈 하나가 있었다. 내 멱살을 움켜쥔 그때부터 내 시야에 나타나지 않고 있는 상현으로부터 좀 떨어져 살자. 서로를 위해……. 특히 아이들 눈을 생각하면, 상현이나 나 자신을 위해 피차 못할 짓이었다.

그런데 꿈 이야기를 서로 나눈 다음에, 새로 산 집의 잔손질과 가구 배치에 대한 구상을 위해 승용차를 타고 집을 떠나 미아동 방향으로 차를 몰아가다가 신축 중에 있는 어느 아파트 앞을 지나게 되었을 때, 아내가 말했다.

「저거, 작은 고모가 내년 2월에 이사 온다는 아파트…….」

상현이 2년 전에 아파트 분양을 받았다는 것은 나도 알고 있었지만 그 위치는 모르고 있었다. 그런데 그 자리는 서교동에서보다야 서로 멀리 떨어져 있었으나, 그래 봤자 우리가 새로 들어갈 아파트로부터 시내버스로 서너 정류장 거리였다. 아내에게는 상현의 집이 가깝든, 멀든 상관없는 거였던가? 그렇다고 물어볼 수도 없었다. 이런 것도 운명이라고나 해야 할까……. 나는 운전석의 아내로부터 고개를 돌려 오른편 차창 밖을 내다보며 홀로 실소를 머금고 있기나 하는 게 고작이었다.

나는 이사를 하기 전 여유를 이용하여 기분 전환 겸, 아내와 여행을 하고 싶었다. 아내로서는 두말이 있을 수 없었다. 중도금을 10월 1일에 받기로 했으니까, 그다음 날부터 일주일쯤 실로 모처럼 만에 단풍 구경을 하고 오기로 대강의 일정을 잡은 다음, 나는 잔머리를 짜낼 대로 짜내 우선 상숙에게 편지를 보냈다. '까다로운 감독자처럼 야단만 치려 들지 말고 다른 세 형제들이 의논해서 우리 부부 더러 휴가라도 좀 보내 다오. 아무리 가혹한 고용주라도 일주일에 한 번은 쉬게 하고 더러 휴가도 주지 않는가. 요즘이야 징역 사는 죄수도 주기적으로 휴가를 준다더라. 우리는 9년 동안이나 꼬박 갇혀 지냈으니 이번 가을에 더도 말고 일주일만 쉬고 오도록 좀 배려해 다오……' 그리고 빠른우편으로 보낸 그 편지가 상숙에게 전해지고, 다시 그 편지 내용이 아버지에게 전해질 때를 면밀히 계산하여 아내로 하여금 아버지 앞에 나아가 허락을 구하도록 했다. 아버지가 지난해처럼 만일 '가지 말라' 할 경우, 나는 무리한 방법으로라도 이번 휴가를 꼭 관철시킬 각오마저 단단히 하고 있었다. 그런데 아버지 대답은 선선했다.

「영남 에미한테 이야기 들었다. 다녀오너라.」

아버지의 그런 대답은 아마도 상숙의 배려와, 아내가 밥상 시중을 다시 들기 시작한 뒤 두 사람 사이에 이루어진 일종의 화해 분위기 때문이었을 듯했다. 어쨌거나 아버지 방에서 물러 나와 나를 향해 다가오는 아내의 표정은 활짝 밝았다. 드문 일이었다. 나는 화답하 듯 표정을 부풀려 '야호' 하고 외치는 시늉을 지어 보였다. 그렇게 해서 우리 부부는 금세 행복해졌다.

아버지는 10월 1일 아침 식사를 끝낸 뒤에 행장을 차려 집을 나서 며 아내에게 말씀했다.

「가는 길에 넉넉하게 다녀오너라. 나는 12일에 돌아오마.」

아버지를 보내고 나서 아내는 나에게 그 소식을 전하며 활짝 웃는 얼굴로 두 손바닥을 펴 내밀었다. 우리는 양 손바닥을 짝 소리가 나게 맞부딪쳤다. 기분이 좋았다. 열흘쯤을 속박 없이 놀아 젖힐 수 있다는 게 꿈 같기만 했다. 또 굳이 이름을 붙여 보자면 '9년 만의 외출'이 막 시작될 판이었다. 그런데 그날 11시에 중도금을 받기 위해 복덕방에서 상대방을 만났을 때, 그쪽에서는 가능하다면 집을 일주일 더 당겨 비워 주면 좋겠다는 청을 했다. 어차피 우리가 새로 산 아파트는 언제라도 들어갈 수 있는 상태였다. 문제는 휴가 일정이었는데, 아내는 휴가를 좀 줄이더라도 그쪽 사정을 봐주자는 의견이 되었다.

「그분들, 참 좋아 보여. 도와드릴 수 있으면 도와드리고 싶어.」

내가 이해하고 있는 아내다운 발상이었다. 휴가 일정을 줄이는 일이 불가피해졌지만 우리 부부의 행복감은 그대로였다. 물론 그 시간에 우리는, 우리의 그 행복감이 어떤 지독한 풍파의 씨앗이 되리라고는 예상해 볼 수 없었다. 행복감에 취해 있었기 때문만은 아니었다. 우리 부부의 생애에서 경험한 가족적 풍파란 어떤 신통력으로도 예상을 불허하는 것이기 일쑤였다.

아내는 중도금을 받고 집으로 돌아오는 길로 이삿짐 운송 회사에 전화를 걸어, 당초 18일을 12일로 바꿔 달라는 부탁을 하여 승낙을 받았다. 나는 상숙에게 전화를 걸까 하고 망설이다가 편지로 알리기로 했다. 회선으로나마 이어졌을 경우, 상숙으로부터 또 무슨 소리를 듣게 될까 하는 조심스러운 두려움을 넘어서는 것은 쉬운 일이 아니

었다. 될 수 있는 대로 당분간이나마 접촉 면적을 줄여 두는 게 낫다,
나는 그렇게 생각하며 편지를 썼다.

이사 날짜가 바뀌게 된 경위와, 그러므로 '12일에 아버지께 새집으
로 오시도록' 말씀드려 달라는 내용이었다. 새집으로 찾아오는 방법
도 상세히 적었다. 도착 시간을 알려 주면 마중 나가겠다는 이쪽 뜻
도. 그리고 예정대로 휴가를 즐기기 위해 다음 날 아침 승용차 편으
로 집을 떠나 동네를 벗어나기 전에, 동사무소 옆에 있는 우체국에
들러 그 편지를 부쳤다.

실로 오래간만의 휴가였다. 우리 생애에서 처음 같았다. 우리는
표현 그대로 날아갈 듯한 기분이었다. 새로운 세상을 만나기라도 한
듯했다. 소풍 가는 어린아이들처럼 킬킬거리기를 되풀이했다. 노래
도 함께 불렀고 군것질거리들을 서로 입에 넣어 주기도 했다. 그다
음 닷새 동안 내내 그랬다.

'징역살이' 9년 남짓 만에 닷새 동안의 휴가를 즐긴다고 즐기고,
우리 부부는 서울에 돌아오는 길로 이제 들어갈 집의 잔수리며, 새로
살 가구를 알아보러 다니는 일이며, 이삿짐 쌀 준비를 하는 거며, 정
신없이 바쁜 며칠을 보냈다. 그리고 예정된 10월 12일에 새집으로
이사를 했다. 그런데 그날 아버지는 연락도 없었고 나타나지도 않았
다. 그래도 우리 부부는 이상스럽게 생각하지 않았다. 아마 이사하
는 날의 번거로움을 피하기 위해 다음 날 오시려나 보다 했을 뿐. 그
런데 아버지는 13일에도 나타나지 않았다. 저녁 7시쯤이었다. 아내
가 문득 말했다.

「편지가 안 들어간 게 아닐까?」

불안해하는 얼굴이었다.

「그럴 리가 있어? 아버지께서 아마 우리 사정 봐주셔서 이사하느라고 분주할 테니까 며칠 늦게 올라오시는 걸 거야.」

「아버님은 그럴 분이 아니신데…….」

아내는 내내 그렇게 불안해했다.

그런데 아버지는 그다음 날도 나타나지 않았다. 매인 일정이 있는 것도 아니니까 며칠쯤 늦어질 수도 있는 거지 하고 생각하면서도 궁금증은 부쩍 부풀려졌다. 나 역시 불안했다. 몸져누워 계신 게 아닌가 하는 의문도 일었다. 따로 살던 시절에도 일주일에 두어 번은 전화로든 편지로든 소식을 듣고 있었으니까, 이토록 오래 소식을 모르고 있기는 처음이었다. 상숙에게든 상현에게든 전화 한 통화면 그 불안한 궁금증을 풀어 볼 수 있겠지만, 바로 그 전화 한 통화가 쉽지 않았다.

누이동생들로부터 격한 감정이 실린 어떤 소리를 듣게 되는 것을 내내 그렇게 두려워하고 있어야 하는 형편이었다. 그리고 또, 하루나마 더 떨어져 있기를 바라는 마음도 만만치 않았다. 내친김에, 요행수를 바라기라도 하듯, 아버지가 아예 돌아와 주지 않았으면 하는 마음이 없었다고 하기도 어려울 듯했다. 고문 같은 죄책감이 줄기차게 되풀이되고 있는데도 불구하고 내 악마성은 결코 포기되는 법이 없었고, 더불어 그 악마성을 미화하거나 변명하려는 자기 은폐 욕구는 더 정교하고, 더 집요해지고 있는 중이었다. 나는 내 내부의 그 복잡한 지형도를 최소한 자각하고 있기는 했다. 그렇지 않을 수가 없었다. 왜냐하면 이른바 양심의 가책 또한 줄기차게 작동하는 상태였기 때문이다.

다시 하루가 더 지나갔고, 그날 저녁 8시쯤이었다. 전화벨이 울렸다. 아내가 설거지 중이어서 내가 받았다. 민철이었다. '작은 고모가 자기한테 전화를 걸어, 할아버지를 따돌리기 위해 계획적으로 이사 날짜를 속여 몰래 도망갔다고 화를 내서, 그런 게 아니라고 아무리 설명을 해도 작은 고모는 막무가내다. 욕만 퍼붓는다…….'

이른바 '몰래 이사 사건'은 그렇게 펼쳐지기 시작하고 있었다.

「뭐라고 욕하데?」

최악의 막말이 거침없이 발사되는 상현의 화법을 알고 있기에 민철이 무슨 소리를 들었는가를 짐작할 수 있을 듯한데도 그렇게 물었다. 민철이 받을 상처에 대한 걱정 때문이었다. 화법이 아무리 거칠다 할지라도 설마 조카를 상대로 그 화법 그대로 퍼붓지는 않았겠지. 그것이 내가 바라는 요행수였다.

그러나 민철은 말했다.

「그걸 제가 어떻게 전해요? 제가 차마 그 욕설을 어떻게 말씀드려요? 그런 욕설을 어떻게 제 입에 올려요?」

「알았다.」

항복하는 심정으로 전화를 끊고 나서 전화 내용을 요약해 아내에게 들려준 다음, 아내와 내가 이게 무슨 날벼락이야 하는 심정에서 서로 마주 보고 있는데 전화벨이 또 울렸다. 아내가 전화를 받았다.

우리가 며칠 전까지 살았던 서교동 아파트 아래층에 사는 아내의 교우였다. 할아버지랑 고모랑 자기 집에 와서, 천주교회까지 다닌다는 인간이, 노인네를 쫓아내 버리기 위해 계획적으로 속이고 도망쳤다고 소리를 질러 대서, 우리 부부는 그런 사람들이 아니라며, 무슨 착오가 있었겠죠 하고 아무리 말씀드려도 소용이 없었다……. 상대방에서는 잠깐이면 의사소통을 할 수 있는 전화를 사용하지 못하고 편지를 보낼 수밖에 없었던 이쪽 형편을 딱해했다 하면서, 아내는 몹시 민망스러워했다.

서교동 아파트 이웃들은 아내가 작은며느리인데도 시부모 봉양을 한다는 것을 알아, 이쪽에서 긴 이야기를 하지 않아도 대강의 상황을 짐작하고 있었으므로, 아내는 구구한 설명을 생략할 수 있는 것을 그나마 다행스러워했다.

전화는 이어졌다. 이번에는 서교동 아파트 경비원이었다. 결혼 초부터 써 온 낡은 가구들을 내놓으며 혹시 연락할 일이 있으면 이용하라고 전화번호를 적어 주고 왔는데, 그 경비원이 전하는 풍경도 아내의 교우가 전하는 것과 비슷했다.

노인과 상현이 온 동네를 휘젓고 다닌 것 같았다. 그쪽 아파트에서 벌어졌을 한바탕 소란스러운 풍경을 짐작해 보고도 남을 듯했다. 도시에서의 아파트 생활은 앞집에서 사람이 죽어도 모른다 하지만, 우리 부부는 그 아파트에 함께 사는 사람들을 이웃으로서 서로 사귀며 살았다. 아내의 친화력 덕분이었다. 그들의 얼굴이 떠올랐다. 나는 속이 거북해 죽을 지경이었다. 그런데 상황은 그것으로 끝나 주지 않았다.

그 전화를 끊고 난 조금 뒤였다. 전화벨이 또 울렸다. 이번에는 내가 전화를 받았다. 민철이었다.

「문경 큰 고모에게 전화를 걸어서, 사실은 그런 게 아니라고 아무리 말씀을 드려도, 아니긴 뭐가 아니냐고, 아빠 엄마 욕을 마구 하세요. 돈 내놓기 싫으니까, 돈도 주지 않고 할아버지를 내쫓으려고 몰래 이사 갔다면서…….」

첫째는 욱욱 치받는 투였으며 울먹이고 있었다. 좀처럼 울지 않는 아이였다. 작은 고모에게 당하고 나서 큰 고모에게 하소연이라도 하려고 전화를 걸었다가 큰 고모에게마저 그런 소리를 듣게 되고 보니 참아 낼 수 없게 된 것 같았다. 첫째의 치받는 어조는 이어지고 있었다.

「어머니 생고생 시키지 말고 할아버지를 포기하세요…….」

첫째는 자신을 억제하려고 애쓰기는 했지만 한껏 억제된 그 말투에서 나에 대한 적의를 읽어 내는 것은 어려운 일이 아니었다.

남편은 자기 부모의 인종(忍從)을 노예근성이라고 비난하기까지 하며 속상해했다. 특히 자기 어머니에게 자신의 가치나 관습을 강요하는 자기 아버지를 못마땅해 했다. 용납할 수 없다는 표현을 한 적도 있다. 작은 고모나 큰 고모와 전화를 하던 그날도 내가 있는 자리에서였는데, 남편은 마지막으로 자기 아버지에게 전화를 걸어 할아버지를 포기하라 했다. 적의마저 느껴질 만큼 불손한 어조였다. 아버지에 대해 여느 때 품고 있는 거북한 심정이 이 문제 하나에 응집되는 듯했다. 그 전화 다음에 남편은 나를 상대로 억병이 되도록 소주를 마셨다. 우리 아버지, 답답하다. 답답해 죽겠다. 지긋지긋하다. 정말 도망치고 싶다. 그런데 어머니가 불쌍해서 그렇게도 못하겠다. 나도 벌써 빌어먹을 운명에 작살나기 시작했나 보다. 이제 태어날 우리 아기에게 집안의 이런 꼬락서니를 뭐라고 설명해야 하냐……. 그런저런 푸념들을 되풀이하며. 시어른들에 대한 것이기에, 어쨌거나 시집살이를 하고 있는 나로서는 대거리도 할 수 없는, 참으로 난감하기 짝이 없는 시간이었다.

그 시간, 나는 혀를 칵 깨물고 싶었다. 그야말로 만사가 귀찮았다. 계획적으로 몰래 도망치기 위해 노인을 일부러 따돌렸다는 발상이 어떻게 가능할 수 있었을까? 동사무소에 가서 컴퓨터로 주민 등록만 추적해도 이내 알 수 있는 것이고, 또 상현이가 민철에게 이내 전화를 걸었듯 연락 수단은 얼마든지 있었다. 아버지만이라면 그 불같은 성품 탓으로 돌려 버릴 수도 있겠지만, 상현과 상숙까지 덩달아 난동을 피웠다는 것은 아무리 돌려 생각해 보아도 이해할 수 없었다.

이제는 정말, 아버지뿐만 아니라 상숙이나 상현이가 과연 제정신인가를 심각하게 의심해 봐야 할 형편이 된 것 같았다. 의심해 봐야 할 것은 그뿐만도 아니었다. 편지가 정말 들어가지 않은 걸까? 지난 수십 년 동안 주고받은 편지가 들어가지 않은 적은 한 번도 없었다. 도대체 이게 무슨 날벼락 같은 환난인가?

나를 향해 있는 아내와 자식들의 눈길 앞에서 이제는 면목이 없는 정도가 아니었다. 나는 아예 발광 상태였고 가슴에서는 이빨을 악문 비명이 부르짖어지고 있었다. 덫에 치인 짐승의 그것과 비슷한 것일 그 비명을 듣고 있는 것은 나 자신뿐이었다. 아니, 어쩌면 그 울림 한 줄기나마 잇새로 새 나왔을는지도 모른다. 아내의 눈길이 번득 나를 향해 빛났다.

그때 나는 보았다.

아내의 그 눈빛에 실려 있는 극단적 혐오감을.

그리고, 들었다.

아내의 내부에서 들끓어 대는 거센 격랑을.

나는 고개를 숙여 아내의 그 눈길을 피했다. 나는 그야말로 무슨 짓이라도 벌여 버리고야 말 것 같았다. 그래야만 할 것 같기도 했다. 그럴 수밖에 없을 것 같기도 했다. 스스로 제 존재 자체를 던적스러워하면서도 그래도 살아 보겠다고 죽을 둥 살 둥 도망치던 끝에 마침내 막다른 골목에 몰리고야 만 것 같았다. 꼭 그런 심정이었다. 숨이 막혔다. 정말 어쩌다 보니까 이 지경이 되었다. 그때마다 죽도록 애는 썼으면서도 번번이 허탕만 친, 이 골백번 빌어먹고도 남을 인생, 그리하여 누추해질 대로 누추해진 인생, 차라리 죽느니만도 못한 인생……, 죽고 싶었다. 정말 칵, 죽어 버리고 싶었다.

이 세상은 낙원이 아니다. 낙원일 수 없다……. 인식의 눈이 뜨여진 이래 내내 나를 지배해 온 세상에 대한 이런 이해는 내가 세상을 해석하는 가장 기본적 잣대였고, 동시에 내 존립을 결정하는 절대적 전제였다. 나는 그런 잣대, 그런 전제로 세상과 그 세상에 살고 있는 사람들과, 나를 향해 다가오는 모든 고난을 해석했고, 대응했다.

이 세상을 낙원이라 생각했던 적은 정말 단 한 번도 없었다. 그렇지만 세상에서의 삶을 비관한 적은 거의 없었다. 그 하나하나가 그때마다 숨가쁨이 느껴질 만큼 버거웠던 온갖 고난에도 불구하고 인생은 신명을 다 바쳐 살아 볼 만하다고, 그럴 의미가 충분하다고, 젊은 시절부터 간직해 온 그런 생각이 어쩔 수 없이 더러 흔들리게 되는 경우가 있기는 했지만, 그래도 막바지 비관까지 간 적은 없었다. 그런데 지난해, 아내와 아버지가 마주 보고 달리는 두 대의 기관차가 된 다음부터 나를 지배하고 있는 가장 강렬한 충동은……, 죽음, 자살이었다.

나는 자살을 죄악이라고 생각한다. 종교적 발상이 아니다. 자살은, 피붙이든 친구이든 살아남아 있는 인연들에게 막중한 고통을 안겨 준다. 그것은 가장 부당한 고통이다. 누구도 타인에게 그런 고통을 줄 권리는 없다. 그게 나의 신념이다. 그런데도 제 아비와 제 형제들로부터 미움받고, 그들을 미워하고, 더불어 제 아내와 제 자식들에게 도무지 면목 없는 이런 생애를, 더구나 뻔뻔스러운 얼굴로 살아가기보다는 죽는 게 차라리 낫다 싶기만 했고, 그 충동은 장면에 따라 매우 격렬했다. 스스로 위기감을 느낄 만큼. 제 몸에 때 묻히지 않고, 제 몸을 더럽히지 않고, 제 이름을 욕되게 하지 않고, 제 아내나 제 자식이나 제 친구들을 실망시키지 않고, 이 풍진 세상에서 한 생애를 살아 낸다는 것은 어쩌면 불가능한 것일는지도 모른다. 아무리 바르게 살려고 해도 유탄은 언제, 어느 쪽에서든 날아올 수 있고, 길을 걷다 보면 구정물 바가지는 언제든 머리 위에서 쏟아질 수 있는 세상이니까. 그렇게 생각해 봐도 위안이 되지 않았다. 그 시간에도 꼭 마찬가지였다.

　정말 칵, 냅다, 죽어 버리고 싶었다. 다른 생각은 비치지도 않았다. 경제적 궁핍과 집안 풍파로 말미암아 어린 시절 이후 다 늘그막에 이르기까지 내내 오로지 우중충하고 버겁기만 했을 뿐, 이룬 것이라고는 아무것도 없는 인생, 제 아버지가 소리 소문 없이 사라져 주기를 바라는 것밖에는 희망이라고는 아무것도 없는 인생, 어떻게든 자신을 버텨 내려는 그 우스운 안간힘이 삶의 유일한 지향이나 이유나 조건인 한심한 일상에서, 허구한 날 한껏 늘어진 표정으로 누군지도 모르는 사람을 상대로 바둑이나 두며 제 몫의 세월이 어서 흘러가 주기나 바라고 있어야 하는 인생, 아버지를 어떻게든 포기하지 않으려고 생똥 싸듯 하다가 형제까지 잃어버렸고, 그러다가 마침내는 자식이나 아내 되는 사람까지 소원해져 버린 이 빌어먹을 인생. 당장 죽어 사라진다고 한들 무슨 대수랴!

　칵 죽자.

　아예 칵 죽엇!

　적어도 지난 한 해 동안 내 삶은 어떤 면에서 보자면 그만 칵 끝내고 싶은 치열하고 집요한 충동과의 줄기찬 싸움이었다. 그런 순간들은 실로 허다했다. 때로는 하루에만도 몇 차례씩이었다. 그러나 그 순간의 충동은 이전의 것들과 달랐다. 그 어느 때보다도 더 격렬하고 확고했다. 이번에는 감행할 수 있을 듯했고 그래야만 할 듯했다. 더 우스운 꼴이 되지 않도록 하기 위해.

칵 죽자.

그래야 한다!

꼭 그래야 한다!

따로 살고 있었지만, 시댁의 풍파는 거의 액면 그대로 내게 전해져 왔다. 대학에 입학하자부터 우리는 서로 사귀게 되었는데, 남편은 결혼 전부터 자기 집 이야기를 자신이 알고 있는 한, 거의 가감 없이 나에게 이야기해 왔기 때문이었다. 그러나 이제 알겠다. 남편도 사실은 잘 모르고 있었다는 것을. 내 감각이나 남편을 통해 내가 알아 온 그것들은 거죽뿐이었다는 것을. 그 내면은 내가 상상해 온 것보다 훨씬 더 절박했다는 것을. 타인의 경우를 안팎 모두, 액면 그대로 이해할 수는 없다는 것을. 타인의 일에 대해 알은체하는 것은 주제넘은 짓이 될 수밖에 없다는 것을.

……그러나, 그러나 말이다, 나는 그래 봤자 가쁜 숨 몇 차례를 그렇게 연거푸 내쉬고 난 다음 찬찬한 손길로 전화기를 들고 상현네 전화번호를 누르기 시작했다. 나의 이성이란 (역시 노예근성일까) 언제나 그렇게 힘이 셌다. 그보다는 미련한 거였을까. 아니, 나는 또 운명이라는 만만한 핑계에 그토록 천연덕스레 의지하고 있었다. 운명이다, 정말 어찌하랴!

내가 나 자신을 향해 그렇게 외치고 있는 사이에 한동안 이어지던 신호 소리가 멎으며 회선 저편에서 동주 목소리가 떠올라 왔다. 동주가, 그리고 그보다 몇 살씩 아래인 선주나 형주가 빠짐없이 지켜보고 있었을 그 장면들이 눈에 선했다. 상현의 거침없는 악담에서 나는 최하의 짐승이 될 수밖에 없었다. 대뜸 등골이 서늘해지기까지 했다. 그 시간, 내가 바라보던 것은 사랑하는 조카들 앞에 최하의 짐승이 된 내 모습이 아니라, 그 짐승을 보고 슬픔과 고통을 느낄 수밖에 없었을 그 아이들 모습이었다.

「동주구나. 어머니 계시니?」

그러나 나는 또 아무런 일도 없었던 체, 자신을 꾸며 보이고 있었다.

「아뇨. 잠깐 나가셨어요.」

자격지심 때문이었을는지도 모른다. 아이의 목소리가 아무래도 굳어 있는 것 같았다. 오랜만인데도 인사조차 없는 것도 예사롭게 여겨지지 않았다.

「그럼 할아버지는?」

「방에 누워 계세요.」

「그래? 그럼 할아버지께 말씀드려라. 내가 내일 아침 일찍 모시러 가겠다 하더라고.」

'당장'이 아니라 '내일 아침'이라는 정도가, 내가 부려 볼 수 있는 오기의 한계였다.

「예, 알았습니다, 외삼촌.」

아이의 그 깍듯한 말 맺음도 마음에 걸렸다. 서둘러 전화를 끊으려는 듯한 것도. 나는 물었다.

「카투사 시험 본다는 건 어떻게 됐니?」

「그거 내년예요.」

올해 대학 2학년인 동주는 말이 간단한 아이가 아니었다. 오히려 나를 상대로 할 경우, 말이 길어지곤 했다.

「선주는?」

선주는 다음 달에 대학 수학 능력 시험을 치를 예정이었다.

「잘 하고 있어요.」

더 붙잡고 있을 수도 없을 듯했다. 붙잡아서도 안 된다. 나는 적어도 형제들, 조카들, 자식들…… 등, 혈연들에 대해서는 애써, 죽자고, 집요하게, 다가가려 들곤 했다. 사이가 뜬 만큼 정은 묽어질 수밖에 없다는, 열 번 찍어 넘어가지 않는 나무 없다는, 그런저런 소리들에 대한 막연한 믿음이 나로 하여금 그렇게 하도록 했다.

그러나 결과로 보아 그 노력은 말짱, 모조리, 알뜰하게, 헛수고였다. 그래서 새롭게 얻어진 막연한 믿음 하나는, 다가가려 할수록 오히려 멀어져 간다는, 쫓아가면 오히려 도망간다는, 인간관계라는 게 아마도 그런 것 같다는, 그러므로 접촉 면적을 힘닿는 대로 줄여 두는 것이 오히려 슬기로운 선택일 수 있을 것 같다는……, 그런 거였다.

불행한 믿음 같았지만 나로서는 어찌해 볼 수 없었다. 그 결과, 어느 날부터였던가, 나는 다가가는 노력을 포기한 채, 잠자코 바라보고 있기로 했다. 부모, 형제나 조카들뿐만 아니라, 심지어는 아내나 자식들에 대해서마저 잠자코 바라보고 있으려 했고, 다가가고 싶을수록 오히려 더 뒷걸음질 치려 들게 되기까지 했다. 세상에 대해 내가 간직하고 있는 기왕의 무섬증이 더 무거워진 셈이었다.

그 시간에도 나는 또 나 자신에게 그렇게 일렀다. 꾹 참고 기다리게. 꾹꾹 참고 잠자코 바라보게. 인간관계란 어쩌면 인력으로는 어쩔 수 없는 것일는지도 모르니. 그만한 세월을 살아 내고도 어찌 그런 것도 모르나. 헛살았군, 헛살았어, 헛살았다니깐. 그렇게 조금쯤은 탄식조가 된 다음에 나는 '항보옥' 하는 심정이 되어 말했다.

「알았다, 동주야. 잘 지내라.」

아이가 받을, 아이가 받을 수밖에 없을 상처에 대해, 그로 말미암아 아이와 나 사이에 생기게 될 수밖에 없을 틈에 대해 생각해 보며, 나는 마침내 전화를 끊고 베란다로 나가 하늘을 우러러보았다. 눈시울이 달아올랐다. 시야가 부옇게 흐려졌다.

상숙과 상현에게 무슨 말이든지 해야 한다. 아예 막가는 듯한 그들을 바라보고 있기만 해서는 안 된다. 나는 또 발싸심했다. 절박했다. 어떤 형태로든 이야기를 해야 할 것 같았다. 몰래 이사를 갔다는 발상이 어찌 가능하며, 더구나 명색 고모로서 자기의 조카 되는 아이를 상대로 어찌 그런 저주조 악담을 퍼부을 수 있을까?

그러나 나는 그다지 오래지 않아 그 새로운 발언 욕구를 또 짓뭉개 버렸다. 상대방에 대한 맹목적 미움과 노여움에만 사로잡혀 있는 한 제정신을 기대할 수 없고, 제정신을 기대할 수 없는 한 그 입에서 나오는 말이 순리의 것이기를 바랄 수는 없다. 그 말을 탓하고 있어서는 안 된다. 절대로 안 된다. 더구나 그들을 그렇게 몰아간 것은, 그 까닭이야 무엇이든, 결국은 나 자신의 불찰 아닌가.

어느 쪽에서든 멈춰야 한다. 아무런 효과도 기대해 볼 수 없는 말, 주고받아 봤자 막말이나 생산해 내는 것밖에는 아무런 소용도 없다.

그 사람들은 죽으나 사나 내 피붙이들이다. 내 누이동생들이다. 아마 시간이 해결해 줄는지도 모를 답이나 기대하며, 입을 다물고 있어야 한다. 필사적으로. 필사적으로. 나는 또다시 언젠가부터인가 자주 엄습하는, 수렁에 빠져 꼼짝도 해볼 수 없는 듯한, 그 난감한 느낌에 사정없이 사로잡혀 들어가고 있었다.

다음 날 아침나절에, 나는 승용차를 가지고 서교동 상현의 아파트로 갔다. 문을 열어 주는 상현의 눈길은 섬뜩하도록 싸늘했다. 멱살잡힘을 당한 뒤 1년 남짓 만에 처음으로 마주하게 되는 눈길이었다. 나를 얼마나 미워하고 경멸하는가, 애써 강조해 두려는 듯한 그 눈길을 눈치 채지 못한 등신 같은 표정으로 나는 잠자코 아버지를 모시고 미아동 새 아파트를 향했다.

돌아오는 동안 나는 한마디도 하지 않았다. 돌이켜 보자니까 결국 아버지를 떼어 내 버리기 위해 몰래 이사를 갔다는 이번 사건은 지난 수십 년 동안 우리 부부가 근친들로부터 당해 온 모든 환난의 집대성이나 총화 같았다. 이미 지나간 일이기 때문인가, 이른바 '인류 역사에 그 비슷한 예가 드문 사건'은 이번 경우에 견준다면 오히려 약과 같았다.

쫓기기를 되풀이하다가 마침내 막다른 골목에 몰리고야 만 듯한 절박한 울화가 내 가슴에 묵직한 추를 드리우고 있었다. 말을 할 수도 없었다. 묵은 병이 도지듯, 아버지의 지난 자취에 대한 노여움이 다시 한 번 더 생생하게 되살아났다. 실제로 볼에 열기가 느껴졌다.

무력감은 극심했다. 아버지는 뒷자리에서 몸을 비스듬히 기댄 채 창 밖 풍경에 눈길을 주고 있었다. 창밖 풍경을 즐기고 있는 듯했다.

차의 백미러에 담겨 있는 아버지의 그 천연덕스러운 모습은 그 시간 나의 노여움과 무력감을 극대화시키고 있었다. 벌컥 차를 세우고 멱살잡이부터 하고 싶은 모습이었다. 그러나 겉으로나마 공손해야 했다. 최소한 박살은 면하기 위해. 그런 지경만은 어떻게든 피해 가기 위해. 나로서는 집에 도착할 때까지 내내 입을 꾹 다물고 있거나 하는 게 최선이었다. 그리하여 이 세상에서 내가 공존하고 싶지 않은 단 한 사람과의 공존이 다시 시작되었다.

시아버지는 말씀뿐 아니라 표정도 없는 편이다. 말씀과 표정을 일부러 억제하는 듯한 빛도 엿보였지만 그보다는 천성이나 후천적 버릇 같아 보이기도 했다. 가족이 된 뒤 내가 내내 바라보고 있는 셈이던, 말씀도, 표정도 없는 겉모습, 그 내부에 이런 격랑이 일고 있으리라는 상상을 해볼 수 없었다. 이 일이 있고 난 며칠 뒤에 만나게 되었을 때도, 나는 시아버지가 몹시 우울해하고 있을 거라 지레짐작하고 적절한 위안의 말씀을 궁리해 보기까지 했는데, 막상 만나 보니, 시아버지는 여느 때처럼 별다른 표정이 없는 그 얼굴뿐이었다. 마치 아무런 일도 없었다는 것처럼. 어떤 격랑이 인 적도 없었다는 것처럼.

읽어 나갈수록, 시아버지가 잠겨 있어 온 어둠은 더 짙게 느껴진다.

그러나 그때 나를 버겁게 짓누르던 것은 이 세상에서 내가 공존하고 싶지 않은 단 한 사람인 그 사람과의 공존, 그 자체는 아니었다. 이제는 밥을 먹을 때마다 그 소리가 우렁우렁 들려오곤 했다. '보스, 당신이 먹는 것으로 당신이 무엇을 하는가를 말하시오. 그러면 당신이 어떤 인간인가를 내가 이야기해 주겠소.'

거울 앞에서 내 얼굴을 들여다보는 것이 버릇처럼 되어 가고 있었다. 그때마다 나는 온 신경을 바싹 곤두세워 요모조모 구석구석 살피는 눈길이 된다. 그 얼굴에 그려져 있는, 새겨져 있는, 드러나 있는, 묻어 있는, 숨겨져 있는, 숨어 있는, 지난 자취, 내 인생의 총화. 그것은 자랑할 만한 것이 될 수 있을까? 또는 자랑스럽지는 못하다 할지라도 설령 조금쯤 우격다짐을 무릅쓰고라도 그럭저럭 괜찮았다고 이야기해 볼 수는 있을까?

어느 자문에도 선뜻 고개를 끄덕거려 보게 되지는 않는다. 그보다는 아무리 달리 보려 해도, 차츰 윤기를 잃어 가고 있는 살갗, 그 위에 늘어 가는 주름살, 도무지 맑아 보이지 않는 눈빛, 배타적 호선(弧線)을 그리고 있는 입술, 차츰차츰 그 모습을 드러내는 검버섯들, 그리고 그 모든 것들의 지붕이 되는 머리를 덮고 있는, 아무래도 검불 같기만 한 잿빛 머리카락……, 그 하나하나가 추해 보이기만 했다. 상숙의 가차 없이 단호한, 준엄하기까지 한 선언 그대로 '더럽게 늙어 가는' 추악한 얼굴이었다.

명색 인두겁을 뒤집어쓰고 이 세상에 태어난 누구나 마찬가지겠지만, 설령 그것이 허영이라 할지라도 더럽게 살아가고 싶지 않았다. 최소한의 것이나마 인간적 품격을 갖춰 보고 싶었다. 이른바 인간다운 바른 삶을 위해 별의별 우스꽝스럽고 처절한 짓거리들을 다 해보기도 했다. 더구나 나는 교사였다.

교사는 직업상 계몽적일 수밖에 없다. 세월 따라 변하고 있는 것 같아 보이지만, 나 자신의 세대로 보자면 교사 지망생들은 다분히 계몽적이어서 단순한 직업이 아닌 일종의 소명으로써 교사의 길을 골라 걸었다. 나도 그랬다. 독서의 일차적 목적은 수신(修身)이었으며, 내가 가르치는 아이들에게 모범이 될 만큼 옳은 길을 걸으려 했고 옳게 살려 했다. 신명을 다해 애썼다 할 수도 있다. 그러니까 적어도 지향만은 역시 괜찮았다고 할 수 있을 것 같다.

그러나 그 지향의 실천 결과는 안으로 보자면 제 어머니의 한시라도 빠른 죽음이나 바라고 있는 최악의 악마성을 부정할 수 없는 입장이었으며, 겉으로 보자면 가장 가까운 근친 가족으로부터마저 저주를 들으면서도 한마디 항변마저 해볼 수 없는 곤경에서 허덕거리는 가련한 처지였다. 아버지에 대한 느낌도 그랬다. 자신의 격정을 다스려 내지 못해, 일생 동안 스스로 후회막급해 하는 시행착오만을 되풀이해 온 그 사람을 한없이 측은해 하면서도, 그를 가엾게 여겨 마지막까지 위로해 주지 못한 채, 결국은 그에 대한 적의를 실천해 온 나 자신에 대해 실로 막중한 죄책감과 자모감이 함께 느껴졌다. 요모조모, 다른 무엇보다도 아이들 앞에 면목이 없었다. 자식들, 조카들, 그리고 나를 명색 스승으로 생각하는 제자들…….

아버지와 나는 30년 차이다. 인간의 수명은 차츰 더 길어져 가고 있다. 겉모습뿐만 아니라 성격까지 아버지를 닮은 나는 체질도 아마 그럴 것 같다. 수명은 체질과 관련이 있다는 이야기를 들은 적이 있다. 장수 체질과 단명 체질이 있다는 이야기도. 나의 부계는 아무래도 장수 체질 같다.

그렇다면 무슨 사고를 당하거나 불치병에 걸리지 않는 한, 앞으로 줄잡는다 해도 30년은 더 살아 내야 할는지도 모른다. 손아래 형제로부터마저 이토록 지독한 능멸을 줄기차게 당하면서도 입을 꽉 다물고나 있어야 하는 형편에서 30년! 더구나 더 이상 어떤 생산도 해낼 수 없는 퇴물 상태였다. 퇴물 상태에서 근친들로부터 저주마저 감수하며 30년! 30년! 더구나 그중 상당 부분은 스스로 어떤 선택도 해볼 수 없는 상태에서 누군가에게 의지하지 않으면 안 된다. 더더구나 애물이나 짐 같은, 하여튼 그 누군가의 행복한 삶을 훼방 놓는 기생충 같은 존재로서.

상상만으로도 끔찍했다. 끔찍한 그 상상은 되풀이되고 있었다. 무섬증 때문에 털어 내 버리려 해도 그 상상은 끈질기게 되풀이되기만 했다. 그토록 편리하던 운명도 더 이상 비빌 언덕이 되어 주지 못했다. 새집은 20층 아파트의 19층이었다. 이사 와서 그 앞에 처음으로 서던 바로 그 순간부터, 베란다에서 내려다보이는 아득한 그 높이가 나를 줄기차게 유혹하고 있었다. 알맞은 장소를 마침내 만나게 된 듯했다. 그야말로 운명적 장소 같았다. 한순간이면 모든 것은 해결된다, 끝난다. 끝난다…….

그러나 역시 자살은 죄악이다. 지금도 면목 없는 그 아이들에게 영원한 그늘이 되어서는 안 된다. 그래서는 정말 안 된다, 안 된다,

안 된다, 안 된다. 나는 도망치듯 베란다로부터 퇴각하곤 했다. 참혹한 시간들의 점철이었다.

이 세상에서 공존하고 싶지 않은 단 한 사람과의 공존이었으나 이른바 가족으로서의 겉모습은 어떻게든 꾸며 내야 했다. 아내는 비장했다. 자신들을 괴롭히는 용을 오히려 최선을 다해 모시지 않으면 안 되는 마을 사람들이 비장하지 않을 수 없었다. 고통스러울수록 더욱 정성을 다해야 했다. 빛깔도, 표정도, 변덕도 없이, 언제나 의연하고 초연해 보이는 달력 한 장이 또 넘겨졌다. 내 생일이 다가오고 있었다.

절대적 질문.

아버지에 대한 좋은 기억은 별로 없다.

나에게 아버지는 내내 억압자였고 부정적 존재였다.

그렇다면 내 자식들에게 나는 어떤 존재인가?

조금이나마 긍정적일 수 있을까?

선뜻 고개가 끄덕거려지지 않는다.

그럴 염치가 없다.

그럴 염치를 기대해서는 안 될 것 같다.

아버지에게 동의하지 않는 만큼, 나는 내 자식들에 대해 아버지와는 다른 아비 노릇을 하려고 애썼다.

'좋은 아버지란 없는 법이다.' 나는 사르트르의 이 무모한 단정이

틀렸다는 것을 증명해 보이고 싶었다. 폭력을 행사하지 않았고, 평등을 실천하려 했다. 최소한 그런 지향만은 역시 옳은 것이었다 할 수 있을 것 같다. 그러나 결과적으로 보아, 다른 경우와 꼭 마찬가지로 이쪽 지향도 헛것이 되었다. 몹시 아프지만, 그것은 사실이었다.

생일에 아이들로부터 하례받는 것을 버거워하여 자리를 피하기 시작한 지는 이미 여러 해째였다. 아마도 그때, 나는 이미 아버지에 대한 나의 미움을 자각하고 있었으리라. 그러면서도 그 증세를 애써 부정하고 있었으리라. 그 갈등이 나로 하여금 자식들로부터 하례를 받고 있을 수 없게 했으리라. 제 아버지를 미워하면서 어찌 제 자식들로부터 대접을 받으려 들 수 있겠는가. 그보다 더 경우에 빠지는 일은 없을 것 같고, 그보다 더 염치없는 일은 불가능할 것 같다, 그런 것. 아마도 그랬으리라.

내 몫의 생애를 어떻게든 성심을 다해 열심히 살아 내려 했던 것 같은데, 어쩌다 보니 온통 면목 없는 일들뿐이었다. 다른 대상도 아닌, 이 세상 어느 누구에게보다 더 공을 들인 바로 그 자식들 앞에서 느낄 수밖에 없는 이 떳떳하지 못함이라니! 그러고 보면 내 생애의 참혹한 시간들은 이미 오래전에 시작되고 있었던 셈이다.

아내는 물론 또 시퍼런 표정이 되었다. 한 해 중, 아내의 뜻을 거스르는 것은 이때뿐일 것이다. 나는 배낭을 꾸려 메고 잔뜩 부어오른 아내의 얼굴을 뒤로 한 채 집을 나섰다.

이렇게 떠날 때 늘 그런 것처럼 마치 망명이라도 떠나는 것 같았다. 나는 곧 문장을 바꿔 써야 했다. 망명객에게는 아마도 거룩한 대의명분 같은 게 있었겠지만 나에게 있었던 것은 기껏 해봐야 최소한의 생존이었다. 그런 목표를 위해 꼼수마저 마다하지 않았다. 더구나 상대방의 얼굴을 빤히 바라보며 꼼수를 감행할 때는 철면피여야 한다.

정석만 두겠다 다짐했고, 정석만 두었다 자부한 적도 있는데 그것은 허영이었고, 허세였고, 허위였다. 자기 속임수였다. 가짜였다. 나의 감각은 철면피마저 무릅쓰는 꼼수 쪽으로 발달되어 있었고 나의 지모와 열정은 철면피마저 무릅쓴 꼼수의 고안과 실천을 위해 온갖 안간힘을 다 썼다. 그리고 형편없이 깨졌고, 모조리 잃었다.

이렇게 될 바에야 차라리 꼼수나마 쓰지 않았어야 했다. 선전 선패했어야 했다. 깨끗하게 싸웠어야 했다. 그랬어야만 했다. 정말 그렇게라도 했어야 했다. 그랬다면 이 패배가 이토록 겸연쩍지는 않았을 것이다. 그렇다. 나는 망명객이 아니라 도망자였다. 내가 무릅쓴 그 철면피한 꼼수를 겸연쩍어 하여 이 세상에 존재하는 모든 떳떳함으로부터 얼굴을 가리고 싶어 하는 도망자였다.

나의 20대에 '하늘을 보며 걷자'라는 일본 노래가 유행했던 적이 있다. 땅을 보며 걸으면 눈물이 흘러내리기 때문이었다. 울려오니까 귓바퀴에 걸치게 되기는 했으나 유치한 감상(感傷)이라고 생각하여 흥얼거려 본 적마저 없던 그 노래가 아련한 회상에 실려 갑자기 다가와 나로 하여금 감상에 푹 젖게 했다.

나는 하늘을 향해 고개를 젖혔다. 하늘이 아주 맑았다. 이토록 우중충한 기분에 저토록 맑은 하늘이라니? 나는 그 시간, 영락없는 도망자의 심정이었다. 그러나마나 자식도, 아비도, 남편도, 형제도 아닌, 그냥 나로서, 익명 상태에서, 아무런 제약도 느끼지 않은 채 돌아다니고 싶었다. 자식, 동생, 오라비, 남편, 아비, 숙부 등등, 등등등. 내가 태어난 뒤 차례로 내게 붙여진 가족적 호칭 가운데 나에게 온전히 축복이 되었던 것은 하나도 없었다. 단 하나도 없었다.

그 하나하나가 나를 속박하는 멍에였다. 멍에. 벗어 버릴 수도 없었다. 벗어 버릴 수도 없는 멍에, 그 하나하나를, 나는 안간힘을 다하여, 더구나 마치 대단한 축복인 것처럼, 받들어 모셔야 했다. 그래야만 했다. 그럴 수밖에 없었다. 내게 세상살이는 참 버거운 것이었지만, 나의 생애 내내, 내가 정말 버거워했던 것은 세상이 아니라 가족이었고, 세상 사람들이 아니라 가족들이었다. 비록 잠깐이나마 그들로부터 벗어나 돌아다니고 싶었다. 그럴 수만 있다면 어디라도, 어떤 형식이라도 좋았다. 나는 단지 잔뜩 지친데다 주눅마저 든 내 몸을 위해서만 봉사하고 싶었다. 자유, 비상. '자유우, 비사앙!'

상봉터미널에서 버스를 타고 설악산 입구가 되는 용대리에 내렸을 때, 설악산 주변은 서울에서와는 달리 잔뜩 흐렸고, 셔틀버스를 타고 백담사 앞 정류장에 내렸을 때는 비까지 추적추적 내리고 있었다. 눈이라도 내릴 계절에 비라니. 도망자 같다는 심정은 조금 더 강조되었다. 비상용 판초가 있기는 했지만 그래 봤자 옷은 젖을 수밖에 없었다. 산행 중 젖은 옷보다 더 불편한 것은 없다. 더구나 겨울이 임박한 계절이었다. 두어 시간 더 걸으면 되는 수렴동대피소까지 갈 예정이었으나 나는 백담사 절방에서 하룻밤을 머물며 아무래도 달갑지 않은 늦가을 비를 피하기로 했다. 수심교(修心橋)를 건너 백담사 경내로 들어섰다.

단풍철을 넘긴 지 한참 되는 11월 초순의 설악산은 한가로웠다. 쓸쓸했다. 적막하기까지 한 느낌이었다. 더구나 화요일, 주초였다. 백담사에서는 대중들의 '사찰 경험'을 위해 요사채에서 하룻밤씩 재워 준다. 1박 2식에 만 원. 벌써 여러 해째 같은 가격이었다. 내가 들어간 방은 스무 명쯤이 누워도 넉넉할 정도였는데, 그날은 달랑 나 하나였다. 같은 건물의 다른 방도 거의 비어 있는 듯했다. 나를 그 방으로 안내해 준 쉰 줄로 보이는 보살은 자꾸 내 행색을 살폈다. 뭔가 수상쩍어하는 듯한 눈빛이었다. 그 눈빛이 나로 하여금 내 안에 늘 잠재되어 있는 예의 충동을 문득 일깨웠다.

빗줄기는 조금씩 더 촘촘해지고 있었다. 나는 방문 앞, 조붓한 툇마루에 가부좌를 튼 자세로 반듯하게 앉아, 눈이라도 내릴 계절에 비를 내리고 있는 그 하늘을 올려다보고 있었다. 오랜만의 낙수 소리에 반향하여 내 마음에서 처연한 느낌이 일었다. 싫지 않았다. 포근한 느낌이기까지 했다. 가련한 나를 다독다독 위안해 주는 것 같았다. 6시부터는 식사 시간이었다. 식당에도 사람들은 많지 않았다. 객승으로 보이는 승려들 몇이 밥을 먹고 있을 뿐이었다. 나는 대충 요기를 하고 돌아와 또 툇마루에 그렇게 앉아 이제 어두워진 하늘을 향해 고개를 젖히고 있었다. 마당 건너편 건물은 객승들 숙소인 듯했다. 여러 방에 불이 밝혀져 있었고 승려들 모습이 더러 눈에 띄었다. 그 불빛과 그 움직임이 내가 들어 있는 이쪽 건물을 더 적막하게 하고 있었다.

비는 좀처럼 그칠 것 같지 않았다. 얼마나 시간이 흘러갔던가. 나는 방으로 들어가 요를 편 다음, 입고 있는 옷 그대로 그 위에 반듯하게 누웠다. 써늘한 냉기가 감돌았다. 난방을 하지 않는 듯했다. 천장이 높아, 짙은 어둠에 잠겨 있는 그 방은 더 넓은 느낌이었고, 그런 만큼 그 방에 동그마니 홀로 누워 있는 나 자신은 더 작은 느낌이었다. 해묵은 발 고린내 같은 퀴퀴한 냄새가 방 안에 가득했다. 그리고 어둠. 외등 불빛 때문에 밤이 되어도 박명 상태일 수밖에 없는 도시와는 달리 절간의 밤은 칠흑이었다.

칠흑 어둠과 차츰 더 써늘해지고 있는 냉기와 퀴퀴한 냄새, 그리고 절대 적막. 나는 눈을 치뜬 채 그 어둠을 응시하며, 낙수 소리에 반향하여 내 마음에서 인 처연한 느낌, 그 연장선 상에서 한참 전부터, 보살의 그 눈빛에 의해 일깨워진, 내가 좇고 있는 그 사념을 결코 놓치지 않으려 하고 있었다. 그 배경에는 어느 날 이후 마치 습관이라도 된 것처럼 하루에도 몇 차례씩 치밀어 올라 나를 온통 사로잡아 옥죄는 그 충동이, 그리고 그 충동에 필연적으로 이어지는 불면의 밤들을 겨우겨우 이겨 내 간다 해도 그 끝에서 결국은 맞닥뜨리게 될 말년 풍경에 대한 치명적 상상이, 거대하게 펼쳐져 있었다.

다른 무엇보다도, 이 세상에서 진실로 공존하고 싶지 않은 단 한 사람에게 모든 정성을 다 바쳐 가며 공존하지 않으면 안 되는 그 집으로 돌아가고 싶지 않았다. 명색 제 아비를 미워하고, 간교하고 잔

인한 온갖 방법으로 그 미움을 실천하는 악마가 될 수밖에 없는 그
집으로, 나의 인간성이, 명색 인간으로서 나의 가치가, 집요하고 잔
인하게 줄기차게 시험당해야 하는 바로 바로 그 집으로, 사실상의
형틀로……, 진정 돌아가고 싶지 않았다.

절실했다.

이보다 더 절실할 수 없었다.

더 절실할 수 없는 그 욕망의 실현을 위해서는 무슨 일이든 무릅
쓸 수 있을 듯했고, 무릅써야 할 듯했다. 피차 못할 짓이었다. 나 자
신이 체감하는 생존의 무게가 나 자신의 감내 능력을 훨씬 더 넘어
선 지는 이미 오래였다. 나는 내내 숨 가삐 허덕거려야 했다. 그러면
서도 숨 가쁘다는 내색마저 할 수 없었다. 그럴 형편이 되지 못했다.
그럴 수 있는 대상도, 기회도 주어지지 않았다. 그래서 더 숨가쁨에
시달려야 했다. 변명은 이미 시작되고 있었다.

……그래, 그건 분명 죄악이다. 그러나 남아서, 다른 사람들을 지
치도록 만들어, 마침내는 그들의 인생 자체를 고통스럽게 몰아가는
것도 역시 죄악이다. 말년 부모를 모시는 자식들 치고 그 부모로 말
미암은 고통과, 그런 고통을 느끼는 자신으로 말미암은 죄책감을 느
끼지 않는 자식은 없다.

적어도 드물다.

그만 떠나시지. 이런 은밀한 소망을 그들은 쉽사리 털어 내 버리
지 못한다. 그러면서도 남의 눈에 거슬리지 않을, 적어도 그만큼의
요식을 갖춰 내려고 모든 잔꾀마저 마다하지 않는다.

솔직하자.

아버지야 그렇다 치고라도 어머니에 대한 내 마음마저 사랑은 아니었다. 기껏 연민과 그에 따른 동정이 어머니에 대한 내 향념의 최대치였다. 제 부모에게 넌덜머리를 낸 인간이 제 자식에게 의지하려 들 리는 없다. 그러나 그것은 오기의 표현일 수는 있을지언정 현실의 실천 값이 되기는 어렵다.

지금이야 약간의 비축이 있지만 아직 미혼인 두 아들이 결혼할 때 방 한 칸이나마 얻어 줘야 한다면 남는 게 별로 없다. 앞으로 20년이나 30년 동안 화폐 가치의 변동이 크지 않다면 집을 줄여 가며, 얼마간의 연금도 있으니까, 우리 부부가 최소한의 삶은 꾸려 나갈 수 있을는지도 모르겠다. 그러나 말년에 요양 시설에 의지할 수 있는 여유는 불가능하다. 자식들에게 적어도 물적인 면에서는 결코 아주 조금이라도 의지하지 않겠다는 나의 되풀이되는 다짐에도 불구하고 결국 자식들에게 어떤 형태로든 의지하게 될 수밖에 없다.

체감치로서, 내 생애에서 최악의 경우가 될 그때 내 자식과 그 배우자들에게 나는 어떤 존재일 수 있을까? 어머니, 아버지 모시기가 내게는 징역살이로 인식되었고 어머니가 떠나셨을 때, 나는 홀가분함을 느꼈다.

솔직하자.

부모로부터 받는 것은 전통에 따르려 하는 반면 주는 것은 서양식을 주장하려 드는 요즘 젊은 세대들의 인식을 보면, 나나 내 아내가 내 부모에게 바친 정도의 인내나 헌신을 내 자식들이나 그 배우자들

에게 기대하기는 어렵다. 그들은 징역살이를 감내해 내려 들기보다
는 그런 역할을 아예 노골적으로 거부하고 싶어 할는지도 모른다.
그런 자식들에게 어떤 형태로든, 결국은 그들이 갈망하는 행복한 삶
을 훼방 놓는 존재로서 더부살이해야 한다는 것은 상상만으로도 끔
찍하다. 내가 이 세상 그 어느 누구보다 더 사랑한 그들로 하여금 그
런 갈등을 경험하도록 한다는 상상도 끔찍하기는 꼭 마찬가지다. 굳
이 죄악이라 한다면 그것도 죄악일 수밖에 없다.

어느 쪽이 더 큰 죄악일까?

더구나 다른 대상도 아닌 근친들로부터 쏟아지는 이 모든 수모 앞
에 굴복해 가며? 부정할 수도, 거부할 수도 없는 자모감을 죽을힘을
다해 감내해 가며? 더더구나 아무런 생산도, 기여도 없는 완벽한 무
위도식 상태에서? 기껏 해봐야 꼼수 바둑이나 둬 가면서 긴긴 그 세
월을 죽여 나가는 것이 과연 지혜이고 미덕일 수 있을까?

잇따르는 의문들은 결코 처음은 아니었으나, 늦가을비가 추적추적
내리는 그 적막한 밤, 그 의문들에 대한 내 느낌은 이전과는 달랐다.

딴판으로 달랐다.

생명의 존엄성에 대한 느낌도 그랬다.

그렇다. 생명은 존엄하다. 그러나 최소한 생명의 인간적 존엄성이
지켜지는 말년을 보내는 노인을 본 적이 없다. 난쟁이 나라와 거인
나라 이야기만으로 기억하고 있기 일쑤인 《걸리버 여행기》에는 스
트럴드브르그족 이야기도 있다. 죽을 수 없는 저주를 받고 태어난
그들은 하루하루를 지겨워 못 견뎌 하며 오로지 죽음만을 소망하는

상태에서 비참하게 살아간다. 300년 전에 쓰인 이 우화는 현세를 극명하게 상징한다. 거의 모든 노인들은 바로 이 우화의 사람들과 같다. 필연적으로 그렇게 될 수밖에 없을 말년을 향해 실로 힘에 부친 지겨운 생애를 왜 굳이 끝까지 가야 하는가?

내게 또 하나의 심각한 두려움이 있다. 사실은 이것이 본질적인 것인데, 그 경위나 까닭이야 무엇이든, 마지막까지 인내해 내지 못한 채, 가장 긍정적 인간상이었던 어머니의 죽음을 바랐다는, 더구나 표명까지 했다는, 아버지를 미워하여 행악까지 했다는, 손아래 동생들의 신뢰를 저버렸다는……, 털어 내 버리려야 털어 내 버릴 수 없는 이런 기억들로 말미암아 나 자신도 모르게 주먹이 불끈 쥐어지면서 등에 식은땀을 쫙 내배는 자모감은 세월과 더불어 더 심해지며 더 잦아졌고, 어느 시절엔가는 그 느낌에 아예 압도될는지도 모른다는 것이다. 이것도 무릇주의로 말미암은 허위의식 때문일는지도 모르지만, 내가 비교적 잘 알고 있는 나 자신의 생김새로 볼 때 증세의 이런 진행은 피하기 어려운 외길 같다.

이 대목에서 정신 분석에 대한 어설픈 지식이 발동한다. 그 압도는 결국 '억압'과 '억제'의 원인이 될 수 있고, 집요한 것일 수밖에 없을 그 억압과 억제는 끝장에는 나로 하여금 병적 우울증이나 정신 분열증을 앓게 할는지도 모른다……. 이런 상상의 끝에서 나는 나에게 남아 있는 세월 어디쯤에선가는 설령 스스로 끝내고 싶다 해도 그렇게 해볼 수도 없는 상태가 된다. 결국 마냥 타인에 의지하여 끝내고 싶은 그 생명을 이어 나갈 수밖에 없게 되는 것이다. 스트럴드브르그족의 노인들처럼 아직 살아 있는 하루하루를 지겨워 못 견뎌 하며. 오로지 죽음만을 소망하며. 그러면서도 한편으로는 단 하루나마 더 살고 싶어 아등바등거려, 주변 사람들로 하여금 넌덜머리를 내게 할 것이다. 거의 모든 말년 노인들이 그렇듯. 다른 가능성이 하나 있기는 하다. 노인성 치매. 자신이 누구인가, 자신이 무엇을 하고 있는가도 모르는 상태.

 ……내가 없을 경우, 아내 홀로 아버지를 감내해 내기는 더 어려우리라는 주저에 대한 논리적 대응은 이미 준비되어 있었다. 내가 없으면 내 형제들이 아들도 없는 며느리에게 아버지를 떠맡겨 둘 수는 없으리라. 더구나 그토록 혐오하여 저주마저 마다하지 않는 올케에게. 그러니까 그쪽에서 보자면 나 자신의 제거가 그쪽 원인 제거가 될 수 있을 터였다.

 나로서 가능한 주저는 또 있었다. 부부는 성적, 경제적 상호 의존체라는 정의는 아마 요즘 식일 것 같다. 우리 부부의 경우로 보자면 세상에 대해 겁을 집어먹고 있기는 서로 비슷한 형편이었기에 심적 상호 의존 또한 만만치 않았다. 그러니까 뭉뚱그려 부부는 성적, 경제적, 심적 상호 의존체로 정의해 볼 수 있을 듯한데, 경제적인 면에서 내 역할은 이미 끝났고, 성적인 면에서는 몸에 밴 습관처럼, 또는 쓰지 않으면 아예 못쓰게 된다니까, 그래서 더러 만나게 되지만 지난 날처럼 갈급해 하는 경우는 없다. 열광이나 황홀경도 물론.

 그러니까 남아 있는 것은 심적인 것뿐이다. 그런데 내가 없을 경우, 아내는 심적 공허나 불안을 느끼게 되겠지만 그것은 내 존재로 말미암은 갈등에 견준다면 오히려 위안이 될 수 있을 것이다. 결국은 억압자였던 나의 부재가 아내에게 해방감을 줄 수 있다는 면에서 보자면 더욱더 그렇다. 내가 없다면, 아내에게 결코 달가운 게 될 수 없는 시집 식구들로부터 해방될 수 있다는 것까지 계산에 넣어 보기로 하자면 더욱더 그렇다. 조금 더 기대해 보기로 한다면 갑작스러운 실종으로부터 비롯된 애틋한 그리움 같은, 특별한, 각별하기까지 한, 효과까지 기대해 볼 수 있을 것이다. 그야말로 금상첨화 같았다. 그리고, 그리고……, 시야에서의 자살이 아닌 실종 상태는 가족들에게 줄 수 있는 고통도 훨씬 더 완화시켜 줄 것이다…….

여러 해 동안에 걸쳐 차곡차곡 쌓아 올려지면서 되풀이하여 가다듬어진 것이었기에, 나의 논리적 준비는 이토록 치밀했다. 그리하여 새벽이 다가오면서 나는 마침내 뒤집을 수도, 뒤집힐 수도, 뒤집혀질 수도 없는 하나의 결론에 이르고 있었다. 사라지자, 소리, 소문, 자취도 없이.

비가 그친 것이 언제였던가. 미명 산사의 적막에 스미듯, 번지듯, 종소리가 울리기 시작했다. 한 번, 두 번, 세 번……, 그렇게 헤아리며 그 종소리에 귀를 기울이던 나는 열 번째쯤부터는 숫자를 놓쳐 버렸다. 종소리는 끝났지만 그 여운은 그대로 내 가슴에 둔중한 진동을 되풀이하여 일으키고 있었다. 산사의 종소리가 이토록 각별한 느낌이었던 적은 없었다. 잡티 하나 섞이지 않은 적막이었다. 새날이 밝아 오기 시작했다. 천장 높은 그 넓은 방이 거대한 동굴이거나 무덤 속 같았다. 내 몸이, 내 존재가 아주 작아진 느낌이었다. 미립자 같기도 했다. 나는 차츰차츰 밝아 오는 그 공간을 응시하며 한동안 더 누워 있다가 자리에서 일어나 세면도구를 챙겨들고 문을 열어 툇마루로 나갔다.

건너편 요사채 몇 방에 불이 밝혀져 있었다. 새벽 예불을 올리고 돌아온 객승들의 하루가 이미 시작된 듯했다. 비는 내리지 않았지만 하늘은 잔뜩 흐렸다. 이내 비가 또 내리기라도 할 것 같았다. 나는 세면장을 찾아갔다. 냉장고 안에 들어선 듯했다. 허술한 시설에 턱없이 넓어 더 추웠다. 그러나 나는 옷을 벗었다. 목욕재계(沐浴齋戒). 더운 물이 나와서 그나마 다행이었다. 나는 몸을 공들여 씻었다. 머리도 감았다. 밤새 오그라들었던 몸이 풀리는 듯했다. 상쾌했다.

식당은 6시부터였다. 아직 어두웠다. 밥, 미역국, 산채, 우엉, 콩자반. 그날 아침 내 식판에 담긴 내용물들이었다. 나는 천천히 그것들을 하나도 남김없이 다 먹고 나서 식판을 공들여 씻어 제자리에 돌려놓은 다음 방으로 돌아와 배낭을 풀어 다시 쌌다. 예상했던 대로 내 신원이 드러날 만한 것은 없었다. 나는 그 몸통에 스위스 국기가 새겨진 칼만 등산 파카 주머니에 챙기고 나머지는 배낭에 도로 담았다.

6시 50분이었다. 날이 조금씩 열리고 있었다. 이 세상 새로운 날이었다. 새로운 날의 그 열림이 눈여겨보아졌다. 매우 새삼스러운 느낌이었다. 아직 새벽 같은 산사의 이른 아침, 나는 배낭을 메고 나와 극락보전을 찾아가, 접는 지갑에 들어 있던 지폐 전부와 등산 파카 주머니에 들어 있던 동전 모두를 불전함에 넣은 다음, 부처님 앞에 삼배를 올렸다. 절간 불전함에 돈을 넣은 것도, 부처님 앞에 삼배를 올린 것도 내 생애 처음이었다. 삼배를 올리며, 그때마다 문장 하나씩을 입 안에 담았다. 낱말 하나씩만 다른, 꼭 같은 문장이었다.

괜찮은 남편 노릇을 하고 싶었으나, 결국은 실패했다. 미안하다.

괜찮은 아비 노릇을 하고 싶었으나, 결국은 실패했다. 미안하다.

괜찮은 형제 노릇을 하고 싶었으나, 결국은 실패했다. 미안하다.

삼배를 끝내고 일어서며 한 문장을 더 덧붙였다.

두루, 정말 미안하다.

극락보전 옆에는 나한전이 있었고, 그 사이에 보기 좋은 향나무 한 그루가 서 있었으며, 그 뒤편은 샘터였다. 나는 샘터로 다가가 플라스틱 바가지로 물을 받아 두어 모금 마셨다. 11월 초순, 산간의 이른 아침, 차가운 물 기운은 식도를 거쳐 온몸으로 번져 갔다. 그 느낌이 명료했다. 바가지로 뜬 물이 좀 많았지만, 나는 입을 떼지 않은 채 그 물을 다 마셨다. 샘터 가까이에 누런 마대들이 몇 개의 쇠꼬챙이에 끼워진 채 세워져 있었다. '캔·빈 병', '일반 쓰레기'……. 나는 주머니에서 지갑을 꺼내 내용물을 모두 분해하여 '일반 쓰레기' 마대에 던져 넣었다. 생애 내내 내 생활을 철두철미하게 지배해 온 손목시계도. 20여 년 전, 졸업생들이 베푼 사은회에서 받은 선물이었다.

절간을 벗어나 수심교를 도로 건너 산을 향해 10분쯤 걸어가자 백담산장이 나왔다. 나는 마치 무엇을 사기라도 할 것처럼 산장 매점으로 들어갔다. 식당을 겸한 허술한 매점에는 사람이 보이지 않았다. 매점 한쪽에 음료수 냉장고가 있었다. 나는 배낭을 벗어 그 냉장고 옆, 구석에 놓아두었다. 등산객들이 더러 배낭을 맡겨 두고 산에 올라가듯이. 누군가가 내 소유물들을 쓰게 되리라 상상하며. 매점이 있는 산장 건물 밖에는 등산객들이 밥을 지어먹을 수 있는 식탁들이 띄엄띄엄 놓여져 있었다. 산장 뒤편 멀찍한 곳에서 밥을 먹고 있는 사람들 서넛이 보였다.

문득 눈에 띄는 게 있었다. 매점 가까이 있는 평상, 그 아래에 오렌지 빛 나일론 로프였다. 등산로 표시나, 오르막 내리막에서 사람들의 손잡이로써 더러 쓰이는 바로 그 로프였다. 마구 헝클어져 있었다. 쓰다 남아 거기 그렇게 놓아둔 듯했다. 나는 주변을 잠깐 살핀 다음에 다가갔다. 새끼손가락보다 가늘었지만 스위스제 칼이 잘 먹혀들어 가지 않을 만큼 질겼다. 마치 몰래 나쁜 짓이라도 하듯 서둘러서 더 그런 듯했다. 나는 마침내 왼손 엄지에 작은 상처를 낸 다음에야 나일론 로프 4미터쯤을 잘라 낼 수 있었다. 나는 그 로프를 둘둘 말아 등산 파카 주머니에 서둘러 쑤셔 넣고 나서 등산로 위쪽을 향해 걸어가기 시작했다. 등산로에 사람은 눈에 띄지 않았다.

하늘은 내내 그렇게 흐려서 숲 사잇길을 걸을 때는 좀 어둑어둑한 느낌이 들기까지 했다. 이파리들을 털어 낸 나뭇가지들이 앙상했고 발밑에는 젖은 낙엽들이 밟혔다. 때로 계곡에 물 흐르는 소리가 들렸다. 그 소리가 적막감을 오히려 더 강조하고 있었다. 소리가 아예 사라진 세계 같았다. 20대 초반 어느 날 이후 나는 한 해에 적어도 한 번씩은 설악산을 찾아왔다. 설악산의 여러 등산로 중에서도 내가 가장 많이 밟은 길이 백담사에서 대청봉에 이르는 바로 그 길이었다.

낯설 수가 없었다. 낯설어서도 안 될 일이었다. 그런데 낯설었다. 처음 가는 길 같았다. 길만도 아니었다. 숲이며, 계곡이며, 그 사이를 흐르고 있는 바람이며, 그 위 하늘까지 온통 낯선 느낌이었다. 그 시간, 내 기분 탓이었을는지도 모른다. 생판 낯선 영계(靈界)를 걷고 있는 듯한 느낌이었다. 더러 다람쥐들이 시야를 재빠르게 스치곤 했다. 새소리가 울려왔지만 새들은 보이지 않았다. 나는 아무런 생각도 하지 않으려 하며 부지런히 걸었다. 배낭마저 벗어 버렸기에 몸은 가벼웠다.

30분쯤이나 걸었을까. 등산로 왼편으로 내 주머니에 들어 있는 것과 같은 오렌지 빛 로프가 사람의 가슴 높이쯤으로 가로 내걸려 있었고, 그 가운데에 '등산로 아님' 표지가 매달려 있었다. 오른편은 계곡이었다. 나는 계곡으로 내려가 손을 씻고, 그 손으로 물을 떠, 목을 축이고 나서 다시 제자리로 돌아와, 주변을 잠깐 살펴본 다음, 그 오렌지 빛 로프를 젖히고, 등산로가 아니라는 그쪽으로 성큼, 발걸음을 옮겨 넣었다.

큰 나무들 사이사이 관목들이 무성했지만 그다지 어렵지 않게 앞으로 나아갈 수 있었다. 정말 아무런 생각도 하지 않으려 하며, 생각 따위는 필요 없어 하고 나 자신에게 이르려 하며, 나는 깊이, 더 깊이 걸어 들어갔다. 돌아 나올 길을 걱정할 필요가 없었다. 숲은 차츰 더 촘촘해졌다. 빠져나갈 길만 있으면 더 나아가는 쪽을 골랐다. 어딘가, 더 나아갈 수 없는 곳이 있을 듯했다. 얼마나 더 나아갔던가, 내가 서 있던 곳에서 조금 내려간 곳에 잡초가 무성한 빈 터가 있었다.

뜻밖이었다. 제법 넓었다. 하늘이 보였다. 그 하늘은 내내 그렇게 흐렸다. 나는 빈 터로 내려가 멈춰 주변을 둘러보았다. 내가 찾던 곳 같았다. 다음 순간, 내 눈에 띄는 게 있었다. 빈 터 한쪽 구석이었고 우거진 잡초에 덮여 있기는 했지만 배낭 같았고……, 배낭이었다. 인적 드문 산길에서 인적은 언제나 섬뜩하다. 그 순간에도 그랬다. 갑자기 오싹한 느낌이 내 온몸을 옥죄었다. 바로 그다음 순간이었다. 나는 보았다. 그루터기 언저리에 배낭이 있는 그 나무 위 가지 사이에 오렌지 빛 로프와 그 끝에 매달려 있는……, 사람의 머리였다. 몸뚱이는 이미 떨어져 나간……, 머리뿐이었다. 이파리들이 무성한 철이었다면 아마 눈에 띄지도 않았을 것 같았다. 그다음 순간부터는 기억이 분명하지 않다. 나는 돌아서 무작정 뛰기 시작했고 어디를 어떻게 돌아다녔던가, 나뭇가지에 매달려 있는 붉은 리본 하나를 보게 되었을 때는 거의 저물녘이었다. 시야를 넓혀 보자 여러 가지 빛깔의 리본 몇이 더 보였다. 사람의 자취는 희미했지만, 등산로였다. 오르막과 내리막 가운데 나는 내리막길을 골라 내달리다시피 서둘러 걸었다. 10여 분 뒤, 표지판이 나타났다. '오세암 2.5km, 수렴동대피소 1.2km, 백담대피소 3.5km.' 나는 가장 가까운 곳을 향해 서둘러 걸었고, 수렴동대피소에 이르자 곧 쓰러졌다. 서너 시간 뒤, 제정신이 돌아왔다. 캄캄했다. 허술한 문틈으로 바깥 불빛이 내다보였고 곰팡내가 후각을 자극하고 있었다. 나는 대피소 침상 위에서 담요를 덮고 있었다. 온몸이 쓰라리고 머리가 무거웠다. 관리인이 손전등 불빛을 앞세워 나타났다.

나는 비로소 숨을 내쉰다.

그래도 가슴 답답함은 그대로다.

나는 서둘러 그다음을 읽어 내려가기 시작한다.

「일어나셨군요.」

「아 예.」

「길을 잃으신 건가요?」

관리인은 내 대답거리를 마련해 주었다.

「아 예, 어쩌다가 그만……. 미안합니다.」

「뭘 좀 드셔야죠.」

공복감이 느껴졌다. 심했다. 새벽 같은 아침에 백담사에서 절밥을
먹은 다음에는 계곡 물밖에는 배 속에 들어간 게 없는 형편이었다.

「그래야겠습니다. 배가 고프군요, 몹시.」

「라면밖에는…….」

「그거라도.」

나는 관리인의 뒤를 따라 밖으로 나갔다. 등산객 대여섯 사람이
옥외 식탁에 둘러앉아 밥을 먹고 있었다. 불이 밝혀진 알전구 하나
가 걸려 있었으나 주변은 어두운 느낌이었다. 나는 비로소 알아차렸
다. 얼굴이나 목덜미, 손등 같은 드러난 내 살갗이 나뭇가지에 긁혀
온통 상처투성이였다. 라면 하나 가지고 해결될 공복감이 아니었다.
또 하나를 끓여 달라 한 다음, 그것이 준비되기를 기다리는 사이에
소주 한 팩을 마셨다. 당장에는 아무런 생각도 나지 않았다. 무슨 꿈

이라도 막 꾸고 난 듯했다. 나는 라면 하나를 더 먹고 나자 곧 방으로 들어가 쓰러져 잠이 들었다.

내가 꿈을 꾼 게 아니라는 것을 알아차리기 시작한 것은 다음 날 이른 아침에 눈을 뜨면서였다. 아직 어두웠다. 나는 엉금엉금 기어 방향을 잡아 방 밖으로 나와, 길을 더듬어 물가를 찾아가 소변을 본 다음, 바위 위에 앉았다. 새벽 기운은 싸늘했다. 어쩌면 얼음을 보게 될는지도 모를 일이었다. 하늘은 맑았다. 별들이 반짝이고 있었다.

전날 부딪쳤던 장면이 생생하게 되살아났다. 어쩌면 나와 같은 목적으로 그 자리를 찾은 사람이었을는지도 모를 일이었다. 몸이 떨렸다. 얼마나 앉아 있었던가, 날이 밝아 오기 시작했다. 주방 쪽에서 인기척이 났다. 나는 그쪽으로 다가갔다. 관리인이었다. 나는 돈이 없다는 이야기를 한 다음, 스위스제 칼을 대신 내밀었다. 사람 좋아 보이는 젊은 관리인은 사양했다. 나는 그 칼을 방명록 옆에 놓아두었다. 지니고 싶지 않은 물건이었다. 버려야 할 것은 또 있었다. 나는 그때까지도 등산 파카 주머니에 들어 있던 오렌지 빛 로프를 꺼내 거기 쓰레기통에 버린 다음 백담사 쪽을 향해 걷기 시작했다. 집에 돌아가고 싶은 생각밖에 없었다.

그 집에 누가 있나 하는 것은 생각나지도 않았다. 잎 떨군 나뭇가지 사이로 보이던 사람의 머리와 그 풍경에 대한 무섬증뿐, 그 시간 이전의 모든 상황, 모든 상념들은 말끔히 지워져 버렸다. 한시라도 빨리 집으로, 아내가 있는 바로 그 집으로 돌아가고 싶은, 오로지 그 생각뿐이었다. 조급했다. 발걸음이 허둥거려졌다.

전날과는 달리 활짝 갠 날씨, 맑은 물에 갓 씻어 내기라도 한 것처럼 맑은 햇살이 숲에 스며들어 퍼지기 시작했다. 눈부심이 느껴졌다. 전혀 새로운 날을 맞이한 듯했다. 백담산장 매점에는 내 배낭이 그대로 있었다. 칫솔을 물고 있던 매점 관리인은 눈짓만으로 내가 그 배낭을 도로 짊어지는 것을 허락했다. 공복감이 심했고 다리가 후들후들 떨렸다. 나는 망설이다가 산장 밖 취사장에서 배낭을 풀고 버너를 꺼내 밥을 지어먹었다. 여느 때 같으면 두 끼분은 될 밥이 거침없이 목구멍을 넘어갔다. 내 생체의 그 무서운 식욕에 나는 전율했다. 숨의 내쉼과 들이쉼, 가슴의 오름과 내림이 분명하게 의식되고 있었다.

나는 다시 배낭을 꾸려 메고 산장을 떠나 걷기 시작했다. 집으로 돌아가고 싶은 마음은 내내 그대로였으나 그 전날 본 풍경은 내 뒤통수를 당기고 있었다. 그런데 셔틀버스를 탈 돈도 없는 형편이었다. 집에 전화를 걸까? 아니면 법당에 가서 거기를 관리하는 승려나 보살에게 사정 이야기를 한 다음, 어제 내가 불전함에 넣은 돈을 좀 돌려달라 해볼까? 양편 모두 마음 내키는 일이 되기는 어려웠다. 그보다 더 마음 켕기는 것은 역시 숲 속에 있는 그 사람이었다. 그냥 두어서는 안 될 듯했다. 이 우주에서 그 사람이(사람이라고 할 수 있을까?) 거기 있다는 것을 아는 사람은 나 하나뿐이었다. 그렇다고 선뜻 경찰을 찾는 쪽이 되기도 어려웠다. 그곳을 과연 다시 찾을 수 있을까 하는 것도 의문이려니와, 설령 찾을 수 있다 할지라도 내가 왜 그곳에 갔던가를 설명하기 어려웠다. 망설이며 걷는 사이에 셔틀버스 정류장에 도착했다. 셔틀버스도, 셔틀버스를 기다리는 승객도 없었다. 아직 이른 시각이었다.

나는 잠깐 동안 머뭇거리다가 내처 걷는 쪽을 고르기로 했다. 텅 빈 정류장에 앉아 기다리는 것이 싫다든가, 차비 사정을 해야 하는 번거로움 때문이라기보다는 걸으면서 생각 좀 해봐야 할 듯했다. 백담사로부터 용대리까지 7km쯤이었다. 거의 탈진 상태인 내게 몹시 버거운 길이었다. 적막했다. 생각 좀 해봐야겠다 했는데 아무런 생각도 떠오르지 않았다. 어디든 눕고 싶은 생각밖에 없었다. 용대리에 가까워질 무렵, 양쪽 무릎이 후들후들 떨렸고 코에서는 더운 김이 내뿜어졌다. 내가 제정신 같지 않았다. 버스 삯이 없으니까, 서울로 돌아가기로 한다면 택시를 타야 할 듯했다. 나는 백담사에서 나온 길이 큰 도로와 만나는 곳에서 멈췄다. 차량들이 번잡했다. 긴 적막 끝이었다. 그 번잡이 몹시 낯설어 보였다. 도로 건너편으로 그 이마에 경찰 마크가 붙어 있는 조그만 건물이 보였다. 더러 왔으면서도 한 번도 눈에 띈 적이 없는 건물이었다.

용대리파견소.

파견소? 도시의 파출소를 시골에서는 파견소라고 부르는 것인가? 이마의 경찰 마크로 보아 하여튼 경찰관이 있는 건물인 것만은 틀림없어 보였다. 건물 앞에는 경찰차 두 대가 있었다. 나는 그 건물을 한동안 바라보다가 마침내 건널목을 건너가기 시작했다. 어느 모로 생각해 보나 그 사람을(……설령 더 이상 사람이라 할 수 없다 할지라도) 거기 그대로 내버려 둘 수는 없을 것 같았다.

파견소는 밖에서 본 것처럼 조붓했다. 책상 두엇과 여럿이 앉을 수 있는 장의자 두엇이 놓여 있을 뿐이었다. 달랑 홀로 책상 앞에 앉아 무엇인가를 쓰고 있던 서른 초반으로 보이는 경찰관은 스치는 눈길로 나를 바라보며, '무슨 일로 오셨죠?' 하고 물었다. 기계적 질문이었다. 경찰관은 곧 자세를 반듯하게 세우며 내 얼굴에 눈길을 붙박았다. 아마 내 얼굴이 그 젊은 경찰관의 눈길을 끌 만큼 파리해서인 것 같았는데, 그 눈길이 나의 주저를 곤두세웠다. 감당할 수 없는 일을 막 저지르려던 것 같았다. 그대로 돌아서려던 참이었다. 어떤 육감이 작동하기라도 한 거였던가. 그 경찰관은 벌떡 일어나 책상을 돌아 내 곁으로 다가와 의자를 내밀었다.

「앉으시죠.」

마치 퇴로를 성큼 막아 버리기라도 하는 듯했다.

나는 의자에 몸을 내려놓았다.

체념하듯.

차가 갈 수 있는 도로는 백담사 입구까지였다. 차가 멈췄다. 앞자리의 경찰관 둘이 문을 열고 차에서 내렸다. 뒷자리의 나도 문을 열려고 해보았는데, 문손잡이가 말을 듣지 않았다. 내가 잠금장치를 찾고 있는데 경찰관이 밖에서 문을 열어 주었다. 나는 그제야 경찰차 뒷자리는 안에서는 문을 열 수 없도록 되어 있다는 것을 알아차렸다. 나도 모르는 사이에 갇혀 있었던 셈이었다. 야릇한 느낌이었다.

우리는 백담산장을 지나 내처 걸어갔다. '등산로 아님' 표지가 있는 장소를 찾는 일은 쉬웠다. 그러나 그 표지 너머에 있는 숲은 낯설었다. 내가 밟아 본 적이 있는 곳 같지 않았다. 나는 다시 등산로 쪽으로 나가 '등산로 아님' 표지와 그 주변을 살펴보기까지 했다. 틀림없는 것 같았다. 나는 다시 숲으로 들어가 짜내듯 기억을 더듬어 앞으로 나아가기 시작했다. 조금 더 가면서 기억을 더듬는 요령 같은 게 생겨나기 시작했다. 내가 서 있던 자리에서 나아가기 좋은 곳을 고르곤 했던 기억이 그것이었다. 얼마나 나아갔던가. 경찰관 하나가 물었다.

「얼마나 더 가야 합니까?」

「모르겠는데요. 아마 아까 거기, '등산로 아님' 표지가 있었던 곳으로부터 한 시간쯤 걸었던 것 같습니다.」

「벌써 한 시간이 넘었는데요?」

경찰관은 퉁명스러운 어조였다.

「그런가요?」

난감했다.

내가 설악산을 찾을 때마다, 어느 계절이든, 어떤 날씨든, 어느 길을 골라 밟든, 그 산과 그 숲은 언제나 아늑하고 포근했으며, 설악산을 찾는 이유가 되기도 했던 나의 피로, 나의 의문, 나의 좌절은 그때마다 적절하게 다스려졌다. 그런데 그 시간, 그 산과 그 숲은 아늑하고 포근하기는커녕 무섬증만 느껴졌다. 잠시도 머물고 싶지 않았다. 몸 상태도 험한 길을 걷기는커녕 어디든 누워야 할 판이었다. 공연히 신고했다는 후회가 막급했다. 내가 하는 일이란 언제나 요 모양요 꼴이라니까! 그런 짜증까지 곁들여졌다.

「여긴 길을 잃어 들어설 그런 곳은 아닌 것 같은데요?」

경찰관은 마침내 그렇게 물었다. 30대 후반으로 보이는 그 사람은 잔뜩 수상쩍어 하는 듯한 눈빛이었다.

「등산로 표시가 뚜렷한데 무엇 때문에 '등산로 아님' 표지가 있는 그곳을 넘어서서 이쪽으로 들어온단 말입니까?」

「글쎄, 어쩌다 보니 그렇게 됐습니다. 나도 잘 모르겠습니다. 뭐에 씌었던 모양입니다.」

대답은 장황해질 수밖에 없었다. 경찰관은 더 다그치지 않았다. 내 나이에 대한 배려였을는지도 모른다.

잡초 무성한 빈 터가 갑자기 나타났다.

「아, 여기.」

나는 자신도 모르는 사이에 몇 발짝 물러섰다. 경찰관들이 나를 바라보고 있었다.

「내려가 보세요. 뭔가가 보일 겁니다. 저는 여기 있겠습니다.」

경찰관들은 다시 나를 그런 눈빛으로 바라본 다음에 빈 터로 내려갔다. 나는 그 빈 터를 등지고 앉아 수통을 꺼내 물을 마셨다. 나는 그때 내 맥박 뛰는 소리를 듣고 있었다.

10분쯤 뒤, 경찰관들이 돌아왔다. 그들 가운데 하나는 워키토키로 누군가와 이야기를 하고 있었다. 그는 지도를 펼쳐 들고 있었다. 이쪽 좌표를 이야기해 주고 있는 듯했다.

「오래된 거예요. 몸은 떨어져 나갔구, 떨어져 나간 몸은 짐승과 벌레들이 다 망가뜨렸구……」

다른 경찰관이 현장을 상세하게 이야기했다. 그때 내 얼굴에 떠오른 표정이 어떤 것이었던가. 그가 말했다.

「우린 아무렇지도 않아요. 험한 꼴을 하도 많이 보구 다니니까. 일단 가시죠. 본서 강력계에서 우선 나와 봐야 합니다. 자살 같지만 범죄의 가능성도 완전 배제할 수 없거든요. 그런데 아저씨.」 그는 발걸음을 옮겨 놓기 시작하며 나를 돌아다보았다. 「정말 여긴 왜 들어오신 겁니까? 여긴 길을 잃고 헤매게 될 그런 곳은 아니거든요.」

「글쎄, 저도 잘 모르겠습니다. 뭐에 흘렸던가, 무엇이 씌었던 것 같기만 합니다.」

절반은 진심이기도 했다.

「허어 참, 아저씨도.」

본서 강력계에서 현장 및 유류품 검사를 하고, 가능할 경우 부검을 한 다음 나에 대한 심문이 필요하다고 했다.

「요식입니다. 사건이 벌어지면 어떻게든 마무리를 해야 하거든요. 규정이 그렇게 되어 있습니다.」

경찰관은 그렇게 이야기했지만 '심문'이니 하는 표현이 낯설기만 했다. 어쩔 수 없었다. 용대리에서 하룻밤을 더 자야 했다. 우선 문제는 돈이었다. 나는 경찰관에게 돈을 좀 빌려 달라 했다.

「허어 참, 아저씨도.」

경찰관은 다른 경찰관에게 빌려 보태기까지 하여 5만 원을 만들어 주었다. 나는 어느 민박집에 방을 정했다.

나에 대한 심문은 다음 날 오후에 시작되었다.

파견소 구석방에서였다. 인제경찰서 강력계에서 나왔다는 40대의 사복형사는 노트북을 부팅시키며 그동안의 조사 결과부터 간략하게 설명했다. 치아 상태로 보아 50대 후반으로 짐작되고, 사체나 배낭 밑 풀의 상태로 보아 사건이 난 지 반년은 지난 듯하고, 타살로 볼 수 있는 증거는 아직 발견되지 않았으며, 배낭을 포함한 유류품들 가운데 사망자의 신원을 짐작해 볼 수 있는 것은 아무것도 나오지 않았다고 했다. 일부러 없애 버린 듯하다는 추측도 덧붙여졌다.

「자기가 살고 있던 세상과 자기가 인연을 맺었던 사람들에 대한 태도를 볼 때, 자살자에게는 두 가지 유형이 있습니다. 하나는 그 세상과 그 사람들에게, 더러는 극적이고 더러는 잔혹하게 자신의 자살을 알리는 유형이죠. 이 경우에는 세상과 사람들에 대한 복수심 같은 게 작용할 수도 있습니다. 다른 유형은 세상과 사람들로부터 자취도 없이 사라지는 거죠. 이 경우에는 세상과 사람들에 대한 속죄 의식 같은 게 작용할 수도 있습니다.」 사체는 이미 분해된 상태여서 신원 파악이 불가능하게 되었다고 했다. 「결국 무연고 사체로서 화장 처리될 수밖에 없겠죠.」

그는 곁들여서 한 해 신고되는 실종자 수만 해도 1만 명 정도로, 연간 자살자의 수와 비슷하다는 이야기를 들려주었다. 피로에 잔뜩 찌든 목소리였다. 나에게는 그 이야기들 하나하나가 흘려들리지 않았다. 그가 이야기한 '두 가지 유형' 가운데 나는 후자에 속할 터였다. 사라지자, 소리, 소문, 자취도 없이…… . 무섬증이 일었다. 살갗에 소름이 돋아 오를 만큼.

마침내 심문이 시작되었다. 첫 질문은 '어떻게 하여 그 사체를 발견하게 되었습니까?'였다. 나는 벌써 몇 차례나 되풀이한 그 이야기를 한 차례 더했다. 그 사람은 양쪽 집게손가락만으로 치는 이른바 독수리 타법이었는데, 손가락이 앙바틈해 더 어눌해 보였으나, 내 말을 따라갈 만큼 빨랐다. 그 사람 역시 내가 거기 간 이유를 수상쩍어하여 심지어는 이런 질문까지 했다.

「전에 거기 가본 적이 있습니까?」

범죄자는 자신의 범죄 현장에 다시 가보게 된다는 범죄 심리학책의 어느 구절을 그 사람이 생각하고 있었을는지도 모른다. 나는 영락없는 피의자였다. 내 몫의 생애를 살아 내기 위해 실로 별의별 짓 다했다 싶었는데 이제는 마침내 피의자 노릇까지 하게 되었다는 탄식이 저절로 나왔다.

요식 행위를 하고 있다는 것밖에는 어떤 진지성도 찾아볼 수 없는 심문의 마지막은 '더 하실 말씀이 없습니까?'였다. 그 질문도 요식의 일부인 듯했다.

「없는데요.」

한시라도 빨리 떠나고 싶을 뿐이었다.

사복형사는 나로 하여금 자신이 작성한 조서를 읽어 보게 한 다음, 각 장마다 내 지장을 찍게 했다. 파출소에서 나왔을 때는 오후 4시쯤이었다. 서울행 막차가 5시라 했다. 나는 서둘러 민박집으로 가서 배낭을 메고 버스 정류장으로 나갔다.

당장 떠나고 싶었다. 전날과는 달리, 집에 두고 온 상황들이 머릿속에 곧이곧대로 되살아나고는 있었으나 그래도 한시라도 빨리 그곳을 떠나 집으로 돌아가고 싶은 충동은 그대로였다. 그 집에 누가 있다 할지라도, 어떤 사건이 기다리고 있다 할지라도, 하여튼 우선은 아내가 있는 그 집으로 돌아가고 싶었다. 정말 단 한순간이라도 빨리. 회상도 하기 싫은 며칠이었고 다시는 발걸음을 하고 싶지 않은 곳이었다. 다시는 설악산에 오게 될 것 같지 않았다.

버스가 왔다. 나는 버스에 올라타 자리를 잡고 앉아, 커튼을 닫아 석양 녘이어서 더 밝은 듯한 햇살을 가려 버린 다음, 의자를 젖히고 깊숙이 몸을 뉘고 나서 두 눈을 질끈 감았다. '왜 사냐건 / 웃지요.' 어쩌다 보니, 어느 날부터였던가, 버릇처럼 자주 되뇌게 된 그 시구는 그 시간에마저 불쑥 그렇게 떠올라 왔다. 웃음 대신, 눈시울이 달아오르기 시작했다. 내 생명이지만 내 맘대로 할 수 없다. 죽을 수 없는 저주를 받고 태어난 스트럴드브르그족, 그것이 내 몫의 운명이 된다 할지라도, 나는 내 생명을 빚지고 있는 그들에게로 돌아갈 수밖에 없다. 거기, 내가 공존하고 싶지 않은 그 사람이 있다 할지라도, 그럴 수밖에 없다. 정말 그럴 수밖에 없다. 나는 눈을 더 꼭 감으며 숨을 깊이 들이쉬었다.

＊　　＊　　＊

　시아버지가 왜 그토록 말씀과 표정이 없었으며, 신혼여행에서 돌아온 아들 부부가 바치는 큰절이나 심지어는 세배마저 받지 않으려 할 만큼, 왜 그토록 수직적 관계를 꺼려했으며, 용돈을 줄 생각도 하지 말고 너무 자주 찾아오지도 말라는 말씀을 왜 되풀이했으며, 당신 생신 때마다 왜 집을 떠나 있으려 했던가, 시어머니가 왜 갑자기 집을 내놓았으며, 살고 있는 집을 왜 그렇게 흉가라도 되는 것처럼 이야기했던가, 그리고 시아버지가 설악산에는 다시는 가려 들지도 않을 거라고, 왜 그렇게 이야기했던가, 그리고 수기의 끝 장면이 되던 그때, 예상보다 일찍, 단지 이틀 밤을 자고 돌아온 시아버지는 그 뒤 왜 한동안 마치 실어증에라도 걸린 것처럼 입을 꾹 다물고 있어서 시어머니의 속을 태웠던가……, 그동안 내게 석연치 않았던 의문들에 대한 답이 들어있어서, 나로 하여금 끝내 눈을 떼지 못하게 했던 시아버지의 글은 거기서 뚝 멈췄다.

　갑자기 중단한 듯한 느낌이 들었다. '끝'이라는 표시가 없기 때문만은 아니었다. 그 뒤, 시할아버지가 잠깐 다니러 가는 것처럼 문경으로 갔다가 조금 오래 머무는 동안 중풍으로 쓰러져 은혜의 집에 입원하게 된 것, 시할아버지로 말미암은 형제들 사이의 갈등이 그 뒤에도 여러 형태로 되풀이되고 있는 것 등, 이어져야 할 이야기들이 널려 있기 때문만도 아니었다. 무엇인가가 더 이야기되어야 할 듯했다.

그 무엇인가를 꼭 집어 표현할 수는 없었지만 내가 느끼는 미진감은 절실할 정도였다. 시할아버지가 아이들을 보고 싶어 한다는 이야기를 들은 것이 지난 5월 말이었고, 그래서 방학을 하자 곧 다녀왔으니까, 글의 내용으로 보아 5월 말 이후, 지난 대여섯 달 동안에 쓰인 듯했다. 범위는 그보다 더 좁혀진다. 시어머니가 갑자기 집을 내놓은 이유가 바로 이 글이었던 듯하니까, 적어도 두어 주 전에 시어머니는 이미 이 글을 읽었던 것 같다. 아니지. '양도 소득센가 뭔가 때문에 3년 채울 때를 기다리고 있었다'라고 하였으니까 두어 주, 그 훨씬 전이었다. 그러고 보면 은혜의 집에 다녀온 5월 말, 그때 곧장 쓰인 것인 듯했다.

왜 썼을까? 발표를 염두에 둔 것이었을까? 더구나 실명 그대로인데, 과연 발표를 할 수 있는 것일까? 그보다는 왜 멈추었을까? 왜 더 나아가지 않았을까? 더 나아갈 수 없었을 듯한 느낌, 더 나아가지 못했을 듯한 느낌, 그런 느낌 다음에 느닷없이 정수리를 달군 것은 유서 같다는 느낌이었다.

그 글을 읽느라고 밤 하나를 꼬박이 지새운 눈자위가 갑자기 달아올랐다. 그 글을 읽고 난 다음에 알게 된 거였지만, 시아버지는 그 컴퓨터로 편지도 썼고, 시어머니가 쓴 피고인으로서의 답변서도 결국은 그 컴퓨터로 작성했을 것이다. 그런데 그것들은 지워 버렸으면서도 유서 같은 그 글만은 가족들 눈에 띌 수 있는 곳에 그대로 두었다는 게 더 섬뜩하게 여겨졌다.

유서와 관련된 어떤 행위는 사전에 가까이 있는 주변 사람들에게 여러 방법으로 암시된다는, 들은 이야기가 문득 회상되었을 때는 온몸이 오싹해지기까지 했다. 내 생각은 거기서 더 나아갈 수 없었다. 두려웠다. 밤 하나를 꼬박 지새운 눈에 졸음 대신 서리가 느껴졌다.

안방 문 열리는 소리. 남편이 일어난 듯했다. 나는 서둘러 화면을 내렸다. 남편은 화장실에 들어갔다. 나는 컴퓨터를 아예 끄고 플로피 디스켓을 빼냈다. 화장실에서 물 내리는 소리가 울려왔다. 나는 남편에게는 이 글에 대해 이야기하지 않기로 했다. 내가 이 글을 읽지 않기를 바랐던 시어머니와 같은 마음에서였다.

〈멍에〉의 한 구절. '내가 생애 내내 간절히 소망해 온 것은 도망이었다. 모든 의무, 모든 관계로부터 완벽하게 도망치고 싶었다.'

당신 생신을 앞뒤로 한 여행은 그러고 보면 바로 '도망'이었다. 그런데 이전에는 평균 대엿새였으나 이번에는 일주일이 지나가도록 시아버지는 돌아오지 않고 있었다. 전화 한 통도 없었다.

시어머니 한숨은 차츰 더 무거워져 갔다. 시어머니의 낯빛은 파리했고 눈자위가 부석부석했다. 잠을 제대로 이루지 못하는 게 분명해 보였다. 다시 며칠이 더 지나갔다. 시어머니의 눈자위가 팽팽해지고 눈빛이 곤두섰다. 얼굴 모습까지 바뀐 듯했다. 긴박감마저 느껴졌다. 인간은 낙관보다는 비관 경향이 훨씬 더 강하다 하고, 헛된 망상에 줄기차게 시달린다고 한다. 정말 그런 것 같았다. 시어머니는 거의 최악 상태였다.

시아버지 글을 읽었기에 나는 시어머니의 상상에 어떤 그림이 떠올라 와 있는가, 짐작해 볼 수 있을 듯했다. 나 자신마저 때로 그 그림을 떠올리게 되는 판이었다. 그럴 때마다 나는 서둘러 도리질하여 그 그림을 지워 버리곤 했다. 끔찍했다. 〈멍에〉의 한 구절. '결국은 끝까지 갈 수밖에 없으리라는 것, 그러면서도 마지막까지도 그 몽상으로부터 벗어나지 못하고야 말리라는 것. 왜냐하면 내가 그렇게 생겨 먹었기 때문에. 그렇게나마 버텨 내기 위해 어쨌든 최선을 다하고 있기도 하니까. 그런 사람이 결코 나 하나만은 아니겠지……'

그러니까 그런 일이 일어나지는 않을 거야. 그런 일을 저지르지는 않을 거야. 그렇게 생각하면서도, 그렇게 생각하려 할수록, 그 그림은 더 자주 떠올라 왔다. 시어머니도, 나도, 그 이야기는 비치지도 않았다. 물론 나는 시아버지의 글을 읽은 티도 낼 수 없는 입장이었다. 그 글의 공유 자체가 서로 극단적으로 불편한 일이었다.

나는 시아버지의 처신에 대해 적의마저 드러내는 남편을 달래, 번갈아 미아동을 찾아갔다. 그렇게라도 해야 할 것 같아 가는 거였지만 가봐야, 밥이라도 먹여 보내려는 시어머니 신역만 고되게 하는 것 외에는 위로가 되어 주지도 못했다. 서로 얼굴을 본다는 게 심한 민망스러움의 근원이 되기도 했다. 그렇다고 못 본 척하고 있을 수도 없었다. 난감하기 짝이 없는 시간들이었다.

난감한 것은 그뿐만도 아니었다. 〈멍에〉를 읽고 난 뒤, 내 마음에 드리워진 묵직한 추 하나가 있었다. 미래 어느 날에 시부모님이 맏며느리인 내게 의무의 대상이 되었을 때, 나의 태도는 어떤 것일까?

연상은 또 조금 더 잔인하게, 조금쯤은 우스꽝스레, 이어져 나갔다. 죽도록 애써 키우고 있는 내 아이들, 재명이나 재인이에게 우리 부부가, 미래 어느 날에 의무의 대상이 되었을 경우, 우리 부부와 아이들 사이, 서로 바라보는 눈빛은 어떤 것일까?

실로 난감했다.

답을 애써 구하려 들지 않고, 미래의 일은 미래의 일로 미뤄 두자 하는데도 그 의문은 사라지려 들지 않은 채, 내 마음에 내내 그렇게 묵직한 추를 드리우고 있었다. 내 인생이 갑자기 복잡해져 버린 것 같았다.

시아버지 생신이 지나고 열엿새째가 되던 날 오후 느지막한 시간이었다. 나는 또 머뭇거리면서도 마침 주말이어서 집에 일찍 온 남편에게 재명이를 맡겨 둔 채, 재인이만을 품에 담고 미아동을 찾아갔다. 전철에서 내려 마을 버스 정류장에서 줄을 서 있자니까, 저쪽 전철 출입구로부터 배낭을 멘 사람 하나가 이쪽을 향해 걸어오고 있었다. 고개를 좀 숙인 채였는데, 나는 이내 알아보았다. 시아버지였다. 마치 곡두를 본 듯한, 갑작스런 느낌.

정말 왜 그런 느낌이었을까. 순간적이었지만 선뜩한 느낌마저 일었다. 그리고 두어 숨 사이쯤 뒤, 나는 보았다. 시아버지 몸 언저리에 달무리처럼 어리어 있는 어둠을. 그 자신으로부터, 그리고 그의 글로부터 느낀 바 있는 바로 그 어둠이었다. 시아버지는 배낭이 힘에 겨운 듯했다. 옮겨 놓는 발걸음이 무거워 보였다. 멍에가 생각났다. 멍에 멘 소가.

자기 힘에 겨워 보이는 그 배낭을 멘 채 무거운 발걸음을 뚜벅뚜벅 옮겨 놓고 있는 시아버지의 그 모습을 바라보고 있자니까 갑자기 속에서 울컥 치미는 게 있었다. 코끝이 매콤해졌고 눈시울이 살그미 달아올랐다. 그러나 나는 발끝에 힘을 밀어 넣고 있었다. '살을 태우고야 말 듯한 불볕을 무릅쓰고 온종일 개펄을 헤매고도 게도, 구럭도 다 잃어버린 꼴이 되었다.' 그 구절이 회상되었다. 바투 뒤이어 회상되는 구절이 하나 더 있었다. '형편없이 깨졌고, 모조리 잃었다.' 그 구절들을 고쳐 주고 싶었다. 그 구절들만은 고쳐 주고 싶었다. 고쳐 주어야 한다고 생각했다. 그런데 알맞은 구절이 언뜻 생각나지 않았다.

안간힘 쓰고 있는데, 시아버지는 내내 그렇게 고개를 조금 숙인 채 정류장을 그냥 지나쳐 아파트 쪽으로 내처 걸어갔다. 시야에 주변 풍경은 없는 듯했고, 혼자만의 생각에 깊이 잠겨 있는 것 같아 보이기도 했다. 달무리 같은 어둠은 내내 그대로였다. 숙인 옆모습, 조금 야윈 듯했다. 걸어도 좋고 타도 좋은 거리였다. 아이도 짐도 없을 때는 나도 걸어 다니곤 했다. 보지 못한 체하는 게 서로 낫지 않을까……. 나는 주저하며 시아버지 뒷모습을 지켜보고 서 있다가 마침내 줄로부터 벗어나 잰걸음으로 뒤쫓아 갔다.

「아버지.」

시아버지는 뭔가를 잘못 들었나 하는 표정으로 천천히 고개를 돌려 보다가 나를 발견하고는 발걸음을 멈췄다.

「으응, 인혜구나.」

달무리 같은 어둠이 걷히며 그 얼굴이 오롯이 드러났다. 11월 하순, 늦은 하오의 여린 햇살을 정면으로 받고 있는 그 얼굴은 지난번에 보았을 때보다 조금 더 야윈 것 같았다. 집을 떠난 뒤, 한 번도 손질하지 않은 듯, 수염이 덥수룩한데다가, 등산 파카의 자줏빛과 벙거지형 등산모의 녹색에 감싸여 있어서 더 나이 들고 더 야위어 보였다. 시아버지에 대한 나의 지레짐작은 어긋나기 일쑤다.

이번에도 그랬다.

어쨌거나 몹시 심각한 상태일 거라는 나의 지레짐작과는 달리 시아버지는 여느 때처럼 별다른 표정이 없는 그 얼굴뿐이었다. 마치 아무런 일도 없었다는 것처럼. 어떤 격랑이 인 적도 없었다는 것처럼. 궁금증에서 일부러 살펴보아도 우울한 기운 같은 것마저 엿보이지 않았다. 오히려 평온해 보이기까지 했다.

「어딜 가셨었어요?」

「응, 그냥 여기저기.」

나의 '어디'와 시아버지의 '어디'는 다른 게 되었다.

〈멍에〉의 절실하던 그 대목이 생각났다.

'자식도, 아비도, 남편도, 형제도 아닌, 그냥 나로서, 익명 상태에서, 아무런 제약도 느끼지 않은 채 돌아다니고 싶었다 …… 비록 잠깐이나마 그들로부터 벗어나 돌아다니고 싶었다. 그럴 수만 있다면 어디라도, 어떤 형식이라도 좋았다. 나는 단지 잔뜩 지친데다 주눅마저 든 내 몸을 위해서만 봉사하고 싶었다. 자유, 비상. '자유우, 비사앙!''

「녀석, 자는구나.」

시아버지는 어깨걸이 아기띠에 담긴 채 내내 그렇게 곤하게 자고 있는 재인이를 넌짓한 눈길로 들여다보았다.

「어머니, 화나셨어요. 엄청요.」

「각오하고 왔다. 그 각오 때문에 조금 더 늦어졌다. 그런데 너하구 들어가

면 야단이 아마 좀 덜해지거나 운이 좋으면 유예될는지도 모르겠다. 그러
나저러나 마을버스를 타자.」

곰삭은, 깊은 울림의 목소리였다.

「괜찮아요. 걸어가요. 아버지하구 걸어가고 싶어요.」

「네가 힘들 텐데?」

「괜찮아요.」

「그럼 그건 날 다오.」

「아버지 짐이 더 무거운데요. 배낭이 무거워 보여요.」

「괜찮다. 이까짓 정도는 아직은 거뜬하다.」

뭐든, 너희들을 조금씩이나마, 아주 하찮은 일이라 할지라도, 거들고 싶다,
그렇게 말했던 적이 있다.

나는 슈퍼마켓 봉투를 내밀었다.

「마침 삼겹살 샀어요.」

「아, 그래?」

시아버지 얼굴에 옅은 웃음이 느리게 번졌다.

햇살 때문에 더 담백해 보이는 웃음이었다.

나는 웃음이 번지는 그 얼굴에, 또는 얼굴에 번지는 그 웃음에 안도감을
느끼며, 나에게 시아버지 되는 그 사람과 함께 집을 향해 걸어가기 시작했
다. 시아버지도, 나도, 나직나직한 걸음걸이였다. 지난 두어 주 남짓 사이에
한 세월이라도 흘러간 듯한 느낌이었다.

멍에

초판 1쇄 인쇄일 · 2007년 3월 21일
초판 1쇄 발행일 · 2007년 3월 26일
지은이 · 유순하
펴낸이 · 임성규
펴낸곳 · 문이당

등록 · 1988. 11. 5. 제 1-832호
주소 · 서울시 성북구 동소문동 4가 111번지
전화 · 928-8741~3(영) 927-4990~2(편)
팩스 · 925-5406
ⓒ 유순하, 2007

홈페이지 http://www.munidang.com
전자우편 webmaster@munidang.com

ISBN 978-89-7456-359-2 03810